눈 떠보니 초등교사

눈 떠보니 초등교사

출근하는 선생님들의 진짜 교실 이야기

초 판 1쇄 2024년 10월 17일

지은이 강혜원, 김보현, 김서연, 김진수, 김현정, 도연지, 문정원, 방효정, 신성욱, 신수민, 오다빈,
오수진, 유지우, 이경민, 이세화, 이승현, 조현빈
펴낸이 류종렬

펴낸곳 미다스북스
본부장 임종익
편집장 이다경, 김가영
디자인 임인영, 윤가희
책임진행 안채원, 이예나, 김요섭, 김은진, 장민주

등록 2001년 3월 21일 제2001-000040호
주소 서울시 마포구 양화로 133 서교타워 711호
전화 02) 322-7802~3
팩스 02) 6007-1845
블로그 http://blog.naver.com/midasbooks
전자주소 midasbooks@hanmail.net
페이스북 https://www.facebook.com/midasbooks425
인스타그램 https://www.instagram.com/midasbooks

ISBN 979-11-6910-847-8 03810

값 22,000원

미다스북스는 다음세대에게 필요한 지혜와 교양을 생각합니다.

눈 떠보니 초등교사

출근하는 선생님들의 진짜 교실 이야기

강혜원   신성욱

김보현   신수민

김서연   오다빈

김진수   오수진

김현정   유지우

도연지   이경민

문정원   이세화

방효정   이승현

        조현빈

미다스북스

목
차

1부
:오늘도 교실로 출근합니다

2부
: 어느덧 교사가 익숙합니다

3부
: 내일도 교사로 눈을 뜹니다

오늘도 교실로 출근하는
열일곱 명의 선생님을 응원하며

○

교직 37년 차를 보내며 가끔 학창 시절 읽었던 프로스트의 「가지 않은 길」에 나오는 문장을 되뇌곤 합니다. 특히 요즘처럼 혹서(酷暑)의 모진 시간을 감내하며 멋진 단풍으로 채색될 가을 산을 떠올리면 더욱 그 숲에 서서 프로스트의 마음을 이해해 보고 싶습니다.

선택적 의지가 드러나 보이는 「가지 않은 길」은 마치 남들이 가지 않은 험난한 여정을 선택한 여기 평택새빛초 열일곱 명의 선생님에게 더욱 공감될 거라는 기대감도 듭니다. 강혜원, 김보현, 김서연, 김진수, 김현정, 도연지, 문정원, 방효정, 신성욱, 신수민, 오다빈, 오수진, 유지우, 이경민, 이세화, 이승현, 조현빈 선생님이 함께 만들어가는 평택새빛초의 의미 있는 여정을 응원합니다.

교직 선배로서 미래 교육을 만들어 가는 후배 선생님들에게 든든한 선배의 모습을 보여 줄 수 있도록 경계를 삼았던 서산대사의 선시(禪詩)에도 길이 나옵니다. 눈 덮인 들 길을 걸어갈 때 함부로 어지러이 걷지 말라던…. 그 길이 후일 뒤따라오는 이의 이정표가 된다며 호통치는 서산대사와 김구 선생이 목소리가 들리는 듯합니다.

시인 박목월 선생의 「나그네」에 나오는 남도 삼백 리 길을 걸어 보고 싶습니다. 술 익는 마을의 향기와 타는 저녁노을은 얼마나 아름다울까요?

교직 인생, 열일곱 명의 선생님들이 함께 가는 그 길에 저녁노을은 참 아름다울 거라 기대합니다.

올가을 단풍 든 숲길에 서서 선생님들과 낙엽 위로 발자국이 없는 그 길을 함께 걸어 보고 싶습니다. 결코 프로스트처럼 한숨짓지는 않을 것입니다. 나그네처럼 걸었던 교직 37년 길이 여기 함께 하는 열일곱 명의 선생님과 함께라서 저녁노을이 무척 아름다울 것입니다.

오늘도 교실로 출근하는 모든 선생님을 응원합니다.

_ 경기도 평택교육지원청 교육장 **이종민**

○

오랫동안 교직에 있으면서도 늘 마음 한가운데서 속 시원히 풀리지 않는 질문이 있었습니다. '잘 가르치고 있나?', '나는 좋은 선생님인가?'

디지털교과서, AI 등으로 세상은 여전히 시끄럽고, 커다란 변화에 직면한 것 같지만, 가만히 생각해 보면 시대가 아무리 바뀌어도 교육에서 진정 필요한 것은 잘 가르치기 위한 도구가 아니라, 아이들에 대한 진실한 '사랑'입니다.

여러 선생님의 글 속에는 이 시대의 교실에서 잘 가르치기 위해 치열하게 부딪치며 깨닫고 느낀 아이들에 대한 사랑이 보석처럼 담겨 있습니다. 또한, 좋은 선생님으로 성장하기 위한 진실한 고민과 성찰이 잔잔한 감동과 함께 고스란히 자리 잡고 있습니다.

이 책은 좀 더 나은 교육을 위해 고민하는 교사에게 실행으로 검증된 깨알 같은 교육 비법을 제시해 주고, 학교 현장에서 힘든 시간을 보내고 있을 교사에게는 머리를 끄덕이는 공감과 함께 따뜻한 위안과 응원을 주는 데 충분할 것입니다.

_ 평택새빛초등학교 교장 **홍석기**

○

책 속에 담긴 '교사인 당신에게 꼭 하고 싶은 말'에서 '당신'은 2인칭임과 동시에 1인칭임을 책을 덮으며 알게 되었습니다. 선생님들 각자가 가졌던 고민과 경험 등을 독자 선생님들과 나누려고 하는 책인 동시에 책을 쓴 선생님들 자신의 성찰을 담은 책이기 때문입니다.

교직 경력이 30년을 넘긴 사람임에도 "아하!"하며 무릎을 탁 치게 하는 좋은 방법도 소개되어 있고, (비록 저보다 훨씬 후배 선생님들임에도) "존경스럽다"라는 마음이 느껴지는 곳도 있었습니다. 한 부분에서는 저도 모르게 콧등이 시리더니 눈시울이 붉어지기도 하였습니다.

교직에 발을 들여놓은 지 얼마 안 되는 선생님들에게 먼저 이 책을 권합니다. 대부분의 분량이 저경력 선생님들에게 들려주고픈 이야기로 쓰여 있기도 하고, "이런 고민을(문제 상황을) 나만 겪는 것이 아니었음"을 알게 되면 그 자체로 큰 위로와 힘이 될 것입니다.

경력이 있는 선생님들도 읽어도 좋습니다. 책도 술술 읽혀서 부담 없고, 옆 반 교실을 방문한다는 마음으로 읽다 보면 그동안 안 풀리던 문제의 원인과 실마리가 보일지도 모릅니다. 경력이 쌓이다 보면 분명히 노하우도 쌓이지만 자기만의 방식에 지나치게 묶여 있기도 쉬우니까요. 제가 발견했던 보석을 선생님들도 모두 찾아가셨으면 좋겠습니다.

용기를 내어 교실의 빗장을 풀고 학급 이야기, 내면의 이야기를 나눠준 선생님들께 감사를 드립니다. 옆 반과 수업도 나눠보고 동학년들과 고민도 나누다 보면 교사로서의 전문성도 올라가고 학교생활도 훨씬 행복해지리라 믿습니다. 지금 옆 반에 노크하듯 책장을 펼쳐 보세요.

_평택새빛초등학교 교감 고은정

○

'눈 떠 보니 초등교사, 교실로 들어가다.'

눈 떠 보니, 교실 문 앞에 서 있다. 우리는 그렇게 선생님이 되었다. 교실이라는 세계 속으로 우리는 던져졌다.

매일 아침 우리는 교실 문 앞에 선다. 교실이라는 세계로 던져질 준비를 한다. 살아 있는 생물체 같은, 그 세계 속으로 매일 아침 우리는 던져진다. 매일 새로움이 가득한 그곳으로. 교실이라는 세계 속에서 우리는 혼신의 힘을 다해 살아간다. 우리는 우리의 모든 에너지를 쏟아내며 그 세계를 살아간다. 교실 문을 닫고 나오면, 내일 다시 그 세계로 던져질 준비를 한다. 내일 아침에도 우리는 교실 문 앞에 서 있을 것이다.

이 책은 우리에게 교실이라는 세계로 스스로 '들어갈' 용기를 준다. 교실 문을 스스로 힘차게 열고 들어갈 용기를 준다. 그 세계 속에서 온 힘을 다해 살아가고, 그곳을 이끌어 갈 용기를 준다. 던져지지 않고 스스로 들어가도록, 내일이 두렵지 않도록 이 책은 용기를 준다.

눈 떠 보니 선생님이 된 열일곱 이야기 속에서는 내일도 우리가 교실로 들어가야 할 이유가 담겨 있다. 눈 떠보니 초등교사가 되었고 교실이라는 세계로 던져졌다. 이제는 교실이라는 세계로 우리가 스스로 들어간다. 그곳에는 우리가 들어가야 할 이유가 있기에.

_ 현화초등학교 교사 **안현준**

○

이 책은 잠시 학교를 떠나 있는 저에게는 타임머신을 타고 저의 신규 교사 시절을 다녀오게끔 해 준 감사한 책입니다. 신규 선생님들의 아이들을 바라보는 시선과 어떻게 하면 무엇이라도 하나 더 해 줄 수 있을까 고민하는 모습들이 상상이 되면서 까마득히 잊혔던 저의 초임 시절을 떠올리게 되었습니다. 그때의 저보다 훨씬 더 훌륭하신 선생님들이 마음과 뜻을 모으는 것을 넘어서서 집단지성으로 학급 아이들의 이야기와 학급경영을 나누심에 선배 교사로서 너무나 감사하고, 오히려 많은 것을 배울 수 있었습니다.

2023년 여름, 그 뜨거운 "가르치고 싶다."라는 외침에 스스로들 답을 찾으며 아이들과 울고 웃으며, 동료 교사와 더불어 걸어가는 선생님들의 소중하고 귀한 한 걸음 한 걸음을 옆에서 나란히 걸으며 응원하겠습니다.

_ 경기도 평택교육지원청 장학사 **서경애**

누구에게나
자신만의 이야기가 있다

교단에 처음 올랐을 때가 생각납니다. 합격의 기쁨을 누리는 것도 잠깐, 바로 발령이 났고 눈을 떠 보니 초등교사가 되어 교실 속에 들어오게 되었습니다. 학창 시절 대부분 시간을 교실에서 보냈지만, 교사가 되어 다시 마주한 교실은 참으로 낯설고 어려웠습니다. 대학생 때 배운 얕은 지식만으로 아이들을 가르치기엔 버거운 부분이 많았습니다. 첫 1년은 아이들과 온종일 힘겨루기하다 진이 빠진 채로 매일 같이 쫓기듯 잠이 들곤 했습니다.

'만약 당신이 칠흑 같은 어둠 속에 있다면
할 수 있는 일이라곤
눈이 어둠에 완전히 적응할 때까지
그 자리를 지키고 앉아 있는 것뿐이다.'

고등학교 교사의 삶을 나타낸 드라마 〈블랙독〉에 나오는 명대사입니다. 저 역시도 똑같았습니다. 제가 할 수 있는 건 그저 자리를 지키고 앉아 버티고 적응하는 것밖엔 없었습니다. '그만둘 때 그만두더라도, 1년은 버텨 보자.'라는 마음으로 그저 자리를 지켰습니다.

그리고, 제가 최대한 할 수 있는 일을 찾아서 했습니다. 아이들을 지도하다 어려움이 생기면 무작정 선배 교사를 찾아가 이야기를 나눴습니다. 매사에 부정적인 아이는 어떻게 지도해야 할지, 버릇없게 구는 아이는 어떻게 대해야 할지, 학부모와는 어떻게 상담할지…. 여러 권의 교육 도서를 읽으며 다른 선생님들의 이야기를 찾아 읽기도 했습니다. 전국에서 모인 선생님들이 계신 대면 연수를 찾아가기도 했습니다. 최대한 많은 선생님과 교류하며 그들의 이야기를 듣고 나누고, 다 함께 고민하는 시간을 가졌습니다.

그렇게 다른 선생님들과 함께 이야기하고 버티는 시간을 보내다 보니 어느덧 1년이라는 시간이 지났습니다. 왠지는 모르겠지만, 1년 더 할 수 있겠다는 생각이 들었습니다. 그렇게 '1년 더'를 외치다 보니 어느덧 여기까지 오게 되었습니다. 누군가에겐 짧을 수 있는 경력이지만요.

그사이, 저에게는 저만의 '이야기'가 생겼습니다. 제 자리를 지키고 앉아 있는 것 말고는 한 게 없는데 저에게도 남에게 들려줄 만한 이야기가 생겼습니다. 곰곰이 생각하다 깨달았습니다. 많은 선생님의 이야기를 찾아 듣고 읽고 배우다 보니 저에게도 그런 이야기가 생겼다는 것을요. 그리고 그렇게 만들어진 나만의 이야기로 인해, 교직을 계속 이어 나가는 힘을 갖게 되었다고요.

"누구에게나 자신만의 이야기가 있다."

모두에게는 자신만의 이야기가 있습니다. 긍정적인 이야기든, 부정적인 이야기든 모든 선생님에게는 이야기가 있습니다. 그리고 이 책은 열일곱 명의 선생님의 그런 '이야기'가 담긴 책입니다. 어떤 선생님에게는 아팠던 이야기이기도, 어떤 선생님에게는 행복했던 이야기이기도 합니다.

우리가 쓴 이 글은 교육의 정도(正道)도 아니고, 실패 없는 수업 기법도 아닙니다. 그저 우리의 '이야기'를 담은 글입니다. 하지만 이런 우리의 이야기가 교직을 처음 시작하시는 선생님들께, 그리고 현재 어려움을 겪고 계시는 선생님들께 어쩌면 위로가 될 수도 있겠다는 생각이 듭니다. 별거 아닌 우리의 이야기가 누군가에겐 정말 큰 공감이 되길, 교훈이 되길, 그리고 누군가에겐 저처럼 자신만의 이야기를 써 내려가는 데 보탬이 되길 감히 바라는 마음으로 글을 마칩니다. 우리들의 이야기는 지금부터 시작됩니다.

_ 평택새빛초등학교 교사 **방효정**

1부

오늘도 교실로
출근합니다

선생님이 너무 많아

_ 강혜원

> "교육은 그대의 머릿속에 씨앗을 심어 주는 것이 아니라,
> 그대의 씨앗들이 자라나게 해 준다."
>
> - 칼릴 지브란

2023년에 1학년, 2024년에 2학년, 햇수로 2년 동안 잔나비 띠 아이들의 담임을 맡고 있다. 연임의 좋은 점은 아이들이 1학년 햇병아리에서 2학년 형님 병아리로 진화하는 과정을 목격할 수 있다는 것이다. 단 5분도 앉아 있지 못해 금세 의자 밑으로 쏙 들어가 누워 버리곤 했던 아이들이 수업 시간 내내 의자에 엉덩이를 붙이고 앉을 때의 감동이란! 잔나비 띠 아이들은 정글 같은 학교에서 하루가 다르게 성장하고 있다. 1학년 때부터 2년째 우리 반인 준서도 무럭무럭 자라고 있다.

작년 1학년 아이들은 입학식 다음 날부터 급식을 먹기 시작했다. 급식을 먹은 뒤에는 잔반을 버리고, 제자리에 앉아 있다가 모두가 밥을 먹은 뒤 한 줄로 서서 교실로 가기로 했다. 무사히 아이들을 급식실에서 데리고 나온 뒤 다시 수를 세어보는데, 방금까지 따라오던 준서가 없어졌다.

"애들아! 준서 못 봤니?"

"선생님, 제가 찾으러 다녀올게요! 이름이 뭐라고요?"

"저도 같이 갈래요. 어떻게 생겼어요?"

"안 돼! 제자리에 서 있으세요. 선생님이 여러분 교실에 데려다주고 찾아볼게."

오늘 처음 급식실에 와봤지만, 친구 이름도 아직 모르지만, 찾으러 가겠다며 뛰어가는 아이들을 겨우 말리고 보니 준서가 저 뒤에서 뛰어오고 있었다.

"준서야, 어디 갔었니? "

"선생님이 너무 많아요."

아이들도 나도 놀랐다. 아이들은 우리 선생님은 여기 한 분인데 무슨 말이냐며 웅성대기 시작했다. 교실에 올라와서 선생님이 왜 너무 많았느냐 물어보니, 자기가 언제 그런 말을 했냐고 화들짝 놀랐다. 다음부터는 선생님과 친구들을 잘 따라다니기로 약속했다. 그러나 약속은 지켜지지 않았다. 결국 준서를 맨 앞에서 데리고 이동하게 되었다. 다른 아이들이 왜 준서만 앞에서 선생님이랑 같이 이동하냐며 자기도 선생님 옆에서 함께 걷고 싶다고 불만을 토로하기 시작했다.

왜 선생님이 너무 많다고 했을까? 말한 아이는 자신이 그런 말을 했다는 것조차 기억하지 못하니 선생님이 아이의 마음으로 고민해야 한다. 가족들에게 이 고민을 털어놓으니 곰곰이 생각하시던 아빠가 아이들이 키가 작으니 선생님들 바지만 보여서 아이가 너를 찾기 쉽지 않겠다고 말씀하셨다. 다음 날 급식실에서 준서 키만큼 몸을 숙여보았다. 세상에, 정말 선생님들의 바지만 보인다. 선생님을 놓친 준서는 내가 입은 바지로 나를 찾아보려 했지만, 같은 색깔의 바지가 너무 많아 찾기 쉽지 않았을 것이다. 청바지나 까만 정장 바지를 즐겨 입는데, 급식실에서 보니 나와 같은 색깔의 바지를 입은 선생님이 두세 분 더 계셨다.

준서에게 급식실에서 한 줄로 이동할 때 선생님을 찾지 말고, 앞에 친구가 입은 옷을 기억했다가 따라오라고 했다. 이동하기 전에 "앞 친구가 주황색 티셔츠랑 갈색 바지를 입었네." 하며 준서가 한 번 더 앞 친구의 복장에 주목하게 하였다. 며칠 지도하니, 준서는 더 이상 급식실에서 길을 잃지 않게 되었다.

준서는 누나와 함께 하교한다. 누나는 2학년인데, 1학년이 2학년보다 일찍 끝나는 날은 준서를 교실에 데리고 있다가 누나가 오면 같이 하교하게 하였다. 그런데 어느 날은 엄마가 보고 싶어서 방과후교실에 가기 싫다고 우는 학생을 달래느라 준서에게 교실에 있으라고 얘기하지 못했다. 울던 아이를 달래서 방과후교실에 데려다주고 왔는데, 교실 앞에 준서 누나가 놀란 표정으로 서 있었다.

"선생님, 준서는요?"
"준서 10분쯤 전에 나갔어. 선생님이 오늘 바쁜 일이 있어서 준서에게 교실에서 기다리라고 말하는 걸 깜빡했어. 준서 오늘 학교 끝나자마자 피아노 학원 가는 날이니까, 피아노 학원에 있지 않을까?"

"선생님, 준서는 학교 끝나고 어디 가는지 몰라요! 제가 맨날 데리고 가는 거라고요!"

맙소사, 황급히 준서 어머니께 전화하니 전화를 받지 않으신다. 도서관에도, 복도에도 없다. 누나와 함께 밖으로 나가보니 학교 후문으로 가는 길목에 준서가 쪼그리고 앉아 있다.

친한 친구가 나가길래 같이 나왔는데, 피아노 학원에 가는 날인지, 공부방에 가는 날인지 몰라 개미를 보고 있었다고 한다. 2학기 때 몸이 좋지 않아 병가를 썼을 때도, 보결을 들어와 주신 선생님께서 준서가 학교 끝나고 어디 가는지 모른다며 전화하기도 하셨다.

2학년이 되니 준서가 학교 끝날 때마다 '선생님, 오늘 몇 교시했어요?'라고 물어보았다. 더 이상 누나를 기다리지 않고 친구들과 함께 즐겁게 하교하였다. 준서에게 물어보니 4교시 하는 날은 공부방을 먼저 가고, 5교시 하는 날은 피아노 학원을 먼저 간다고 했다.

이제는 줄도 잘 서고, 방과 후에 스스로 학원에 가는 모습을 보고 있으면 준서가 학교에 적응하기까지 선생님이 참 많았다는 생각이 든다. 우선 2년째 담임을 맡은 나, 하루도 빠지지 않고 데리러 온 누나, 급식 먹고 줄 서서 이동할 때 준서를 챙겨주던 반 아이들 그리고 급식실에 계시던 선생님들! 준서의 말대로 선생님은 너무 많다. 많은 선생님의 도움으로 준서는 학교에 잘 적응한 형님 병아리가 되었다.

저학년 아이들의 눈높이를 고려한 환경구성

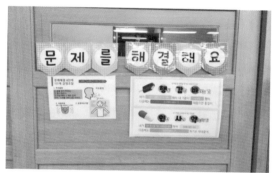

아이들 앉은키에 맞춰 붙인 게시물

1. 게시물 위치

저학년 아이들은 키가 작기에 어른의 눈높이로 게시물을 붙여놓으면 아이들 눈에 잘 띄지 않습니다. 저는 평화 대화법 안내문을 아이들이 교실 바닥에 앉았을 때 높이로 붙였습니다. 쉬는 시간, 점심시간에 저학년은 바닥에 앉아서 놉니다. 그래서 아이들 앉은키 높이에 맞추어 교실 곳곳에 평화 대화법 안내문을 붙여놓으면 놀다가 다툼이 생겼을 때, 안내문 앞에 앉아 스스로 갈등을 해결하는 기특한 장면을 많이 보실 수 있습니다.

두 줄 서기 연습을 위한 라인 테이프

2. 라인 테이프를 활용한 줄 서기 연습

1학년 학생들에게는 줄 맞춰 서는 연습이 필요합니다. 라인 테이프를 이용해 쉽게 남녀 2줄을 세울 수 있습니다. 남자는 파란색 원, 여자는 빨간색 원이 있는 칸에 서면 됩니다. 파란 원, 빨간 원은 시트지를 잘라 만들었습니다. 라인 테이프 바깥으로 발이 나가지 않도록 서 보라고 하면, 라인 테이프가 없을 때보다 쉽게 줄을 세울 수 있습니다. 라인 테이프는 줄을 세울 때 말고도 책상 줄 맞출 때도 유용하게 쓰입니다. 제일 앞줄 책상이 있어야 할 자리에 라인 테이프로 'ㄴ'을 만들어 표시하면 아이들 스스로 책상 줄 맞추는 연습을 할 때 유용합니다. 다만, 이 라인 테이프는 오래 붙여두면 바닥에 끈적거리는 자국이 남습니다. 3, 4월에 붙여놓으시고, 아이들이 충분히 연습한 뒤에는 떼 버려야 나중에 자국을 지우느라 고생하지 않습니다.

참새가 알려 준 행복한 교실

_ 김보현

"스스로 존경하면 다른 사람도
그대를 존경할 것이니라."
- 공자

학급에서 지내다 보면 예상하지 못한 다양한 일들이 발생한다. 이날도 그렇게 나의 예상을 벗어난 하루 중 하나였다.

"선생님, 여기 좀 와 보세요!"

"선생님, 여기 참새가 쓰러져 있어요!"

우리 반 앞 복도에 학생들이 모여 웅성웅성 이야기하고 있었다. 아이들을 헤집어 그 안으로 들어가 보니, 아니 글쎄 참새 한 마리가 뒤집혀서 아웅다웅하고 있는 것이 아닌가. 어디서 들어왔는지는 모르겠지만 다리를 다친 것 같은 참새가 배를 보이고 누워 있었다. 2학년 우리 반 아이들의 주먹보다 조금 큰 정도의 작은 참새였고, 거칠게 숨을 쉬는 듯 몸통이 커졌다 작아졌다 했다. 아이들은 "참새가 불쌍해요.", "참새 어떡하면 좋아요." 난리였고 나도 아이들만큼이나 진짜 이 참새를 어떡하면 좋을지 고민에 빠졌다. 나는 작은 벌레도 무서워 겨우 잡는 사람이다. 어릴 적 아버지 고향에 가면 개구리가 참 많았는데 어쩌다 내 발등 위로 튀어 오르기만 해도 소리를 지르고 난리를 쳤었다. 귀여운 강아지, 고양이도 가까이에서 만지는 것은 두려워한다. 경상북도 시골에서 자랐지만 그다지 자연과 친하진 않은 사람이었다.

그런 내게 교사 인생에서 시련이 나타난 것이다. 복도에 쓰러져 있는, 살아 있는 참새를 어떻게 처리해야 할까. 그래도 살아 있는 생명체이니 손으로 소중히 잡아야 할 텐데 물컹물컹한 몸통을 손으로 잡으려고 하니 정말이지 너무 소름 돋아서 할 수가 없었다.

그 짧은 순간에 참 많은 생각이 났다. 그러다 3월에 교무부장님께서 신규연수에서 말씀해 주신 내용이 번뜩 떠올랐다.
"교사인 내가 모든 것을 해결하려 하지 말고, 아이들에게 위임을 통해 그 역할을 기꺼이 부여하면 좋습니다."

다른 아이들을 모두 반으로 들어가게 하고 우리 반에서 제일 말썽꾸러기 학생을 불렀다.
"시우야, 너 저 참새 소중하게 밖으로 보내 줄 수 있겠니?"
"당연하죠."
시우의 눈이 반짝였다. 자신이 무언가를 할 수 있다는, 믿어만 보아라는 표정이었다.
"자, 시우야. 참새가 더 다치지 않도록 소중하게 한 손에 올려. 그렇지. 그리고 다른 손으로 떨어지지 않도록 잘 받쳐줘. 이제 선생님 따라서 밖으로 나오렴. 여기 화단에 소중하게 내려주자. 옳지, 아주 잘했어."

시우는 내가 시키는 대로 차근차근 잘 따라왔다. 우리 반에서 가장 말썽꾸러기인 학생이라고는 믿을 수 없을 만큼.

"시우야, 무섭진 않았어?"

"하나도 안 무서웠어요. 저 이런 거 하나도 안 무서워하고 정말 좋아해요. 완전히 잘해요."

"맞아. 시우가 평소 동물에 관심이 많은 걸 보고 선생님이 시우와 함께하고 싶었단다."

자기가 무엇인가 해냈다는, 어떤 역할을 했다는 그 뿌듯한 표정이 참 좋았다. 나는 그저 참새를 만지기가 두려워 우리 반 아이에게 위임한 것이지만, 시우에게는 큰 자랑스러운 경험이 되었다.

교무부장님의 말씀이 와닿았던 날이었다. 위임. 그 상황을 나 혼자 해결하려고 했으면 나는 나대로 힘들고, 아이들은 아이들대로 얻은 것이 없었을 것이다. 역할을 학생에게 위임하자, 긍정적인 교육적 효과가 생겼다.

그날 이후 나는 열심히 학생들에게 역할을 위임하려고 노력했다. 수업 후 칠판 지우기와 같은 사소한 일도 나에겐 일이지만 아이들에겐 너무나 즐거운 활동이었다. 쉬는 시간만 되면 앞으로 쪼르르 나와 칠판을 지워도 되냐고 묻는 아이들이었다. 왜 진작 아이들이 하도록 두지 않았을까. 내가 모든 것을 하려고 했을까. 쉬는 시간 1~2분 동안 칠판을 지우는 것이 아이들에게는 작은 행복이었다.

우리 반에서 모둠별로 키우는 토마토 화분도 처음에는 아이들의 손에 넘기는 것이 불안했다. 2학년이 스스로 화분을 관리할 수 있을지 의구심이 들어 물도 내가 주고 흙도 내가 갈아야 할 것 같았다. 그래야 토마토가 별 탈 없이 쑥쑥 자라 아이들이 실망하지 않을 것 같았다. 하지만 시우와의 일화를 떠올리며 방울토마토 키우는 일을 아이들에게 모두 맡겼다. 선생님은 토마토가 어떻게 되든 전혀 신경 쓰지 않을 터이니 너희들이 알아서 물도 주고 관리하라고. 너희들은 충분히 할 수 있다며 선생님은 믿는다는 말과 함께 역할을 위임하였다. 그 결과는 기대 이상이었다. 아이들은 아침마다 화분을 열심히 관찰했고, 금요일이면 주말 동안 혼자 있을 화분을 생각하며 물도 더 넉넉히 주었다. 화분에 있는 조그마한 변화에 크게 기뻐하기도, 슬퍼하기도 했다. 내가 화분에 대한 역할을 아이들에게 모두 위임함으로써, 아이들은 더 성장하고 있었다.

　아이들이 싸워 갈등을 중재해야 할 때도 마찬가지이다. 내가 잘잘못을 모두 판단하고 상황을 해결하려고 하면 나는 지치고 아이들은 수동적으로 바뀐다. '이 갈등이 어떻게 하면 해결될 수 있을까?', '그럼 너는 친구에게 어떤 말을 해야 할까?', '친구가 너에게 어떻게 하면 기분이 풀릴 수 있을까?'. 끝없이 학생에게 질문하여 상황을 어떻게 하면 해결할 수 있을지 생각하게 한다. 갈등을 해결하는 역할을 교사가 모두 하는 것이 아니라, 학생에게 위임하는 것이다. 이로써 학생은 더 주체적으로 사고하며 혼자 해결하는 힘을 기르게 되고, 교사는 갈등을 중재하려 드는 힘을 조금이나마 덜 수 있다.

완벽한 반을 만들고자 하는 마음이 자칫 아이들의 몫을 모두 빼앗는 결과를 낳을 수 있다. 내가 모두 다 하려고 하기보다 아이들에게 기꺼이 역할을 위임한다면 나도 행복하고 아이들도 행복한 교실에 한 발짝 가까워질 것 같다.

하교 직전 하이 파이브의 힘

3월 중순쯤, 제 큰 고민은 아이들이 하교 후 교실을 달려 나간다는 것이었습니다. 스무 명이 넘는 아이들이 인사하자마자 좁은 문을 향해 달려 나가니 당연히 매우 위험하고, 이 상황이 불편하다고 호소하는 아이들도 있었습니다. 그렇게 제가 떠올린 방법이 '하이 파이브'입니다.

방법은 간단합니다. 종례 인사 후 아이들은 앞문 쪽에 한 줄로 섭니다. 그리고 교사와 하이 파이브를 하고 복도로 나갑니다. 아이들이 뛰어나가는 것을 막고자 시작한 활동이지만 꽤 장점이 많았습니다.

첫째, 아이들의 눈을 한 번씩 보며 짧게나마 교감할 수 있습니다. 모든 아이와 눈을 맞추고 이야기하기에 생각보다 하루는 너무 짧습니다. 조용한 아이들의 경우 하루에 한 마디도 섞지 않고 집으로 보내는 경우도 종종 있지요. 집에 가기 전 하이 파이브를 하며 눈을 맞추고 서로를 바라보는 순간이 있다는 것은 교사와 학생 간 라포 형성에 매우 긍정적입니다.

둘째, 아이들이 그 순간을 매우 즐깁니다. 저는 분명히 손바닥을 마주치며 하이 파이브를 하자고 했는데, 아이들은 참 창의적으로 다양하게 그 순간을 즐깁니다.

이마로 박치기하는 학생도 있고, 주먹으로 제 손바닥을 살짝 톡 치고 가는 아이들도 있습니다. 제 손바닥에 하이 파이브를 하는 척 가위를 내고 가는 아이들도 있습니다. 이 시간이 되기 전 아이들은 오늘은 어떻게 하이 파이브를 할지 즐거운 고민을 하는 것 같습니다.

큰 힘을 가진 하이 파이브, 한번 도전해 보는 건 어떨까요?

분노를 다스리는 법

_ 김서연

"어리석은 사람이 격분하고 있을 때,
냉정을 잃지 않는 사람은 성숙한 인간의 징표이다."

- 그라시안

감정 기복이 없다. 좀처럼 화내지 않는다. 지나간 긴 시간 동안 나라는 사람을 설명할 때 빠짐없이 등장하는 수식어였다. 주변 사람들은 내가 화를 내는 모습을 보기라도 하면 무척 신기하게 바라보았다. 그 분노가 특정한 누군가를 향해 있는 것이라면 더욱 낯설어했다. 도대체 그 사람과 무슨 일이 있었는지, 호기심 어린 시선을 던졌다. 스스로 생각하기에도 나는 좀처럼 크게 슬퍼하거나, 기뻐하거나, 분노하지 않는 사람이다. 그렇기에 초등교사라는 직업이 나에게 안성맞춤이라 생각했다. 아이들이 떠들거나 말을 듣지 않아도 화내지 않는 선생님. 분노하기보다 교사로서, 어른으로서 지도하는 선생님. 별다른 노력을 하지 않아도 쉽게 그런 선생님이 될 수 있겠다고 생각했다.

그 안일한 생각이 깨진 건 5월의 어느 날이었다.
"하기 싫어요. 안 할래요.", "재미없어요."

이 말을 몇 번째 듣는 것이더라. 지금까지 잘 지켜온 한 가닥의 소중한 인내심이 툭, 끊겼다. 그래, 지루하겠지. 아이들에게 책상에 앉아 가만히 글을 읽고 쓰는 과정은 당연하게도 재미있지는 않을 것이다. 이리 생각하면서도 마음 한편에서는 다른 생각이 들었다. 내가 학교에서 항상 재미있는 것만 할 수는 없다고, 글을 읽고 쓰는 것도 해야만 하는 중요한 일이라고 몇 번 설명했더라. 머리끝부터 분노가 차갑게 내려왔다.

그래서 아이들에게 마침내 화를 쏟아 내고야 말았냐고 물으신다면, 그것은 아니다. 다행히 끊겼던 인내심을 붙잡는 데 성공해 이전까지 했던 무수한 안내를 다소 차갑게 말하는 것으로 그쳤다. 물론 아이들의 표정을 보니 이전보다 말에 감정이 실려 있었던 것은 맞는 듯하다. 문제는 퇴근 후 집으로 돌아가서도 화가 좀처럼 식지 않았다는 것이다. 학교의 감정을 집에서도 통제하지 못하는 것은 처음 있는 일이라 나는 분노하면서도 당황했다. 지금까지 더한 일도 많이 있었다. 아이들이 서로의 옷깃을 잡으며 뒤엉켜 싸운 적도 있었고 겁에 질려 다른 선생님을 때린 적도 있었다. 그런데 나는 왜 가벼운 말 한마디에 이토록 화가 나는 것일까.

얼마나 시간이 지났을까, 생각이 흐르다 불현듯 멈추었다. 다른 일들과 오늘 있었던 일의 차이가 무엇이었나. 아, 비로소 알 수 있었다. 오늘 그 아이는 내 '권위'에 도전했다. 한마디로, 예의가 없었다. 나는 그 순간 그 아이가 내게 버릇없이 군다고 생각해 그토록 화가 난 것이다. 교단에 서기 전부터 수없이 들었던 말 중 하나가 아이들과의 거리를 유지하라는 것이었다. 거리를 유지해야만 아이들에게 규칙과 통제를 가르칠 수 있기 때문이다. 나 역시 같은 생각이었고 아이들과의 거리를 유지하기 위해 애썼다. 그런데 오늘 그 거리가 좁혀질 위기를 맞닥뜨린 것이다.

나는 그 아이에게 화가 난 것이 아니었다. 내가 교사의 권위를 침범하는 행동을 무척 싫어하기 때문에 화가 난 것이었다. 분노의 원인이 '아이'에서 아이의 '행동'으로 바뀌니 마음이 순식간에 가라앉았다. 9살 아이가 행동을 조금 잘못했거니와 그 아이에게 어른인 내가 화가 나 어쩔 줄 모르는 것은 유치한 일이다. 죄는 미워하되 사람은 미워하지 말라고 했던가. 처음 그 말을 들었을 때는 죄인을 위한 그것으로 생각했는데, 지금에 와 생각하니 미워하는 사람의 마음을 위한 것이었다.

그렇다면 나는 왜 그 말과 행동을 싫어했나. 지금 돌이켜보면 나는 우리 반 분위기에 꽤 신경을 썼던 것 같다. 어느 학급에나 목소리가 크고 학급 분위기를 주도하는 아이들은 있다. 우리 반 역시 그랬는데, 나는 그 아이들이 나태하고 부정적인 분위기를 만들까 봐 항상 걱정했다. 불안불안하던 와중에 그날도 한 건을 올렸으니, 내가 그토록 예민하게 반응한 것이다.

내가 왜 그토록 화가 났는지 명확해지자 마음도 머리도 차분해졌다. 이날 이후, 나는 교사로서 내 성향을 파악하고 아이들에게 온건하고도 분명한 선을 죽죽 긋고 있다.

"공부를 마쳤으면 친구와 함께 심심풀이 학습지를 풀어도 돼, 하지만 떠드는 것은 안 돼. 선생님과 이야기해서 놀이 규칙을 바꾸는 것은 괜찮아, 하지만 모두가 함께 정한 규칙에 뒤늦게 불만을 터트리는 것은 안 돼. 왜냐하면 이 교실은 우리가 함께 생활하는 공간이고, 규칙을 지켜야 모두가 행복하고 안전할 수 있기 때문이야."

규칙과 주의사항을 분명하게 안내하자 조금이지만 아이들의 불평도 줄어들었다.

　교실에는 다양한 아이들이 있다. 자리에서 자꾸 일어나는 아이, 수업 시간에 떠드는 아이, 딴짓하거나 엎드려 자는 아이. 아이들 역시 온전한 한 사람이며 저마다의 기질이 있다. 어른들은 경험을 통해 자신을 통제하고 기질을 조절하지만, 아이들에게는 쉽지 않은 일이다. 그리고 나는 아이들이 자신을 조절하는 방법을 배우는 시기를 함께하는 사람이다. 앞으로는 이런 아이들을 볼 때, 아이들에게 화를 내기보다는 내가 왜 그러한 행동을 싫어하고 분노하는지 이해하려고 한다. 분노를 다스리고 아이들을 애정 어린 시선으로 보면 내 마음이 평온해지고, 아이들을 미워하고 혼내는 대신 교사로서 지도할 힘이 생길 테니까. 오늘도 지치지 않도록 나와 아이들을 위해 분노를 다스리는 중이다.

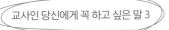

조금만 생각을 바꿔 보세요.

교실에서 아이들과 생활하다 보면, 새삼 내가 이렇게 감정적인 사람이었나 싶습니다. 불쑥불쑥 화가 나고, 왜 내 마음을 몰라주는지 속상하기도 합니다. 그럴 때 조금만 생각을 바꿔 보세요.

'저 아이는 왜 저럴까?'에서

'나는 지금 왜 화가 나고 속상할까?'로 말입니다.

그리고 그 이유를 아이가 아닌 아이의 행동에서 찾아보세요.

'아, 나는 이런 행동에 화가 나는구나. 그럼 나는 왜 이런 행동을 싫어하지?'

아이가 아니라 교사인 '나'로 관점을 돌리는 순간 내가 바라는 교실의 모습이 보입니다. 아이들끼리 사이좋게 지내는 교실, 교사를 존중하는 교실, 혹은 탐구하고 싶은 마음이 넘치는 교실.

이제 남은 것은 내가 꿈꾸는 교실을 만들기 위해 나는 무엇을 해야 할지 고민하는 것입니다.

아이에 대한 분노를 우리 교실의 비전으로 바꿔 보세요. 선생님의 마음에도, 우리 교실에도 평화가 찾아오리라 생각합니다.

수박씨가 가져온 동심

_ 김진수

> "우리는 누구에게 그 어떤 것도 가르쳐 줄 수 없다.
> 단지 스스로 자신 안에서 그것을 발견하도록 도울 수 있을 뿐이다."
>
> - 갈릴레오 갈릴레이

아이들과 동시를 쓴다. 동시에는 아이들의 삶이 고스란히 묻어 있기에 매달 몇 편씩 쓰곤 한다. 처음에는 어렵다고 손사래 치는 친구들도 많지만, 서서히 자신과의 대화를 통해 끌어내는 모습에 흐뭇한 미소를 짓는다.

"선생님, 저는 정말 못 쓰겠어요."

"그래? 혹시 좋아하는 것이 뭘까?"

"저는 먹는 것 좋아해요."

"먹는 것도 다양하잖아. 그중에서 제일 생각나는 것이 있다면?"

"무더위에는 수박이 최고예요."

"아! 수박. 선생님도 수박을 좋아해요. 수박의 어떤 점이 좋았을까요?"

"일단. 냠냠 소리가 좋아요. 무엇보다 수박을 자를 때 '와삭' 나는 그 소리 있잖아요. 그리고 씨앗을 보는 재미가 있어요. 씨앗을 심어 보았는데 진짜 수박이 나는 거예요. 정말 신기했어요."

"오~ 그런 경험이 있었구나. 선생님께 해 준 이야기를 동시로 지어보면 어떨까? 방금 이야기한 것을 연결만 해도 동시가 되겠는걸."

"정말요? 이것도 시가 되나요? 그럼 한번 써 볼게요."

그래서 탄생한 「수박씨」 동시다.

수박씨

수박을 냠냠냠냠 먹고 있는데
와작
어… 뭐지?
수박씨잖아!
땅에 심어 보았다
수박이 쑥쑥 자랐다

이 동시를 포함하여 아이들은 자신만의 개성 있는 시를 쑥쑥 꺼낼 수 있었다.

새 학기, 콩콩콩, 사랑하는 어머니 은혜, 단원평가, 평택의 봄, 고양이, 재미있는 주말, 라면, 방학, 딸기, 꽃 모양 지우개, 오리, 추억, 노력, 레몬, 곰돌이 젤리, 거북이 등 다양한 이야기가 한데 모였다.

이제 이것을 AI를 활용하여 노래로 제작하면 아이들에게 좋은 선물이 될 수 있다. AI로 노래를 어떻게 만드냐고? 수노아이를 활용하면 클릭 몇 번만으로 3분도 안 되어 멋진 음악을 만들 수 있다면 믿을 수 있겠는가? 상상이 현실이 되는 공간이 교실 안에서도 얼마든지 펼쳐질 수 있다.

1. 수노아이 사이트를 들어간다. (https://suno.com/)
2. 'Create - Custom - Lyrics' : 노래 가사를 적는다.
3. 'Make Random Lyrics' : 가사가 짧을 때는 이를 활용하여 작성한 가사와 어울리는 노랫말이 형성된다.
4. 'Style of Music' : 음악의 스타일을 고를 수 있다.
5. 'Title' : 곡에 어울리는 제목을 적는다.
6. 'Create' : 이제 음악을 만들면 세상에서 하나뿐인 나만의 음악이 탄생한다.

「수박씨」 동시를 노래로 만들어 보니 아래와 같은 곡이 만들어졌다.

수박씨 구룡운

[Verse]
수박을 냠냠냠냠 먹고 있는데 와작! 어… 뭐지?
수박씨잖아 수박씨를 땅에 심어 보았다 수박이 쑥쑥 잘 자랐다
사람들이 다들 놀라고 환호해, 와우!
정말 참신하고 멋진 테마로 인정받아 (ooh-yeah)

[Chorus]
수박씨 (수박씨) 재미있는 이야기
수박씨 (수박씨) 아무도 못 믿게 해
수박씨 (수박씨) 다 같이 노래해
수박씨 (수박씨) 수박의 비밀을 밝혀 봐

[Verse 2]

수박씨잖아 수박씨를 까보니 송이송이 작은 씨앗들이

안쪽에 있는 내 비밀을 알려 주려 해 (oh-oh-oh)

수박씨야 너로 인해 내가 더욱 새로워져

우리 모두 함께 행복해하는 거야

「수박씨」 동시와 노래 제작 과정

아이들이 쓴 동시를 함께 낭독하고, 수노아이로 만든 노래를 따라 부른다. 자신이 쓴 글이 이렇게 노래가 되니 좋아할 수밖에 없다.

"선생님, 저… 시 또 써도 될까요?"

"물론이죠."

놀랍다. 나에게 질문한 친구의 아동 기초조사표에 의하면 이렇게 쓰여 있었기 때문이다.

'글쓰기를 싫어함.'

학부모 상담 때에도 어머니께서 미소를 띠며 이런 말씀도 해 주셨다.

"아이가 쓴 글을 보고 놀랐어요. 글을 쓰는 것을 정말 싫어했던 아이거든요. 자신이 쓴 동시가 노래가 되니 재밌나 봐요. 요즘 매일 1편씩 동시를 써서 보여 주는데, 보는 저도 좋고, 아이도 좋아서 참으로 모든 것이 좋습니다."

서은이가 수줍게 뭔가를 가져온다.

"선생님, 지난주에 진위향교를 다녀왔어요. 이것도 노래가 될 수 있을까요?"

"물론이죠. 자 선생님이 어떻게 만드는지 보여 줄게요."

뚝딱 노래를 만드는 모습에 아이들이 신기해한다. 동시 쓰고 이를 노래로 만드는 것만으로도 좋다. 이왕 한 것 한 발짝 더 나아가 본다.

아이들이 쓴 동시, 만들어진 노래 가사를 입력, 음악 QR코드까지 한데 엮어 원고를 모아 부크크(자가 출판플랫폼)으로 출판한다. 동시도 쓰고, 음악도 만들고, 우리만의 동시집으로도 출간이 되니 하나의 활동이 여러모로 연결되어 아이들에게 즐거운 배움을 끌어낼 수 있다.

"우리는 누구에게 그 어떤 것도 가르쳐 줄 수 없다. 단지 스스로 자신 안에서 그것을 발견하도록 도울 수 있을 뿐이다."

갈릴레오 갈릴레이의 한 마디가 교육에 시사하는 바가 크다. 아이들 안에 있는 것을 어떻게 스스로 끌어낼 수 있을 것인가. 최근 대두되고 있는 AI 기술을 적합하게 접목해 운영한다면 충분히 가능할 것이다.

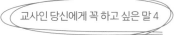

AI 에듀테크 기술을 교육적으로 활용해 보아요.
아이들과 쉽고 재밌게 활용이 얼마든지 가능하답니다.

1. 수노아이(SUNOAI)

사이트 : https://suno.com/

키워드를 통해 노래를 만들 수 있고, 일정한 가사에 멜로디를 자동으로 연결하여 노래를 만들 수 있습니다. 쉽게 MP3, MP4 파일로도 내려받을 수 있는 장점이 있습니다.

2. 언스포큰 심포니(Unspoken symphony)

사이트 : https://www.unspokensymphony.com/

그림을 20초짜리의 교향곡으로 만들어 줍니다.

다양한 악기 선택이 가능하고, 좋은 점 한 가지를 더한다면 악보를 만들어 준다는 점입니다.

3. 클링(Kling) AI

사이트 : https://klingai.com/

텍스트를 5초 영상으로 만들어 줍니다.

매일 66포인트가 지급되고 영상으로 만들 때 10포인트가 차감되어 하루에 6개의 영상을 자유롭게 만들 수 있습니다.

4. 브루(Vrew)

사이트 : https://vrew.ai/ko/

누구나 영상 편집을 쉽고 즐겁게 할 수 있습니다.

음성 인식 기능을 통한 자막 자동 생성을 활용할 수 있고, AI 목소리, 무료로 활용할 수 있는 이미지, 영상 등 다양한 기능을 활용할 수 있습니다.

5. 파이어플라이(firefly)

사이트 : https://www.adobe.com/kr/products/firefly.html

생성형 AI 기술로써 텍스트를 이미지로, 텍스트를 벡터 그래픽으로, 생성형 채우기와 제거가 가능한 어도비 프로그램입니다.

다른 내 모습 찾기

_ 김현정

"교사란 자신을 태움으로써
다른 사람을 밝게 비춰 주는 초와 같다."

- 이탈리아 속담

1. 점심을 지켜라

원래도 먹는 걸 좋아하고, 3~40분 넘게 천천히 밥을 먹는 사람으로서 학교 급식은 학생 때부터 나의 도전이었다. 친구들이 다 먹어서 반찬을 국 칸에 모으기 시작할 때면, 난 이제야 내가 좋아하는 반찬을 막 먹으려고 움직였다. 그래서 '친구들이 가기 전에 최대한 맛있게, 최대한 많이 먹자.'가 학생일 때의 목표였다.

그럼, 교사가 되었을 때의 목표는 무엇이었을까? 교사가 된 이후, 나의 급식 목표는, '점심을 지켜라, 가리지 말고 하나라도 더 먹자.'이다.

고학년과 달리 저학년은 급식 시간에도 교사를 많이 찾는다.

"선생님, 이거 너무 매운데, 그만 먹어도 돼요?"

"선생님, 밥 안 먹고 바로 음료수 마시면 안 돼요?"

"선생님, ○○이가 놀다가 넘어졌어요. 막 울고 있어요."

2~3순갈 간격으로 학생들이 말을 걸고 찾아온다. 하지만 저학년이다 보니 조금은 부주의한 부분들이 있다. 예를 들면, 자기 입속에 있는 음식물을 잘 지켜 내지 못한다. 지켜 내지 못한 음식물은 탈출해 내 식판으로 다이빙한다. 시래기 된장국, 과일샐러드, 제육볶음. 미처 내가 지키지 못한 음식들이다. 나는 원래 맛있는 걸 나중에 먹는 사람이지만, 이제는 그런 것이 없다. 언제 내 음식들이 공격당할지 모르고 또 언제 아이들이 다쳐서 내가 일어나야 할지 모른다. 그렇기에 내가 싫어하든 좋아하든 일단 입에 넣고 아이들의 이야기를 들어주고 시간을 확인하고 급하게 먹는다. 이는 비단 내 문제만이 아니다. 급식실에 가면 정말 다양한 학급의 아이들을 만날 수 있다. 바닥에 앉아 우는 학생들, 운동장처럼 뛰어다니는 학생들, 그 아이들을 데리고 있는 선생님들.

왜 초등교사의 점심시간을 근무시간으로 포함해 주는지 알 수 있는 모습이다. 그렇기에, 오늘도 난 빠르게, 아이들로부터 내 급식을 지켜 내며, 반강제로 편식을 고쳐 식사하는 어른이 되어간다.

2. 대문자 P가 가끔은 소문자 j가 되는 시간

나는 대문자 P이다. 너무나 즉흥적이고, 계획 없이 살아서 고등학교 3년 역시 계획 없이 공부했다. 오늘 할 일은 오늘 아침에 생각하고 진행했던 나였다. 사람은 쉽게 바뀌지 않는다고, 교사가 된 이후에도 나의 무계획은 계속되었다. 수업 준비는 전날에, 빠르면 2일 전에 아이디어 구상 정도가 다였다. 계획이 필요하지 않아 나는 괜찮았다. 편했다. 하지만 그로 인해 프로젝트 수업, 공공기관 체험, 직업 체험 수업, 준비물이 필요한 수업을 할 수 없었다. 하고 싶긴 했지만 준비 시간이 부족해서, 준비물을 너무 늦게 알려 줘야 하는 상황이 늘 왔기 때문이다. 어느 순간 재밌는 수업으로 웃으며 하교하는 옆 반 아이들을 보니 약간의 죄책감이 생겼다.

'조금만 미리 준비했다면 아이들이 조금 더 재미있게 수업을 했을 텐데.'

생각은 했지만, 그리 또 쉽게 변하지 않았다. 하지만 동학년 회의 시간에 각자의 수업에 대해 공유할 때가 있었다. 나는 들을 수밖에 없었다. 인디스쿨[1] 덕분에 나의 수업은 말하지 않아도 다 알았고, 다른 선생님들의 수업사례는 너무 빛났다. 새롭고 아이들이 열광할 것 같은 수업이었다. 사례가 쌓이고 쌓여 나의 전문성에 대해 성찰해 보는 계기가 되었다.

천천히, 아주 조금씩 남는 시간에 뒤 차시 자료를 살펴보고, 당장 내일의 수업이 아닌데도 저장하고, 스크랩했다. 일단은 거기까지도 큰 발전이었다. 그렇게 3, 4년 동안 저장하고 스크랩하다가 최근에는 교과서도 미리 살펴보고, 관련 자료와 학습 도구들도 다양하게 찾아보고 내가 직접 사용해 보았다. 다른 반의 수업 피드백을 들어보며 1주일 전의 수업을 미리 계획하고 준비했다. 급하지 않은 일을 미리 하니 집중력이 낮아져 일의 능률은 떨어졌지만, 다양한 수업을 아이들과 함께할 수 있었다. 일주일 치 수업을 미리 계획하며, 다른 교과와 연계도 해 보고 프로젝트 학습, 직업 체험, 공공기관 체험, 시장 놀이 등의 수업을 할 수 있게 되었다. 이제야 주간학습안내의 진정한 필요성을 느끼게 되었다. 많은 부분에서 아직은 즉흥적인 사람이지만, 양질의 수업과 아이들을 위해 조금씩 계획하고 먼저 알아보고 관심을 두는 계획형 사람으로 나아가고 있다.

1 초등교사 커뮤니티 : https://indischool.com/

나의 목표는, 언젠가 학기 초에 교과서의 내용을 쭉 살펴보며 재구성해 보는 것이다. 교과서를 보다 보면 연결되는 부분이 있어 같이 하면 좋겠다는 생각이 들었던 적이 많다. 물론, 이미 진도를 나아간 이후에 든 생각이라 난 또 실천하지 못했지만 말이다. 그러면서 인디스쿨에 미리 자료를 올려주는 엄청난 선생님이 될 것이다. 지금은 그분들께 많은 도움을 받고 있지만, 나중에는 내가 먼저 자료를 만들고, 계획하는 사람이 되어 다른 선생님들께 도움이 되는 교사도 되고 싶다.

3. 진정한 영감은 모방에서부터 온다

여러분들은 누군가를 많이 따라 하는가? 어릴 때 누가 나를 따라 하면 괜히 기분이 상할 때가 있었다. 반대로 아무리 예쁘고 멋있어도 유행에 따라가지 않으려는 반항적인 이상한 성격이었다. 뭔가 남들이 하지 않는 '나만의 것'을 하고 싶었나 보다. 그 성격에, 나 혼자만 사용하는 교실이 합쳐지니 나의 교실은 정말 말 그대로 '나만의 교실'이었다. 누군가의 피드백도 없고, 발전도 없으며, 그저 정체된 '나만'이 있었다.

유튜브, 인스타그램은 그런 나를 톡톡 건드렸다.

'이런 멋진 교실, 대단한 수업, 능력 있는 교사들이 많은데 너는 그렇게 가만히 있을 거야?'

정말 다양한 교실 모습을 볼 수 있는 미디어가 나의 고집을 꼬집기 시작했다. 나의 교실을 되돌아보기 시작했고, 가장 가까이에 있는 옆 반의 모습도 눈에 들어왔다. 생각만 하지 말고, 행동하자. 따라 하는 것, 그것이 나의 첫 발걸음이 되었다. 그제야 나는 내 오랜 고집을 놓았다. 나만의 것은 아직 만들어내기 부족하다. 일단은 멋진 선생님들의 노하우를 따라 해 보자. 그러면서 조금씩 나의 것으로 바꿔 보자. 그렇게 우리 반은 SNS 속 교실의 일부분과 닮아 가고, 같은 학년 선생님의 수업을 따라 해 보고, 다양한 환경 물품이 교실을 채웠다. 변화에 대한 부담이 줄어들었다. 독창적인 것에 대한 부담에서 벗어나 다른 교사들의 팁들을 적용해 보며 나의 교실을 변화시켰다. 그리고 가장 중요한, 나를 돌아보는 시간을 계속 가지게 되었다. 무작정 따라 하다 보니 나에게 맞는 부분과 맞지 않는 부분을 알아갔다. 나와 잘 맞는 선생님의 노하우는 따라 하고, 그 속에서 나와 우리 학급에 맞게 재구성하고, 수정하는 과정이 반복된다.

"선생님들께서도 나만의 어떤 대단한 것을 만들려고 하기보다는 편하게 따라 하는 것은 어떨까요? 하지만, 따라 하고 베끼는 것에서 그치지 말고 우리 반에 맞게, 아이들과 주변 환경에 적절하게 수정해서 사용한다면 더 좋지 않을까요? 나만 있는 교실이라 꼭꼭 숨겨두지 말고 주변과 함께 나누며 함께 성장해 나가는 건 어떨까요?"

교사인 당신에게 꼭 하고 싶은 말 5

동학년 교실을 자주 둘러보자.

SNS 속에는 정말 다양한 수업들과 교실 모습을 볼 수 있습니다. 하지만 이는 어디까지나 우리와 다른 환경에 사는 교실의 모습입니다. 가장 우리 반 학생의 실태와 유사하고, 비슷한 환경에서 수업을 진행하는 저의 인디스쿨은 우리 동학년 선생님들의 교실입니다. 저는 복도의 끝 반에 교실이 위치해 교무실, 학년 연구실로 이동하면 동학년 선생님들의 교실을 항상 지나가게 됩니다. 그럴 때 그냥 보기만 하고 지나가는 것이 아니라, 맘에 드는 작품이 전시되어 있다면 어떤 수업에 활용하셨는지, 자료는 어디서 구하셨는지, 이 활동을 하면서 어려웠던 점은 무엇인지 다양한 피드백을 들을 수 있습니다. 특히 이 수업을 먼저 해 보신 경험자로서 아이들이 어느 부분에서 시간이 오래 걸리고 어려워하는지를 알기에 저는 그것을 더 보충해 우리 반 아이들과 수업을 진행할 수 있는 점이 매우 좋았습니다.

작품뿐만 아니라 교실 환경구성도 도움을 얻을 수 있습니다. 학급문고는 어느 정도 있는지, 학급 선반은 어떻게 정리되어 있는지, 어떤 신기한 물품들이 있는지도 알 수 있습니다. 매년 학급 운영비를 받으면 무엇을 살까 고민하였는데, 발달 시기가 같은 다른 반 선생님의 학급을 보고 나면 우리 반 아이들을 위해서 무엇을 사 주면 좋고, 어떻게 구성해 놔야 아이들이 스스로 잘 정리할 수 있는지도 공부할 수 있었습니다.

저에게 최고의 인디스쿨, 최고의 정답을 알려 주는 곳은 동학년 선생님들이십
니다.
물론, 선생님들마다 성향이 다르셔서 알려 주고 싶지 않아 하시는 분들도 계실
것입니다. 그렇다고 그 선생님들을 뭐라고 하면 안 되겠지요. 자신의 노력으로 일
궈낸 것을 한순간에 가져간다고 생각하면 그 선생님들 처지에서는 안 좋을 수도
있기 때문입니다. 가능한 선생님들께, 그리고 배우고 나면 항상 감사함을 표시하
면서 함께 협동해 나가는 동학년 교사이면 좋을 것 같습니다.

무궁화반 일주일 사용 설명서

_ 도연지

"습관이란 인간으로 하여금
어떤 일이든지 하게 만든다."

- 도스토옙스키

"선생님, 저희 아이가 열이 나고 기운이 없어요. 오늘 학교 못 갈 것 같습니다."

"아이고, 그러시군요. 아쉽지만 집에서 잘 돌봐 주세요."

"선생님 아이가 조금 괜찮아졌고, 학교에 가고 싶다는데 보내도 될까요?"

"네~ 그럼요!"

어느 날 아침 학급 메신저로 연락이 왔다. 아이가 열이 나고 힘이 없어 학교에 오지 못할 것 같다는 연락이었다. 늘 그렇듯 환절기에는 아픈 아이들이 있기 마련이라 그날도 자동응답기가 된 것처럼 대답했다. 30분쯤 지났던가. 다시 메신저가 울리길래 다른 아이가 또 아픈 줄 알고 '오늘은 아픈 아이들이 많네.'하고 생각했다. 그런데 웬걸, 아픈 아이가 컨디션이 조금 괜찮아졌다고 학교에 가고 싶다는 연락이었다. 출근길이면 늘 '으아, 더

자고 싶다. 출근하기 싫다.'라고 중얼대며 일어나는 나로서는 놀라울 따름이었다. 놀라움도 잠시, '아이가 학교를 즐겁다고 느끼고 있구나.'라는 생각이 나를 웃음 짓게 했다.

물론, 친구들과 쉬는 시간에 노는 것도 즐겁겠지만 그 외에도 학급경영을 즐겁게 하려고 노력하고 있다. 다른 선생님께서도 차용하신 만큼, 어느부분은 나누어서 도움이 될 것 같아 자율성과 책임감, 그리고 칭찬을 바탕으로 기본적인 생활 습관과 학습 습관을 잡는 학급경영 방법을 나눠보려고한다.

어수선하고 어색한 3월, 아이들에게 한 달 프로젝트를 설명해 주었다. 이번 주의 노력이 모여 도장이 되고, 도장들이 모여 쪽지가 되고, 쪽지가모여 복권이 되는 한 달간의 프로젝트를 들은 24명 아이의 얼굴에는 물음표만 가득 차올랐다. 들리지 않아도 "무슨 소린지 하나도 모르겠어…."라는말이 보이는 얼굴들이었다. 그래서 나는 이야기했다. "일주일 동안 열심히도장을 모으자. 도장은 여러 가지 방법으로 모을 수 있어. 첫째, 우리 모둠친구들이 숙제를 다 해올 때. 둘째, 우리 모둠 친구들이 수업 준비가 다 됐을 때. 셋째, 선생님을 감동하게 했을 때. 넷째, 받아쓰기에서 최선을 다해노력했을 때." 저학년 아이들은 "우리"보다는 "나" 중심적이다. 그래서 나는 우리라는 소속감을 느끼게 하기로 했다.

그래서 우선, 모둠 판을 만들기로 했다. 사실, 모둠의 이름은 크게 중요하지 않다. 강아지 모둠을 하든지 고양이 모둠을 하든지 한 달 동안만 불릴 이름이다. 심지어 돼지국밥 모둠을 하고 싶다는 아이들도 있었다. 내가 중요하게 생각하는 것은 그 과정이었다. 3월에 자기가 하고 싶은 모둠 이름이 되지 않은 아이들은 울거나 참여하지 않거나 싸우기 일쑤였다. 시간이 지나 이 프로젝트에 익숙해지고, 선생님이 해결해 주지 않는다는 것을 깨달은 아이들은 자기의 의견과 그 이유를 말하기 시작했다. 드디어 자율성이라는 새싹이 크기 시작한 것이다. 아이들은 선생님이 아무 이름이나 받아 주지 않는다는 것을 알고, 자기가 하고 싶은 이름을 하고 싶은 이유와 함께 말하며 모둠원을 설득하기 시작했다.

"우리 키가 크고 싶으니까 해바라기 모둠이라고 짓자. 해바라기처럼 키가 클 수 있도록 말이야.", "너네 혹시 돼지국밥 먹어 봤어? 그거 좋아해? 그러면 우리 돼지국밥 모둠 할래?"
"의견이 다 다르네. 우리 가위바위보 할래?"

아이들이 직접 상의해서 정한 이름과 협동해서 만든 모둠 판

나는 아이들의 노력이 보이면 스스로 이름을 짓고 애정을 담아 꾸민 모둠 판에 도장을 찍어주었다. 그랬더니 아이들은 뭐든지 모둠을 기준으로

이야기하기 시작했다. 첫날에는 "선생님 저 숙제 다 했어요. 저 책도 다 펴고 준비 다 했어요."라고 이야기하던 아이들이 서로를 챙기기 시작했다.

"너 교과서 준비하고 놀아. 수학 익힘책은 챙겼어?"
"아 맞다. 고마워."
"하마터면 우리만 도장 못 받을 뻔했네."

소속감과 책임감이라는 새싹이 흙 속에서 고개를 내미는 순간이었다.

노력이 생활 습관, 학습 습관이라는 도장으로 바뀌고, 또 도장이 쪽지로 바뀌는 금요일이 돌아왔다. 무궁화반 금요일 5교시의 루틴은 자리 경매와 쪽지 모으기로 진행된다. 신규 교사 때 들은 연수 내용을 적용하여 무궁화반의 자리는 매주 바뀐다. 모둠 안에서는 자전이 일어난다. "우리 모둠 친구들이 수업 준비했는지 확인해 주는 이끔이", "활동지를 나눠 주는 나눔이", "다시 걷어오는 거둠이", "청소 검사를 하는 깔끔이"의 역할이 바뀐다. 모둠 밖에서는 서로가 가고 싶은 모둠을 토의하여 5지망을 적게 했다. 내가 가고 싶은 모둠을 1지망으로 하기 위해 자기 의견을 근거와 함께 자신 있게 말하는 것. 다른 반에서는 하지 않는 자리 바꾸기를 매주 하는 이유 중 가장 중요한 이유이다.

희망 자리 토의하라고 하면 여기저기서 다양한 의견들이 들린다.
"나는 텔레비전이 잘 보이는 1 모둠이 좋아."
"나는 자리가 넓은 2 모둠이 좋아."

"지금 자리와 가까운 4 모둠은 어때?"

"저번에 보니까 3 모둠이 인기가 많던데, 우리 1지망에 쓰지 말자."

스스로 이야기하며 자율성이란 싹에 물을 주는 소리가 들린다. 이 과정이 익숙해지면 "난 아무 데나 좋아. 알아서 해." 하는 친구들이 나와서 덧셈과 뺄셈도 배웠겠다, 경매를 시작했다. 무"궁"화 반이라 한 모둠당 100"궁"을 주고 무조건 1궁씩은 걸어야 한다고 이야기해 주었다. 다른 모둠보다 많은 숫자를 써내야 하지만, 겹치면 꽝이 되는 경매 속에서 아이들은 더욱 치열하게 의견을 교환했다.

"저번에 꽝 됐으니까 우리 숫자를 조절하자."

"우리 한번 전부 걸어 볼까?"

교사의 전권이었던 자리 바꾸기 하나를 내어 준 것뿐이다. 그런데 무려 세 가지나 얻게 되었다. 첫째, 스스로 이야기하는 자율성. 둘째, 경매의 결과가 마음에 들지 않더라도 결과에 따라 이동하는 책임감. 셋째, 우리 모둠 친구들과 이야기하며 함께 이동하는 소속감. 부가적으로 자리가 마음에 들지 않더라도 스스로 골랐고, 일주일만 버티면 다른 곳으로 이동한다는 규칙으로 불필요한 민원이 들리지 않게 된다.

아이들이 열심히 이동할 자리를 토의하는 동안, 교사는 모은 도장의 개수를 헤아린다. 도장을 가장 많이 모은 모둠은 한 사람당 4장의 쪽지를 받게 된다. 그다음 모둠은 3장, 또 그다음 모둠은 2장을 받게 되고 4, 5, 6등 모둠은 한 자락의 희망을 품고 열심히 기대할 수 있도록 1장씩의 쪽지를 받게 된다. 아이들은 각자의 희망과 운을 가득 담아 자기의 이름, 또는 내가 좋아하는 친구의 이름을 적어 쪽지함에 모으게 된다. 이렇게 일주일마다 도장 개수를 초기화한 뒤 다시 쪽지를 모은다. 그래서 금요일에 아무리 큰 격차로 4, 5, 6등이 되어도 월요일에는 다시 1등이 되겠다는 희망을 품을 수 있다는 장점이 있다.

이런 꿀템을 추천해 드려요.

1. 소책자 찍개

생각보다 많이 쓰이진 않지만, 또 생각보다 많이 쓰게 되실 거예요. 없으면 대체할 방법이 없답니다. 조금 비싸긴 하지만, 그래도 여유 있을 때 사놓으시면 소책자 활동에 요긴하게 쓰일 거예요.

2. 코팅기

신규 선생님들뿐만 아니라 경력이 있으신 선생님들께서도 새 학기면 꼭 코팅하실 일이 생깁니다. 그때 다른 선생님을 기다리시지 않고, 교실에서 다른 일을 하시며 편하게 코팅하면 정말 좋습니다. 그리고 이건 작은 새 학기 팁인데, 저는 새 학기 컬러 인쇄 폴더를 만들어서 '학급 소개, 명단표, 환영합니다' 등을 모아두고 매년 학년과 반만 바꾸고 있답니다.

3. 칼 타공기

저는 임용고시를 준비할 때 방대한 양의 자료를 칼 타공기로 정리하고는 했습니다. 교사가 된 지금은 아침 활동 공책이나 리코더, 오카리나 악보를 잃어버리지 않게 정리해 주는 최고의 꿀템으로 사용하고 있습니다. 3공 펀치보다는 끼우고 정리할 때 적은 힘이 들어 2학년 아이들도 어렵지 않게 정리하고 있습니다.

선생님이 된 제자

_ 문정원

"선생은 영원에까지 영향을 준다.
그리고 그 영향력이 어디까지 미치는지는 아무도 모른다."

- 아담스

2월의 어느 날 '최종 합격을 진심으로 축하합니다.'라는 모니터 속 짧은 문장 하나에 뛸 듯이 기뻐했던 것도 잠시, 그날부터 3월까지 약 두 달 남짓한 기간은 내 인생에서 가장 정신없었던 나날들이었다. 임용시험에 합격한 후 정신을 차려보니 나는 첫 발령 학교에 덩그러니 떨어져 있었고, 또 정신을 차려보니 내 앞에 24명의 아이가 말똥말똥 나를 바라보고 있었다. 마치 정글 한복판에 떨어진 기분이었다. 3월 첫날 9시 정각에 아이들은 모두 왔는데 나는 아이들 앞에서 첫 마디를 대체 뭐라고 떼야 할지 몰라서 5분 동안 머리를 굴리면서 앉아 있었던 그 순간의 초조함이 아직도 생생하다. 급식실에 갈 때 줄은 어떻게 세워서 가야 하는지, 알림장은 어떻게 써야 하는지 정말 아무것도 모르는 생초보였지만 그래도 아이들 앞에서는 어설픈 모습을 보이면 안 된다는 생각에 3월 한 달은 열심히 가면을 쓰고 살았었다. 그래서 수업이 끝나고 아이들이 집에 가고 나면 항상 5분에서 10분 정도 멍하게 앉아 있곤 했다. 그 시간이 있어야만 다시 원래의 나로 돌아오는 기분이었다.

　그날도 여느 날처럼 아이들과의 전쟁 같은 시간을 보내고 교실에 혼자 남아 멍하니 앉아 있던 참이었다. 문득, 정말 문득 머릿속에 한 사람이 떠올랐다. 바로 내가 초등학교 1학년이었을 때 담임선생님이시다. 그 당시 선생님은 굉장히 젊으셨다. 우리에게 정확히 나이를 말씀해 주시진 않으셨지만 20대라고만 알려 주셨다. 항상 교실에서 동요를 많이 틀어 주셨고, 학생 한 명 한 명에게 칭찬을 아끼지 않으셨다. 학교에 처음 들어와서 책상 서랍도 사물함도 낯선 우리에게 정리 정돈 하는 법을 꼼꼼하게 알려 주셨고, 일기나 독서록을 써서 제출하면 꼭 정성스러운 코멘트를 달아주셨다. 1학년이었던 나는 선생님이 좋아서 학교에 가는 게 즐거웠다. 내 인생에서의 첫 학교생활, 첫 담임선생님은 16년이 지난 지금까지도 나에게 너무나도 좋은 기억으로 남아 있다. 분명 그 선생님도 지금 내 나이 또래의 아주 젊은 선생님이셨는데, 분명 경력이 많지 않으셨을 텐데. 선생님은 전혀 나처럼 어설프지 않으셨다. 어떻게 그렇게 좋은 담임선생님이 되실 수 있었을까? 존경심이 들었다.

　갑자기 선생님과 이야기를 나누어 보고 싶다는 생각이 들었다. 휴대폰이 없던 때였고, 선생님은 우리를 맡으신 후에 바로 다른 학교로 가셨기 때문에 선생님의 소식을 알 방법은 전혀 없었다. 문득 경기도의 선생님들은 모두 경기도교육청 메신저를 사용하신다는 아이디어가 떠올랐다. 다행히도 선생님의 성함은 흔하지 않은 편이라서 검색창에 선생님의 성함을 쳤더니 딱 한 분이 계셨다. 메신저 ON. 한참을 망설였다. 메시지를 썼다 지웠다 여러 차례 반복하다가 조심스럽게 전송 버튼을 클릭했다.

"안녕하세요, 저는 ○○초에서 근무하고 있는 문정원이라고 합니다. 혹시 2008년도에 용인에서 근무하셨던 ○○○ 선생님 맞으실까요?"
"안녕하세요, 선생님. 네, 맞습니다. 무슨 일 때문인가요?"

내가 찾던 그 선생님이 맞았다. 순간 긴장이 되었다. 초등학생이었던, 그것도 고작 초등학교 1학년이었던 제자가 어느덧 초등학교 교사가 되어서 무려 16년 만에 다시 선생님과 메신저로 이야기를 나누게 된 것이다.

"선생님, 너무 오래전이라 기억 안 나시겠지만 저는 2008년에 ○○초 1학년 6반이었던 제자입니다. 저는 선생님과 함께했던 첫 학교생활을 아직도 생생하게 기억하고 있어요. 선생님께서 항상 따뜻하게 대해 주셨던 좋은 기억이 아직 남아 있어서 이렇게 정말 오랜만에 연락을 드립니다. 저도 선생님처럼 이렇게 학생들 기억에 오래오래 남을 수 있는 교사가 되려고 노력하려고요."

선생님은 다행히 정말 반가워하시며 답장을 보내 주셨다. 그때의 그 꼬맹이가 시간이 흘러서 같은 길을 걷게 된 것에 선생님은 세월이 빠르다며 놀라 하셨다. 선생님께서는 그때가 처음이자 마지막으로 1학년 담임을 하셨던 때라고 말씀해 주셨다. 믿기지 않았다. 첫 1학년 담임이셨다는 게 쉽사리 믿기지 않을 만큼 내 기억 속 선생님은 너무나도 능숙하고 완벽하셨다.

"부족했지만 아이들을 사랑하는 마음은 컸던 과거의 나를 좋게 기억해 주는 정원이가 있듯, 아직은 서툴지만 지금의 정원이를 좋아하고 기억해 주는 아이들이 있을 거야."

선생님이 보내 주신 메신저 답장의 한 마디가 가슴에 크게 와닿았다. 아이들은 내 수업을 평가하는 사람들도, 내 학급경영을 감시하는 사람들도 아니다. 그런데 나는 나의 서툴고 어설픈 모습을 들킬까 봐 늘 전전긍긍하며 하루하루를 보내고 있었다. 마음의 여유가 없었던 나는 3월이 다 지나도록 아이들 한 명 한 명과 제대로 깊은 대화를 나누어 본 적도 없었고, 아이들에게 따뜻한 애정과 관심을 주지도 못했다. 내가 16년 전 선생님과의 행복한 추억과 선생님의 따뜻한 눈빛을 기억하듯이, 아이들이 먼 미래에 기억할 것은 그저 내가 아이들을 사랑하는 마음 하나라는 사실을 간과하고 있었다. 신규 교사인 지금 내가 할 수 있는 일은 화려한 수업도 전문적인 학급경영도 아닌, 그저 처음 만난 내 제자들을 진솔하게 대하고 아낌없이 사랑을 주는 것임을 깨닫게 되었다. 16년 전 초등학교 1학년 제자에게 첫 학교생활을 하나부터 열까지 가르쳐주셨던 선생님은 16년 후 첫 신규생활을 정신없이 보내고 있는 제자에게 또 한 번의 큰 가르침을 주셨다.

몇 주의 시간이 흐르고 선생님께 또 한 통의 메신저를 받게 되었다. 선생님께서는 학교로 택배를 하나 보냈으니 학교 택배 보관함을 한번 확인해 보라고 하셨다. 무슨 택배지? 궁금증을 안고 점심시간에 택배 보관함에 가서 내 이름으로 온 택배 하나를 집어 들었다. 교실에 와서 택배 상자를 열어 보니 그 속에는 텀블러와 학급경영 책 같은 신규 교사에게 필요한 물건들이 차곡차곡 들어 있었고, 편지봉투 하나도 함께 들어 있었다. 편지봉투를 무심코 열었다가 그만 아이들 앞에서 눈시울이 시큰해지고 말았다. 선생님의 편지 속 글씨체는 16년 전 선생님이 내 일기장에 달아 주셨던 코멘트의 글씨체 그대로였다.

"아이들과 함께하는 시간이 기쁨으로 가득 채워지길 바랄게!"

선생님의 응원은 3월의 불안정하고 위태했던 나에게 부적처럼 남았다. 선생님은 십수 년 전의 오래된 제자에게 마음이 담긴 선물과 손 편지를 보내 주실 정도로 여전히 따뜻하시고 섬세하신 분이셨다. 덜컥 24명 아이의 담임이 되어서 이 아이들을 챙겨주어야 한다는 나름의 부담과 책임감에 힘들어하고 있었는데, 나도 아직 누군가의 따뜻한 챙김을 받는 제자라는 사실이 큰 위안이 되었다. 선생님과 나눈 연락은 내 첫 교직 생활에 큰 울림을 주었고, 나도 선생님처럼 누군가의 기억에 오래오래 남을 수 있는 그런 교사가 되어야겠다는 당찬 다짐의 계기가 되었다.

신규 교사의 3월 살아남기

1. 선배 선생님들께 질문하고, 또 질문하기

'모르면 질문을 해야 한다'라는 것을 모르는 건 아니지만 막상 현장에 나와 보면 선배 선생님들께 모르는 것을 전부 다 질문하는 것은 절대 쉽지 않습니다. 특히 2월 새 학기 준비 기간에는 모르는 것이 너무나도 많았는데 다른 선배 선생님들께서도 너무 바빠 보이셔서 눈치만 보고 있었던 기억이 있습니다. 하지만 궁금한 것을 질문하지 않고 그냥 넘어가면 결국은 어딘가에서 펑크가 나서 일을 다시 해야 하는 수고로운 일이 발생하게 됩니다. 이런 몇 번의 뼈아픈 경험을 바탕으로 이제는 모르는 것이 있으면 선배 선생님들께 질문해서 정확하게 알아내고 나서 일을 하는 것이 제일 효율적인 방법이라는 것을 알게 되었습니다.

다만 신규 교사의 큰 문제점 중 하나는 내가 무엇을 모르는지도 잘 모른다는 것입니다. 그래서 질문을 할 때도 '내가 지금 무슨 말을 하는 거지?' 싶을 정도로 횡설수설하는 때가 종종 있습니다. 이런 일을 조금이나마 방지하기 위해서 우선 저는 궁금했던 내용들을 질문 형태로 메모지에 적어 가는 편입니다. 그리고 그냥 막연하게 "모르겠어요." 보다는 "~을 여기까지는 알겠는데, 이다음부터 잘 모르겠어요."처럼 구체적으로 여쭤보려고 노력합니다. 제가 학생들의 질문을 받아 보았을 때도 모르는 지점을 구체적으로 질문할 때 알려 주기 훨씬 편하다는 것을 알게 되어서 저 역시도 항상 구체적으로 질문하기를 실천하려고 노력합니다.

2. 내가 학생들에게 중점적으로 지도할 가치 정하기

신규 교사에게 '학급경영'은 너무나 막연한 주제입니다. 교육대학교에서 듣는 강의도, 교생실습도 모두 '수업'에만 초점이 맞추어져 있고, '학급경영'에 대해서는 한 번도 생각해 볼 계기도 없이 덜컥 담임을 맡게 되기 때문입니다. 요즘에는 인터넷에서 각종 학급경영 자료를 검색 한 번이면 어렵지 않게 찾을 수 있습니다. 그렇지만 신규 교사는 정보의 홍수 속에서 과연 어떤 학급경영 자료가 나에게 맞는지 구별하기도 어려운 실정입니다.

이때 '내가 1년 동안 학생들에게 이것만큼은 확실하게 가르치고 싶다' 하는 가치 덕목을 키워드로 정하고 세부적인 실천 방법을 고민한다면 조금은 학급경영을 수월하게 준비해 나갈 수 있는 것 같습니다. 가령 저는 3월부터 매일 아이들에게 예의와 정리 정돈을 강조하고 있습니다. 우리 반 아이들은 "얘들아, 선생님이 제일 중요하게 생각하는 게 뭐지?" 물으면 자동으로 "예의요!", "정리 정돈이요!" 하고 대답합니다. 이 두 가지 키워드를 정해 놓으니 학생들에게 예의의 중요성을 가르칠 수 있는 자료나 교실 정리 정돈을 자동화할 수 있는 1인 1역 등 꼭 필요한 양질의 학급경영 자료를 찾을 수 있게 되었습니다. 다른 선생님들의 학급경영 자료들이 모두 좋아 보인다고 내 교실에 다 마구잡이로 섞어서 활용하게 되면 어느 순간 교사 본인조차도 '이걸 왜 하는 거지?' 하는 의구심이 드는 순간이 올 것입니다. 내가 가장 중요하게 생각하는 가치 2~3가지를 학급경영 키워드로 먼저 정하고, 이후에 세부적인 실천 방법을 고민해도 늦지 않을 것입니다.

어서 와, 글똥누기는 처음이지

_방효정

> "길을 잃는다는 것은
> 곧 길을 알게 된다는 것이다."
> - 아프리카 속담

초등학생 시절, 나는 일기 쓰기를 좋아했다. 일상 속 이야기를 글로 남기는 것도 재미있었지만 무엇보다 나는 일기를 읽고 선생님이 써주는 피드백이 참 좋았다. 선생님과 비밀 친구가 되어 속마음을 공유하는 느낌이 들었기 때문이다. 일기를 잘 쓴 날이면 선생님께서 반 친구들에게 내 일기를 읽어 주셨는데 이때 스스로가 자랑스러웠다. 그래서일까, 일기를 통해 선생님과 소통하면서 점점 더 글쓰기를 좋아하게 된 것 같다.

나는 교사가 되면 꼭 아이들과 글쓰기 활동하고 싶었다. 교단에 오른 첫해, 아이들과 주제 글쓰기 활동을 시작했다. 우리 반 아이들도 어린 시절의 나처럼 글쓰기 활동을 좋아할 것이라고 기대했다. 하지만 이 활동은 시간이 지날수록 여러 어려움에 부딪혔다.

일단, 생각보다 글쓰기를 싫어하는 아이들이 많았다. 글쓰기를 좋아하는 아이들만큼 싫어하는 아이들도 있었다. 글쓰기를 하지 않고 하교하려는 아이를 붙잡고 억지로라도 글을 쓰게 하는 것이 힘들었다. 그리고 생각보다 아이들과의 소통이 이뤄지지 않았다. 대충 비슷한 이야기를 반복해서 쓰는 몇몇 아이들의 모습을 보면 속이 상했다. 그리고 그런 아이들의 맞춤법을 일일이 고쳐 주고 있노라면 아이들도 나도 서로 피로해지는 기분이 들었다. 글을 잘 쓰는 아이와는 이야기할 거리가 많았지만, 글을 잘 쓰지 못하는 아이와는 소통은커녕 점점 더 관계가 나빠지는 것 같았다. 그렇게 1년 동안 끌고 간 글쓰기 활동은 애증으로 느껴졌다. 다음 해에도 이 활동을 계속 이어 나가야 할지 고민이 되었다.

'교사와 아이들 모두에게 짐처럼 느껴지는 글쓰기 활동을 계속할 수 있을까?'

그즈음, 이영근 선생님의 연수를 듣게 되었다. 선생님의 연수 속에서 '글똥누기²'라는 것을 처음 접했다. 글똥누기는 글쓰기에 대한 부담 없이 하루에 2줄만 쓰는 활동이었다. '잘 쓰는 것'이 아닌 '그냥 쓰는 것'에 초점을 두고, 매일 글을 쓰며 건강하게 자신의 마음을 표현할 수 있는 활동이었다. 가장 매력적인 부분은 피드백하는 방법이었다. 댓글을 적어 주며 뒤늦게 피드백해 주는 것이 아니라, 아이들이 글을 쓰고 오면 바로 읽고 말로 피드백을 해 주는 것! 그동안 내가 하던 방식과는 완전 다른 방식이었다.

'이거다!'

내가 원하던 아이들과의 소통, 그것을 실천할 수 있는 방법을 찾은 것 같아 기뻤다. 더 고민할 것도 없었다. 새로 만난 아이들과 바로 글똥누기를

2　관련 활동에 관하여 자세히 궁금한 분은 이영근 선생님의 『글똥누기』 책을 활용하세요.

시작했다.

　우리 반 아이들은 매일매일 글똥누기와 함께 하루를 시작했다. 대부분 아이는 등교하면 바로 글똥누기부터 했다. 하지만 어떤 아이는 자기가 하고 싶은 활동을 실컷 하고, 아침 시간이 끝나기 직전 부랴부랴 글똥누기를 검사 맡았다. 그런 아이를 보면 답답하기도 했지만 그래도 빨리하라고 재촉하지 않았다. 결과적으로, 우리 반 아이들은 한 명도 빠짐없이 글똥누기를 실천했다. 놀라웠다. 똑같은 글쓰기지만 방법을 바꾸니 다른 결과가 나왔다. '잘 쓰는 것'에 기대하지 않고 '과정이 어쨌든 그냥 쓰는 것'에 초점을 맞추니, 아이들도 나도 모두 부담 없이 편하게 글쓰기를 할 수 있었다.

　글쓰기에 대한 부담이 사라지니 새로운 것들이 보이기 시작했다. 먼저, 아이들의 글을 보다 보면 예상 밖의 잠재력을 발견할 수 있었다. 우리 반 한준이는 장난이 많고 선생님이 하라는 것을 단번에 하는 법이 없는 아이였다. 한번은, 한준이가 새로 생긴 탕후루 집에 대한 글을 길게 써 왔다. 나는 한준이의 글을 읽으며 "탕후루가 맛있었니?"라고 가볍게 물었다. 그러자 한준이는 눈을 반짝이며 속사포처럼 말했다.
　"여기 탕후루 집은 다른 곳과는 차원이 달라요. 여기는 설탕 코팅이 얇고, 바삭바삭해서 다른 곳보다 훨씬 맛있어요. 다른 곳은 설탕 코팅이 더 두껍거든요. 어제는 블랙 사파이어랑 파인애플 탕후루를 먹어봤는데 블랙 사파이어가 정말 맛있었어요. 다음에는 딸기도 먹어 볼 거예요."

　장난만 많은 줄 알았는데, 한준이가 관찰력도 많은 아이였다는 것을 그날 발견했다. 나는 이렇게 아이들의 글을 읽고 소통하며 그동안 발견하지 못한 아이들의 잠재력을 볼 수 있었다.

아이들과 글로 소통하며 제일 좋았던 점은, 조용한 아이들과도 충분히 소통할 수 있다는 것이었다. 우리 반 은하는 하루 동안 열 마디를 하지 않는 아이였다. 늘 마스크를 쓰고 있어 표정이 잘 보이지 않고, 친구들과도 이야기를 많이 하지 않았다. 그런 은하의 속마음을 알 수 있을 때가 바로 글똥누기 노트를 볼 때였다. 한번은, 은하가 풀죽은 표정으로 글똥누기를 검사 맡으러 왔다.

'어제 나는 체육 시간에 친구들이 비난하듯이 말을 해서 속상했다. 실수로 줄넘기 줄에 걸린 것인데, 잘 좀 뛰라고 화내듯이 말해서 속상했다.'
체육 시간에 아무 말이 없었던 은하였기 때문에, 속상한 은하의 마음을 그제야 알게 되었다.

"우리 은하가 매우 속상했구나! 친구들이 조금 더 부드럽게 말해 주면 좋을 텐데. 우리 다음 체육 시간에 함께 이야기해 볼까?"
풀 죽어 있는 은하가 조금이나마 밝아진 표정으로 고개를 끄덕이며 자리로 들어갔다. 글을 읽지 않았으면 절대 알지 못했을 은하의 속마음을 알게 되어 다행이라고 생각되는 순간이었다. 이처럼 평소에는 말이 없어 교실에서 눈에 띄지 않는 아이들의 속마음을 글을 통해 알 수 있었다.

아이들의 글 속에는 아이들의 삶이 담겨 있다. 아이들의 '글만 보는 것이 아니라 그 속에 펼쳐진 아이들의 '삶'에 관심을 가진다면 아이들과 더 깊숙이 소통할 수 있다. 그러다 보면 아이들의 생각지도 못한 잠재력을 발견하기도 하고, 평소에는 알지 못했던 속마음을 발견하기도 한다. 그리고 아이들만이 쓸 수 있는 재밌고 생생한 글을 보며 감동하기도, 새로 배우기도 한다.

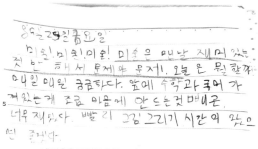

내 마음을 따뜻하게 한 우리 반 아이의 글똥누기

글똥누기. 이것이 내가 아이들과 소통하는 방법이다. 아이들의 삶을 발견하고 소통할 때, 나 역시도 교사로서의 삶이 채워지는 것처럼 느껴진다. 내겐 글 속에서 아이들을 만나는 것이야말로 교사로서의 보람과 기쁨을 느끼는 방법이다. 더불어, 나를 만나는 많은 어린이들이 나처럼 글로 소통하는 재미를 알았으면 하는 게 나의 바람이다. 이 바람을 담아 나는 매일 아침 아이들과 글똥누기 노트를 펼쳐 본다.

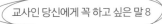

선생님의 관심을 모두에게로 나눠 주세요.

어느 교실에든지 선생님의 시선을 끄는 아이들이 있습니다. 주로 말썽을 일으키는 아이들입니다. 하지만, 그런 아이의 옆을 둘러보면 사실 더 많은 아이가 있습니다. 조용히 자기 일을 잘하는 아이들입니다. 말을 안 듣는 아이에게만 초점을 맞춰 지도하다 보면 어느 순간 잘하는 아이들을 잊기 마련입니다.

부정적인 시선을 이끄는 몇몇 아이에게 갈 관심을 스스로도 잘하는 아이들에게 나눠주시기를 추천해 드립니다. 저 또한 이것을 계속 고민하고 여러 방법을 찾아봤던 적이 있습니다. 밥 친구, 점심시간 산책, 글똥누기 등 다양한 방법을 생각했고 제 교실에서는 글똥누기를 실천하고 있습니다.

선생님의 관심을 모두에게로 돌릴 때, 좀 더 많은 학생이 선생님의 사랑을 받고 행복해질 기회가 생긴다고 생각합니다. 그리고 선생님 역시도 그런 아이들의 모습을 보면서 행복해지실 거라고 믿습니다. 저도 참 어려운 일이지만, 저희 함께 노력해 보는 건 어떨까요?

나의 신규시대

_ 신성욱

"천 리 길도
한 걸음부터 시작한다."
- 노자

　〈나의 소녀시대〉는 배우 왕 대륙과 송운화가 주연으로 나오는 대만에서 개봉한 하이틴 로맨스 영화다. 여기서 '시대'는 '시절'과 같은 뜻으로 사용되며, 과거 학창 시절의 추억을 떠올릴 수 있었다며 좋아하는 사람들이 많다. 글의 제목 〈나의 신규시대〉는 이 영화에서 따온 제목으로, 이 글을 쓰면서 내가 초등학교 교사로 처음 발령받았던 2015년으로 다시 돌아간 느낌이 들었다.

　"야, 우리 근무지 발표됐다는데?"
　"그래?"

　아마 2월 초였던 걸로 기억한다. 1월에 임용고시 2차 시험까지 보고 교사 합격이라는 결과표와 연수원에 가서 신규 교사들을 위한 연수까지 들은 이후의 일이다. 교육청 홈페이지에 들어가서 내 이름을 찾아보니 내가 근무하게 된 지역은 Y라는 지역이었다. 처음에 그 지역명을 봤을 때 내 머릿속에 가장 먼저 스친 생각은….

'거기가 어디지?'였다. 나는 고등학교 때까지 충청도에서 살아왔고, 대학생 때는 안양과 인천 주변의 학교에 다니며 살았다. 여행을 그리 자주 다니지도 않는 성격이라 이전까지 서울보다 북쪽으로 가본 적이 단 한 번도 없었다. 2차 임용고시를 본 의정부시도 내겐 충분히 멀었었다. 그런데 내가 처음으로 근무하게 될 Y 지역은 의정부보다 더 북쪽에 있는 지역이었다. Y 지역은 지리 시간이나 역사 시간 교과서에서나 종종 듣던 이름이었다. 그런데 내가 근무하게 된 곳이 그곳이었다. '음, 엄청 멀구나.' 이게 앞으로 3년은 더 살게 될 Y 지역에 대한 내 첫인상이었다.

내가 처음으로 근무하게 된 학교는 W 초등학교였다. 38선은 물론이고 임진강 이북에 있는 W 초등학교는 전교생이 50명이 안 되는, 한 학년에 한 반밖에 없던 작은 학교였다. 그 학교에서 나는 5학년들을 가르치게 됐다. 우리 반 학생의 숫자는 6명. 우리 반 학생의 이름과 얼굴을 전부 외우는 데는 5분이면 충분했다.

이런 작은 학교에서 일한다는 것은 집을 만드는 것과 같다. 모두가 협력해서 만드는 거냐고? 그런 뜻이 아니다. 처음부터 끝까지 나 혼자 다 해야 한다. 3월 1일부터 정식으로 교사가 되는 거라 아직은 일반인이었던 2월 말부터 나는 열심히 학년 교육과정이라는 것을 만들었다. 다른 선생님들께서도 조금씩 도와주셨지만, 일단 학년이 다르기도 했고 만드는 내가 감이 전혀 안 잡혔다. 무에서 유를 창조하는 기분이 이런 것이었을까?

　원래도 신규 교사로서 처음으로 학급을 운영한다는 게 쉬운 일이 아닌데, 이게 소규모 학급이라는 특성과 합쳐지며 시너지 효과를 내서 이 시절이 더 힘들었지 않았나 싶다. 예를 들어 수업 시간에 모둠별로 무언가에 대해 의논하고 모둠별로 의견을 발표하는 활동을 한다고 생각해 보자. 20명 전후의 학급에서 이런 활동을 한다면 5~6 모둠에서 학생들이 의견을 나누고 발표를 했을 것이다. 하지만 우리 반은 6명이었다. 6명이 한 모둠일 경우 의논해서 발표하면 그걸로 끝이었다. 그 이상 다른 모둠이 존재하지 않았다. 6명을 3명, 3명으로 나눠서 두 모둠으로 진행해 보기도 했었다. 그래도 두 모둠이 발표하면 그걸로 끝이었다. 당황스러웠다.

　또 다른 상황을 생각해 보자. 체육 시간에 피구를 한다고 상상해 보자. 20명 전후의 학생들이 피구를 하면 10명 내외의 두 팀으로 나뉘어 팽팽한 피구 대결을 하는 걸 상상할 수 있을 것이다. 혹은 남자는 남자끼리, 여자는 여자끼리 대결을 할 수도 있을 것이다. 다시 말한다. 우리 반은 6명이었다. 두 팀으로 나누면 3대 3이다. 우리는 체육 시간 한 차시에 15전 13선승제라는 무한 피구를 할 수 있었다. 남녀로 나누는 건 애초에 우리 반 6명 중 여학생은 단 2명이었으니 1대 1로 피구를 할 순 없었다.

　학생들의 생활지도도 비슷한 일이 반복됐다. 한 학생이 다른 학생을 놀려서 다른 학생의 감정이 격해졌다. 놀림을 당한 학생은 놀린 학생이 너무 싫고 다시는 말도 하고 싶지 않다고 한다. 놀린 학생은 장난이기도 하고,

놀림을 당한 학생도 자신을 놀리지 않은 건 아니라며 오히려 억울해한다. 이럴 때 교사는 어떻게 해야 할까? 20명 전후의 학생들이 있는 학급에서는 그 두 학생 간의 거리를 둘 수 있을 것이다. 앉은 자리도 멀리 떨어뜨려 놓고, 최대한 마주치지 않는 선에서 서로에 대한 악감정이 식을 때까지 분리를 시키는 것이다.

하지만 계속 말했듯이 그 당시 우리 반은 6명이었다. 멀리 떨어뜨려도 공간이 휑해서 아주 잘 보였다. 본인을 제외한 학생 5명 중 1명과만 이야기하지 않는 것도 쉽지 않은 일이었다. 더욱이 골치 아팠던 점은 둘 사이의 갈등이 올해 처음 발생한 게 아니라는 것이다. W 초등학교는 1학년부터 6학년 모두 한 학년에 한 반밖에 없다. 유치원도 마찬가지였다. 다시 말하자면 그들은 유치원 때부터(혹은 그 이전부터) 계속 같은 반이었다는 것이다. "얘는 1학년 때부터 계속 저 놀렸단 말이에요(현재 5학년이다)!"라며, 내가 대학에 입학하기도 전의 과거까지 말하는 학생들을 볼 때 머리가 띵해졌던 기억이 있다.

하여튼 그런 이유로 인해 첫해를 보냈던 당시엔 매우 피곤하고 힘들었다. 경험해 보지 못한 두 가지 세상이 하나로 합쳐졌으니까. 퇴근하자마자 그대로 밥도 안 먹고 뻗어 자버린 날도 셀 수 없이 많았다. 그렇지만 이제 와서 생각해 보면 그때가 그립다. 내가 전술한 사건들은 1년 내내 날 당혹스럽게 했지만, '지금의 내가 그 당시로 갔다면 훨씬 여유롭고 유연하게 1년을 보낼 수 있지 않았을까?'라는 의미 없는 가정을 하기도 한다. 하지만 그런 가정을 의미가 없다고 단언해도 애초에 모두에게 처음은 특별하다. 처음이라는 말엔 사람의 마음을 떨리게 하는 힘이 있다. 하물며 내겐 그

'처음'이 누군가는 평생 경험해 보지 못할 학교였으니 더더욱 그렇다. 그래서 더욱 아련하지 않을까 싶다. 이 글을 읽고 여러분도 무언가의 처음을 떠올려 추억에 빠질 수 있다면 매우 기쁠 것이다.

부드럽게 흘려 넘겨 보세요.

교사 생활을 하다 보면 학생들의 무례한 행동과 말을 자주 보게 됩니다.

"싫어요.", "왜요?", "이거 재미없어요." 등의 말은 기본이고 교사가 앞에서 수업을 진행하고 있는데 흥얼흥얼 노래를 부르거나, 춤을 추기도 하죠. 심지어 극단적인 경우엔 교사에게 욕을 하는 일도 있죠. 그런 상황을 겪으셨을 때 어떻게 하셨나요? 혹은 앞으로 겪는다면 어떻게 하실 건가요?

예전의 저는 그런 걸 용납하지 않았습니다. "어딜 예의 바르지 않은 말이나 행동 하냐."라고, 그런 말을 한 학생을 심하게 질책했습니다. 종종 저의 강한 훈계에 학생들이 눈물을 보이기도 했습니다. 하지만 저의 마음도 그리 편하지 않았습니다. 학생들의 우는 얼굴 혹은 제게 지적이나 훈계를 당해서 풀이 죽거나 혹은 화가 나 악에 받친 모습을 보는 것 자체가 더 스트레스이기도 했고, 제 분노가 무색하게 학생들은 또다시 무례한 행동을 반복하는 게 두 번째 이유였습니다. 저는 또 분노해 상술한 행동을 거듭하고요.

학생들의 무례한 행위를 공격으로 비유할 때, 교사가 분노로 반응한다면 강 대 강의 상황을 만들지 않나 생각합니다. 강 대 강이면 어느 한쪽이 부러져야 끝이 납니다. 교사의 분노가 학생들의 무례함을 부러뜨린다 해도, 그 흔적이 남습니다. 반대로 학생들의 무례함이 교사를 부러뜨리면 그 후폭풍은 상상하기 싫을 만큼 끔찍할 겁니다.

학창 시절 실없는 농담을 하시던 선생님이 계셨습니다. "싫어요."라는 말엔 "싫으면 시집가."라고, "왜요?"라는 말엔 "왜요는 일본어고."라는 식으로 응수하셔서 다들 어이가 없어 하면서도 피식 웃었던 기억이 납니다. 어쩌면 그 선생님께서도 학생들의 무례한 언어를 부드럽게 흘려 넘기셨던 건지도 모르겠습니다.

저도 요즘엔 학생들이 홀로 노래를 부르면 수업에 집중하지 않는다고 화를 내는 대신 웃으며 "A가 노래가 부르고 싶구나. 한번 나와서 제대로 불러볼래?"라고 기회를 줍니다. 많은 경우, 학생들은 부끄러워하며 손사래를 치더군요. "흠, 기회를 줬는데도 네가 안 부른 거다. 또 부르지 말렴."이라고 말하고 수업을 진행합니다. 혹시라도 정말로 나와서 노래를 부르는 경우엔 잠깐 노래를 다 같이 감상하는 시간을 가졌습니다. '어차피 진짜 노래를 부를 정도면, 그냥 놔두거나 주의를 환기해도 계속 불렀겠지.'라는 마음으로요.

마찬가지로 어떤 학생이 "씨X"이라고 욕을 할 경우, 저 역시 화가 머리끝까지 치솟지만 "식빵은 집에 가서 먹으렴." 혹은 "네가 좋아하는 숫자를 말하지 말렴."이라고 말하며 그 공격을 부드럽게 넘기려고 노력합니다. 강하게 대응해서 상처 입었을지도 모를 제 마음을 위해서요.

선생님들께서도 부드러움의 미학을 실천해 보시는 건 어떨까요?

함께라서 행복해

_ 신수민

> "함께 일하는 것은
> 서로의 길을 밝히는 것이다."
>
> - 헬렌 켈러

"선생님, 왜 우리 반에 자꾸 다른 선생님 들어와요?"
이상함을 감지한 아이들. 결국 들켜 버렸다.

3월 첫 주, 월요일에 개학해 꽉 채운 한 주를 보낸 나는 무언가 예사롭지
않음을 느꼈고, 쉽지 않은 한 해를 보내게 될 것이라 예상했다. 아니나 다
를까, 하나둘씩 사건이 터지기 시작했다. 교과 진도를 나가는 게 아니라,
생활지도만으로 하루를 보내는 것이 낫겠다고 생각했을 정도였다. 어느 날
은 '내가 부족해서 그렇겠지.'하며 자책했고, 어느 날은 '그럴 수도 있지, 괜
찮아.'하며 넘겨 버렸다. 세상을 둥글게 살아가자는 주의인 나는 사사건건
말로, 몸으로 부딪치는 아이들을 상대하는 것이 어려웠다.

대혼란의 3월이 지나고, 나는 동학년 선생님께 조심스럽게 부탁드렸다.
"선생님, 혹시 괜찮으시면, 전담 시간에 저희 반 한번 들어와 주실 수 있

으세요?"

그렇다. 나에게는 멋진 동료 선생님들이 있었다. 서로의 일에 함께 기뻐하고 함께 슬퍼하는 선생님들. 선생님께서는 흔쾌히 내 부탁을 받아들여 주셨다. 일주일에 딱 한 번 있는 소중한 전담 시간에 선생님께서는 우리 반의 모습을 지켜보고 가셨다. 아이들이 하교한 후 나는 동료 선생님을 찾아가 조언을 구했다.

"선생님, 저희 반 어땠나요?"

"아까 같은 상황일 때 선생님이라면 어떻게 하셨을 것 같아요?"

선생님께서는 보고 느낀 것을 아낌없이 나누어 주셨다. 각자 고민되는 부분을 함께 이야기하며 위로도 받고, 새로운 해결책을 찾아가기도 했다. 같이 이야기하며 새롭게 떠올린 방법은 바로 다음 날 수업에 적용해 보았다. 잘될 때도, 잘되지 않을 때도 있었지만 시도하는 것만으로도 충분히 가치가 있었다. 선생님의 조언으로 많은 힘을 얻은 나는 다른 선생님들께도 조심스럽게 부탁을 드렸다. 한 분, 두 분, 세 분. 세 분의 선생님들께서 우리 반을 찾아 주셨고, 나에게 혜안을 나눠 주셨다.

"그 아이는 선생님께 칭찬받으니 확실히 태도가 좋아지더라고요."

"선생님, 앞문 쪽에 앉은 아이는 선생님이 뒤돌면 아무것도 안 해요."

선생님들께서는 내가 미처 보지 못했던 모습들을 발견해 주시기도 했고,

"선생님, 이거 두 번째 활동이랑 연결해도 정말 재미있을 것 같아요."

"이 수업 저는 이렇게 해 봤었는데 아이들 호응도 좋고 학습 목표 도달도 되는 것 같았어요."

"2 모둠 아이들은 내용을 이해하질 못하더라고요. 이 친구들이 할 수 있는 활동이 뭐가 있을까."

수업 아이디어를 제안하고 함께 고민해 주시기도 했다. 이렇게 선생님들과 나누는 모든 대화가 교사로서도, 한 사람으로서도 나를 성장하게 도와주었다고 이야기해도 과언이 아니다. 이야기를 나누며 나와 아이들의 모습을 돌아볼 수 있었고, 앞으로 도전해 볼 여러 수업과 지도 방법을 떠올릴 수 있었다. 사실 아이들을 지도하는 데 번뜩이는 해답이 있어 문제가 한순간에 해결되는 것은 아니다. 아이마다 성향이 다르고, 교사마다 맞는 방식이 다르기 때문이다. 그리고 우리에게 가장 적합하다고 여겨지는 방법을 찾는다고 한들, 아이들이 긍정적으로 변화하는 데는 충분한 시간이 필요하다. 그렇지만 이 소중한 수업 나눔의 시간은 우리에게 적합한 방법을 찾는데 한층 가까워지도록 해 주었다.

그럼 이렇게 거창하게 들리는 조언들만 기다리고 있었는가, 절대 아니다. 때로는,

"선생님, 정말 힘들겠어요."

"그 아이는 정말 쉽지 않네요."

"저라면 이미 내려났을 거예요. 버티는 것만으로도 대단해요."

이런 진심 어린 위로와 공감이 아주 큰 힘이 되기도 하였다. 누군가 나의 마음을 알아주는 것만으로도 난 혼자가 아니라는 것을 느낄 수 있었고, 다시 아이들과 새로운 하루를 보낼 힘을 얻을 수 있었다. 우리의 이야기는 항상 파이팅을 외치는 것으로 끝났다. "너는 정말 긍정적이야."라는 말을 듣고 살았던 내가 조금씩 무너지고 있을 때, 선생님들의 위로, 공감과 응원으

로 다시 일어설 수 있었다.

　우리 반에서는 여전히 상상하지도 못한 돌발 상황이 매일 일어나고 있다. 준비한 수업은 예상하지 못했던 방향으로 흘러가 갈등의 불씨가 되고, 아이들의 다툼으로 수업이 중단되기도 한다. 하지만 이제는 일단 한 걸음 떨어져 교실을 다시 바라본다. 어쩌다 갈등이 시작되었는지 돌이켜본다. 다음에 이런 일이 일어난다면 어떻게 지도할 것인지, 어떤 방향으로 수업을 준비할 것인지 고민한다. 그래도 마땅한 방법을 찾지 못하면, 옆 반 문을 두드린다.

　올해, 나는 멋진 동료 선생님들과 함께하고 있다. 각자의 일을 하느라 분명 바쁘실 텐데, 동료 선생님의 이야기에도 귀를 기울이며 내 일인 것처럼 마음을 써 주신다. 이 자리를 빌려 우리 반을 찾아 주신 선생님들, 가까이서 또 멀리서 힘을 실어주신 모든 선생님께 감사 인사를 드린다.

동료 선생님들과 나눠 보세요.

초등교사는 각자 교실이라는 독립된 공간에서 일하다 보니, 이것이 때로는 장점으로 느껴지기도, 단점으로 느껴지기도 합니다. 고민거리가 있을 땐 옆 반 문을 두드려 보세요. 우리는 혼자가 아닙니다. 선생님의 이야기를 들어주고 함께해 주실 동료 선생님들께서 기다리고 계실 거예요. 우리에게는 열린 마음과 문을 두드릴 용기만 있으면 됩니다.

제가 동료 선생님들께 수업을 공개했다는 이야기를 다른 학교의 동기 선생님께 했을 때, "동료 장학도 임상 장학도 아닌데 어떻게 그럴 수 있어요?"라는 말을 들었습니다. 그만큼 수업을 공개하는 것이 어렵게 느껴질 수 있다는 말이지요. 저는 제 수업과 지도 방식이 너무나도 부족하다고 생각했고, 오히려 그래서 수업을 나누고 조언을 얻고자 하였습니다. 완벽하게 준비된 우리 반의 모습을 보여 줄 필요는 없습니다. 그저 있는 그대로를 보여 주고, 다른 선생님들의 조언을 열린 마음으로 받아들일 준비가 되어 있으면 충분합니다. 준비되셨다면 옆 반 문을 두드리세요. 동료 선생님들께서도 도와주고 싶은 마음을 가득 안고 선생님을 기다리고 있을 거예요.

신규는 처음이라

_ 오다빈

"배움의 아름다운 점은
누구도 그것을 빼앗아 갈 수 없다는 점이다."

- 비비 킹

아이들과 만나기 하루 전날, 왜 명렬표와 시간표는 잘라도 잘라도 끝이 없고, 학급 안내문은 써도 써도 수정할 것이 그렇게 많은지 고생을 꽤 했던 기억이 있다. 이런 것들보다도 심각했던 건 옆 반 선생님의 꽉 차 보이는 교실과 다르게 아무리 꾸민다고 꾸며도 텅 비어 보이는 내 교실이었다. '나는 신규 교사입니다.'를 광고라도 하듯이 텅 비어 있는 선반과 교실 뒤 게시판이 계속 내 신경을 자극했다. 온전히 내 힘으로 만드는 교실은 처음이다 보니, 신경 쓸 일이 너무나도 많았다. 그래서 오히려 어느 것 하나 제대로 손에 잡히는 일이 없었다. 컴퓨터 앞에 앉아서 학급 안내판에 들어갈 문구를 한두 줄 수정하다가 교실 앞 게시판을 꾸미고, 다시 앉아서 시간표 작업을 하다가 완성하지 못한 채로 일어나서 뒤 게시판을 꾸미는 일을 반복했다. 이러다가 오늘 퇴근을 못 하겠다 싶어서 필수로 해야 할 일들만 추려서 하고 있는데 시계가 어느덧 6시를 가리키고 있었다. 학교 지킴이 선생님이 그사이 우리 교실을 두 번 정도 다녀가셨다. 두 번이나 교실에 오셔서

'언제 퇴근하세요?'라고 물어보는 건 처음 있는 일이라 나 때문에 지킴이 선생님이 퇴근을 못 하시는 줄 알고 교실에 쓰레기도 잔뜩 둔 채로 후다닥 짐을 쌌다. 짐을 싸면서도 신발장에 아이들 명렬표를 붙일까 말까를 열 번 정도 고민하다 '아 그래도 작년에 학교 일 년 다녔는데 본인 번호 정도는 알겠지.'란 마음으로 퇴근 버스에 몸을 실었다.

이게 실수라면 큰 실수였다. 시업식 날 아이들이 등교하면서 25번 질문을 들었다.

"선생님 제 신발주머니 어디에 두어야 해요?"

"너 이름이 뭐니?"

"김시훈이요."

"가만 보자…. 너는 5번이니까 숫자 5에 두렴."

여기서 마무리되었어도 그렇게까지 정신없진 않았을 텐데 문제는 자기 반을 잘못 알고 있는 아이들이다. 나름 개학식 전 우리 반 아이들 이름은 다 외우고 있었는데 생전 처음 듣는 본인 이름을 말하며 우리 반이라고 이야기하는 것이다.

"이름이 뭐라고? 박현주가 정말 맞아?"

"네. 박히아쥐에요."

"조금 더 정확하게 발음할 수 있니? 선생님이 잘 못 알아듣겠어."

우리 반 아이들 번호도 알려 주면서 반을 잘못 찾아온 아이의 반을 찾아주려니 아직 1교시는 시작도 안 했는데 혼이 쏙 빠지는 느낌이었다. 이때는 학교 내선 전화도 사용할 줄 몰랐고 나이스도 가입되기 전이라 메신저도 사용할 수 없어서 아이를 데리고 다니면서 선생님들께 이런 아이가 선생님 반이냐고 묻고 다녔다. 한 명 찾아 주니 다른 한 명의 아이가 또 잘못 찾아 왔다.

'아… 저학년은 본인 반을 모를 수도 있구나. 이걸 모르네?'라는 생각을 하며 겨우겨우 우리 반 스물다섯 명을 자리에 앉혔다.

그리고 준비해 둔 아침 활동을 시키고 있었는데 시업식을 해야 하니 채널을 4-1번으로 맞춰달라는 방송이 나왔다. 웬만한 어려움은 다 예상하였는데 이건 예상하지 못한 난관이었다. 화면이 컴퓨터와 연결되어 있는데 채널을 4-1로 맞추라니! 이때부터 매우 당황했지만 당황하지 않은 척을 하고 화면이 고장 난 것 같다는 등의 이야기하며 리모컨을 막 눌렀다. 누르다 보니 빨주노초파 무지개 화면이 나왔다. 아이들이 속삭이기 시작했다.

"선생님 저희 반은 방송 못 봐요?"

"아니야, 곧 나올 거야."

말을 내뱉고 나니 정말 큰 일이다 싶어 복도를 쳐다봤다. 마침 어떤 여자 선생님이 지나가고 계셨다. 사실 그분이 선생님인지, 학부모님인 줄도 잘 몰랐지만, 지푸라기라도 잡는 심정으로 붙잡고 텔레비전 채널 맞추는 방법을 아시냐고 여쭤봤다. 다행히도 멋지게 채널을 4-1로 맞춰 주셔서 우리 반 아이들과 시업식 방송을 볼 수 있게 되었다. 너무 정신이 없어서 선생님 얼굴도 기억이 잘 안 나지만 도와주셨던 선생님께 다시 한번 감사의 인사를 드리고 싶다.

무사히 시업식을 마치고 준비한 활동을 몇 가지 하니 점심시간이 되었다. 원래 우리 학년끼리 협의한 점심시간이 있는데 오늘은 1학년이 급식하지 않으니 우리 학년부터 10분 당겨서 급식을 먹으러 오라는 메시지를 받았다. 그래서 점심 활동을 제대로 시작하지도 못하고 우리 반 아이들 줄을 세웠다. 저학년은 줄을 서는데도 한세월이라 혹시나 우리 반이 늦어서 다른 반 급식받는 데 방해가 되진 않을까 하는 걱정이 앞섰다. 그래서 우리 반 아이들을 최대한 일찍 준비시켜서 급식실에 내려갔다. 그것이 3월 첫날 가장 큰 문제의 시작이었다. 영양사 선생님도 나도 우리 학교에 처음 온 신규 교사라서 아이들이 어떻게 줄을 서고 어떻게 반별로 앉아서 먹는지 몰랐다. 아이들은 아무렇지도 않게 급식을 받는데, 나와 영양사 선생님은 아이들을 어디에 앉혀야 할지 몰라 당황하고 있었다. 당황하는 와중에 아이들을 앉히자 하필 그 자리가 구석도 아닌 가운데 두 줄이었다. (아이들 하교 후에 다른 선생님들께 여쭤보니 우리 학교는 반별로 한 줄씩 끝에서부터 채워서 앉는다고 하셨다.) 나도 첫 급식 지도이다 보니 떨리는 마음으로 정신없이 밥을 먹고 있는데 들어오는 선생님마다 놀라시며 한 말씀씩 하셨다.

　"오늘 어떻게 앉는 거예요?", "왜 저렇게 앉았지?"

　이때부터 뭔가 잘못되었음을 감지하고 밥이 입으로 들어가는 건지 코로 들어가는 건지 맛을 느낄 수 없게 되었다. 우리 반이 잘못 앉아서 뒤이어 들어오는 반도 불편하게 앉아야 하는 상황이 발생했고 이건 신규에게는 너무나 큰 사고였다. 내 마음은 너무나 불편한데 우리 반 아이들은 끝까지 앉아서 밥을 먹고 나에게 계속 말을 걸어왔다. 마음속으로는 '제발 밥 빨리 먹고 교실 올라가자.'를 수백 번도 더 외쳤고, 억지 미소를 지으며 첫 급식

지도를 마쳤다. (첫 급식 지도 이후 나는 절대로 먼저 우리 반 아이들을 데리고 줄을 서지 않는다. 옆 반 선생님이 어떻게 가시는지 충분히 파악한 후 우리 반을 데리고 나가게 되었다.) 급식 지도 후 어떤 정신으로 무슨 수업을 했는지는 기억이 잘 안 나지만 하다 보니 4교시 수업을 마쳤다. 그렇게 신규 교사로 데뷔하는 첫날 40시간 같은 4시간을 보냈다. 신규는 처음이라 많이 헤매면서 혹독한 신고식을 치르고 나는 그렇게 교사가 되었다.

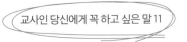

3월 전에 알아두면 좋은 것들

1. 직급이 있는 선생님들은 부장님이라고 부르기

각 학년의 부장님, 각 부의 부장님은 선생님보다 부장님이라는 호칭으로 부릅니다. 또한 연차가 많이 쌓인 선생님들은 부장이 아니더라도 대체로 부장님이라고 부른답니다.

2. 내선 전화 거는 방법과 받는 방법 익혀 두기

학교마다 내선 전화번호가 다 다릅니다. 교무실, 보건실, 옆 반 선생님 등의 내선 전화번호는 익혀 두는 것이 좋습니다. 아이들이 많을 때 찾으려면 은근히 시간이 오래 걸리거든요. 또한 전화하거나 받을 때는 "안녕하세요. 2학년 ○반 ○○○ 입니다."처럼 소속을 밝히는 것이 중요합니다.

3. 아이들 결석 시 필요한 서류가 무엇인지 알아두기

4. 학교장허가 교외 체험학습 양식, 결석신고서 등은
  미리 내려받아 두기

첫날부터 이러한 서류들을 찾는 학부모님들이 꽤 많으십니다. 또한 결석신고서를 제출할 때는 약 봉투, 처방전 등이 필요함을 미리 알아두면 안내할 때 더 수월

합니다.

5. 학급운영비로 보드게임 사 두기

교실에 놀잇감이 없으면 아이들이 뛰어다니면서 놀아 다칠 수 있습니다. 저학년
이라면 특히 쉬는 시간, 점심시간에 가지고 놀 놀잇감이 필요해요.

난 충분히 잘하고 있다

_오수진

"이 세상 최고의 명품 옷은
자신감을 입는 것입니다."
- 혜민스님

"난 왜 매해 교사하기가 어려울까?"

"연차가 몇 년 안 된 선생님도 저렇게 평화롭게 학급을 운영하는데 나는 뭐 하고 있는 걸까?"

"난 왜 이다지도 능력이 없을까?"

교직 생활이 15년을 넘었다. 항상 아이들을 가르치는 게 어려웠다. 혼란스러웠고, 우왕좌왕했다. 좋은 기억이 없는 건 아니었다. 아이들이 날 좋아해 주고, 학부모들이 나를 최고의 선생님이라고 칭송해 주던 해도 있었다. 그러나 그 해 또한 쉽지 않았다. 경력이 쌓인 많은 선생님은 자신에게 알맞은 지도방법을 찾아 자신감을 가지고 안정적으로 학급을 운영한다. 나는 매해 내가 해온 방식들에 대한 회의감으로 한 해를 마무리했다. 매해 새로운 방식을 연수에서 책에서 익히고 적용했지만, 결론은 실패였다. 교실이 붕괴하거나 큰일이 발생한 건 아니었다. 그러나 내가 지도하는 방식을 전혀 믿을 수 없었다. 잘하고 있다고, 이만하면 충분하다고 생각한 적이 한 번도 없다.

    몇 해 전, 학급의 아이들은 예전보다 다루기 더 어려웠다. 싸움이 잦았고, 수업에 집중하지 못하는 아이들이 많았으며, 교사의 말을 따르지 않는 학생들도 있었다. 그 아이들과 씨름하다 보니 몸과 마음이 지쳤다. 가정에서 두 아이의 엄마로 역할이 버거운 탓도 있었다. 학교에서 아이들을 더 이상 가르치기 힘들 정도로 취약해졌다. 비난의 메시지가 매일 가슴 속으로 파고들었다.

    "내가 너무 못나서 견딜 수가 없어."

    "난 세상에서 가장 가치 없는 사람이야."

    "내가 하나씩 선택할 때마다 더 최악의 상황으로 가. 차라리 세상에 내가 없었으면 좋겠어."

    그렇게 나는 자신을 스스로 잘못과 실수가 잦고 능력이 낮다는 자기 비난의 메시지를 키워 왔다.

    사실 자기 비난의 메시지는 교사를 하면서 처음 생기진 않았다. 어린 시절부터 하나씩 쌓아왔다. 나는 실수투성이라고 생각했다. 나는 못생겼다고 생각했다. 시간이 지나고 나이를 먹으면서 하나씩 하나씩 더 생겨났다. 청소를 못 하고, 사람 관계를 못 하고, 화를 잘 내고, 공격적이고, 변덕이 심하고 등등. 매번 상황이 바뀌면 내가 더 나은 사람이 되리라는 희망을 품기도 했다. 대학교에 가면서 독립하고, 직장에 다니고, 결혼하고, 아이를 낳았다. 상황은 바뀌었지만 나는 나아지지 않았다. 내가 더 못나질 뿐이었다.

자기 비난의 메시지를 더 이상 견디다 못해 휴직을 냈다. 휴직을 내고 온전히 나의 치유에만 전념했다. 여러 차례의 상담과 상담 연수를 통해 알게 된 사실은 내가 '나쁜 완벽주의'에 고통받고 있었다는 것이다.

책 『어린 완벽주의자들』에서 소개된 나쁜 완벽주의는 흔히들 아는 개념이 아니다. 보통 '일을 다른 사람들에 비해 완벽히 해낸다.'라는 의미로 "완벽주의"를 알고 있지만, 완벽주의가 좋은 것과 나쁜 것으로 구분된다는 점은 모른다. 위 책에서는 두 완벽주의를 구분하고 나쁜 완벽주의를 가진 사람들의 특징을 알려 준다.

좋은 완벽주의는 자신이 목표한 바가 있고 목표를 향해서만 완벽을 추구한다. 모든 분야에서 완벽할 수 없음을 알고, 그럴 시도도 하지 않는다. 자신의 목표를 위해 필요한 내용을 파악하고, 계획에 따라 성취해 나간다. 그 과정에서 타인들에게 영향받지 않으며, 자신이 해낼 수 있음을 믿는다. 이런 사람들은 과정을 즐길 줄 알고, 언젠가는 목표를 달성할 가능성이 크다.

반면 나쁜 완벽주의는 목표한 분야뿐 아니라 다른 모든 분야에서도 완벽을 추구하려 한다. 자신의 목표를 세우기 위해 노력하지만, 그 과정에서 자신에 대한 믿음이 부족하다. 목표 설정, 계획, 실행 등의 모든 과정에서 타인(실제로 존재하지 않을 수 있는)에게 신경을 쓰며 흔들린다. 이런 사람들은 과정에서 힘겨움을 느끼며, 목표를 달성하지 못할 가능성이 크다.

교사를 하면서 나쁜 완벽주의는 순간순간 힘들게 다가왔다. 우리 반 아이들이 줄 서는 데 오래 걸리면 나는 줄 하나도 제대로 못 세우는 교사가 되었다. 수업 시간에 아이들이 설명을 못 알아들으면 수업 내용도 제대로 설명 못 하는 교사가 되었다. 아이들이 수업 내용을 지루해하면 수업을 재미있고 흥미 있게 못 하는 교사가 되었다. 나중에는 한 수업에 대해 3가지 방안을 가지고 수업하기도 했다. 아이들이 가고 난 후 교실 바닥에 먼지가 남아 있으면 청소 지도를 못 하는 교사가 되었다. 제출해야 하는 내용 등 업무가 늦어지면 작은 업무 하나를 못 하는 교사가 되었다. 어느 날은 아이들이 줄을 잘 서서 만족해도, 수업 시간에 떠드는 아이들이 평소보다 많다고 생각되면 난 또 실패한 교사가 되었다. 수업 시간을 즐겁게 마무리해도, 청소가 제대로 되어 있지 않으면 난 또 못난 교사가 되었다.

담임교사는 다양한 요구를 만족해야 하는 역할임은 분명하다. 아이를 가르치고, 학업에 뒤처지는 경우를 챙기고, 갈등을 중재하는 등 아이의 학업과 생활 전반에 관여하고 책임져야 한다. 그 와중에 학부모를 챙겨야 하고, 학교의 업무도 해야 한다. 하나만 잘한다고 되지 않는다. 만능이 되어야 한다.

그러나 사람은 만능이 될 수 없다. 완벽해질 수 없다. 세상에 큰 업적을 세우는 훌륭한 사람들도 모든 방면에서 완벽하진 않았다. 그런 만큼 선생님들의 특성과 장점은 다양하다. 수업을 재미있게 하는 반, 질서가 있는 반, 쉬는 시간을 조용하고 차분하게 보내는 반, 갈등이 적은 반, 행동이 빠른 반, 깔끔한 반 등. 나쁜 완벽주의를 인식하고 나서 모든 것에 완벽할 수 없음을 받아들이려 하고 있다. 그리고 비난의 말이 나오려 할 때마다 나는 이미 충분하다고 이야기해 주었다. 나를 먼저 믿었다. 충분하다고 말할수록 마음이 안정되었고, 교사가 안정되자 학급도 안정되어 갔다.

꽤 오랜 기간 마음공부를 했지만, 아직 나쁜 완벽주의가 완전히 사라지진 않았다. 그러나 나쁜 완벽주의가 올라오면 난 잘 해내고 있음을 증명하고 난 이미 충분한 사람임을 증명하는 과정을 가진다. 비난은 나를 점령하지 못하고 짧은 시간 안에 다시 제압된다. 그렇게 조금씩 나쁜 완벽주의를 떼어내고 있는 중이다.

나쁜 완벽주의 NO, NO, NO

'난 못난 사람이야.'라는 메시지가 머릿속에 계속 맴돌고 때때로 나타나 자신을 괴롭힌다면 나쁜 완벽주의가 작용하고 있는 것은 아닌지 확인해 보아요. 소개한 책 『나쁜 완벽주의자들』은 고려대학교 의과대학 학생 상담센터의 전담 상담 의사가 쓴 책입니다. 저자는 의대생들의 상담을 맡아서 하고 있으며 세상 부러울 필요가 없어 보이는, 모든 이의 선망의 대상이 되는 의대생들이 실제로는 나쁜 완벽주의에 시달려 건강하고 행복한 삶을 사는 데 방해받고 있다는 점을 알게 되었습니다. 교사 또한 살아온 과정이나, 직장에서 요구되는 역할 때문에 완벽주의가 될 가능성이 큽니다.

나쁜 완벽주의에서 벗어날 수 있는 첫 번째 방법은 바로 자기 긍정 메시지를 지속해서 활용하는 것입니다. "난 충분히 잘 해내고 있어.", "이만하면 충분히 해냈어.", "이렇게 힘든 일을 해냈네. 역시 난 해내는 사람이야.", "이건 원래 힘든 게 맞아. 이 정도만 해도 잘 해낸 거야." 등의 메시지는 긍정 경험을 쌓는 데에 도움이 되고, 그로 인해 부정 메시지를 더 빨리 보낼 수 있게 해줍니다.

비난의 메시지가 지배하고 있을 때 긍정 메시지가 잘 넣어지지 않는다면 삶에서 긍정의 메시지를 만들 기회가 부족했기 때문입니다. 교사직은 직업 수행 기준치가 높기에 그럴 때는 교사 역할에서 긍정 메시지를 찾기보다는 다른 쉬운 곳에서 긍정의 메시지를 먼저 만드는 것도 추천합니다. 예를 들어 하루 운동을 해냈던지, 책을 한 권 읽었던지 말입니다. 사람의 관계에서 긍정의 관계를 만드는 게 가장 큰 도움이 됩니다. 나에게 편한 사람을 만나 웃고 떠들면서 "상대방에게 나는 이렇게 좋은 사람이구나. 내가 괜찮은 사람이니까 이렇게 좋은 관계가 맺어지지." 라는 생각들로 자기 긍정의 메시지가 탄탄해지게 됩니다.

책벌레와 책의 쾌락

_ 유지우

"어린이는 몰염치할 정도로
쾌락을 위해 책을 읽는다."
- 릴리언 스미스

   교사가 되고 아이들과 생활하며 깨달은 것이 있다. 아이들이 전혀 책을 읽지 않는다. 아침 시간과 활동 후 남는 시간에는 항상 독서만 하게 하여도, 나는 항상 딴짓하며 돌아다니는 학생과 입씨름했다. 아이들의 이렇게 행동하는 이유를 물어보면 대답은 간단했다.
   "책은 별로 읽고 싶지 않아요."
   아이들이 책을 좋아하지 않는 것은 하루 이틀 일이 아니다. 새것 같은 어린이 전집은 오랜 중고 매물이고, 아이들이 독서에 관심을 두게 하는 것은 어른의 영원한 숙원이다. 이러한 사태를 평생 지켜보며 나는 씁쓸해졌다. 너희들은 책이 재미없다고 생각하는구나.

   초등학생일 때 나는 친구들과 지내며 깨달았다. 친구들이 전혀 책을 읽지 않는다는 걸. 나는 학교가 끝나면 친구들과 놀러 나가기는커녕 집에 바로 가는 책벌레였다. 그래도 전혀 외롭지 않았다. 나에게는 무한한 이야기들이 있었으니까. 그러나 친구들은 그런 나를 별종이라 생각하며 그들만의 방과 후 생활을 즐기고는 했다. 나는 그런 친구들에게 열심히 책을 권하였다.

"이 책이 진짜 재미있어. 한 번만 읽어봐."
"그 책이 재미있어? 나는 책은 별로 재미없더라."
"… 왜 내가 방금 재미있다고 말했는데도 재미없다고 해?"

사실 이렇게 말하면서도 나는 그 친구들을 이해할 수 있었다. 나조차도 책에 넌더리가 나는 순간이 있었기 때문이다. 주로 유명한 어른들이 권하는 책들을 보는 순간이었다. 어른들이 권하는 책들은 이야기가 목적이 아닌 수단이 되는 책이었다. 그런 책은 열에 아홉은 재미가 없었다.

도서관에서 머무르다 보면 누구나 쉽게 인적이 드문 곳들을 찾아낼 수 있다. 그중 의외인 한 곳은 권장 도서 구역이다. 권장 도서 구역의 이야기들은 상을 많이 받았지만, 인기는 없다. 아이들은 어른들이 권한다는 말을 듣기만 해도 흥미가 떨어진다. 아이라도 교훈을 위해 이용당한 이야기는 재미없다는 것을 느낄 수 있기 때문이다.

흔한 소설 하나에도 교훈이 가득가득, 잠결에 듣는 옛이야기 하나에도 꾸지람이 풍성히. 여기에 "논리력과 어휘력을 키워 준대.", "상식이 풍부해진대."라는 소리가 더해져 어느새 독서는 목적이 아닌 수단이 된다. 나는 아이일 때 이런 말들에 혀를 삐죽 내밀었다. 재미있는 추리소설, 판타지 소설 등등. 내가 재미없다고 생각하는 책은 절대로 읽지 않았다. 괜히 상을 받았다, 훌륭하다는 말을 들으면 오기가 생겨 읽지 않기도 했다.

몸에 좋다는 이유로 쓴 음식을 흔쾌히 받아먹는 아이는 드물다. 아이는 맛이 언제나 일등이다. 같은 이유로 도서관에서 인기가 많은 곳은 항상 만화책 구역과 장르 소설 구역이다. 하지만 그곳에 서 있다 보면 꼭 어른의 목소리가 들린다. "이거 빌리면 다른 책도 한 권 빌리는 거다.", "이건 조금만 빌려."와 같이 아이가 그런 책을 읽는 것을 반기지 않는 목소리다. 하지만 어른들이 그토록 좋아하던 책벌레이자 교사로서 이 말은 꼭 하고 싶다. "그런 책이 뭐 어때서! 이거라도 읽어야지!"

교육적이지 못한 책들은 왜 읽는지 이해하지 못하는 사람들도 많다. 교육적이고 마음에 은은한 감동을 주는 명작들을 읽는 모습은 보기 좋아하고, 자극적이고 파격적인 이야기는 유해하다며 질색하는 어른들이 널렸다. 그러나 그런 이야기를 좋아하고 재미를 느끼는 아이들이 있다. 그 애들은 그 순간 즐기고, 순간을 발판 삼아 다음을 만들어간다. 그리고 다음은 이어져 책을 읽는 습관이 된다. 책에 대한 긍정적인 이미지와 긴 글을 읽는 능력은 강력한 학습의 무기이다. 정보로 가득한 세상에서 가장 많은 텍스트를 가진 매체를 해독할 수 있게 되기 때문이다. 그러나 중요한 것은 그게 아니다. 책 읽기가 그저 취미가 되고, 교육적인 효과까지 이어지지 않더라도 괜찮다. 무언가를 사랑하는 마음 또한 세상을 살아가는 데 강력한 무기가 되니까.

참으로 사랑하기 힘든 세상이다. 남의 사랑을 비아냥거리는 사람들도 많고, 제 한 몸 챙기기도 어려운 세상이다. 이런 세상에서 무언가를 사랑한다는 것은 무척 힘든 일이고 대단한 가치가 있는 일이다. 그래서 나는 아이들에게 재미있는 책을 권하고 싶다. 재미있는 책 속의 무언가나 재미있는 책

자체를 사랑해 보라고 크게 소리치고 싶다. 이건 내가 교사가 되고 싶었던 이유이다. 이 무한한 이야기 중에 네가 좋아할 이야기가 적어도 하나는 있을 거야. 그건 널 평생 떠나지 않을 거고, 너는 네가 힘들 때 불현듯 그걸 떠올릴 수도 있을 거야. 만약 평생 도움이 안 되더라도 그 순간의 네가 재미를 느꼈다면 그걸로 괜찮은 거야. 나는 이 말을 많은 아이 앞에서 소리치고 싶어서 교사가 되었다.

그래서 나는 아침 독서 활동을 꾸준히 한다. 학급 선반에는 항상 책을 충분히 갖춰둔다. 선반에는 재미있는 만화책과 소설을 선별해 꽂아둔다. 나의 계속되는 독서 권유에 지겨워하는 아이들도 생기곤 한다. 그러나 나에게 의문이 들 때쯤에는 간간이 월척을 발견하고 몰입하는 아이가 한 명씩 발견된다. 그럴 때면 나는 그럴 줄 알았다며 소리를 지르고 싶어 입을 벙긋댄다. 그리고는 속으로 기도한다. '이 아이가 앞으로 줏대 있게 사랑과 쾌락의 독서의 길을 갈 수 있도록 해 주세요.'

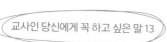

재미있는 책들을 찾을 수 있는 곳

재미있는 책을 찾으면서도 어른이 아닌 아이의 처지에서도 재미있을지 고민스러울 때가 있습니다. 그래서 아이에게도 재미있는 책을 찾는 방법 몇 가지를 소개합니다.

1. 도서관 반납 서가

그 지역 아이들의 흥미를 가장 쉽게 알 수 있는 곳입니다. 특히 초등학교 도서관의 반납 서가에서 자주 눈에 띄는 책들은 한창 아이들 사이에서 유행하는 책입니다.

2. 책따세 : https://www.readread.or.kr

어른의 교육적 욕구와 아이들의 흥미, 두 마리 토끼를 동시에 붙잡을 수 있는 책들을 소개해 줍니다. 연도별, 분야별로 양질의 도서를 추천해 줍니다. 중학생 이상부터 추천해 주지만, 초등학교 고학년까지 흥미롭게 읽을 수 있습니다.

3. 어린이 독서 논술 잡지

최신 트렌드와 신간 위주로 살펴보는 방법입니다. 여러 광고로서 신간을 자세하게 소개합니다. 그리고 학생들이 흥미 있을 만한 주제의 특집 기사로 책을 소개하기도 하니 학생들에게 추천할 때 참고할 수 있습니다.

헌규 교사 살아남기

_ 이경민

"고개 숙이지 마십시오.
세상을 똑바로 정면으로 바라보십시오."
- 헬렌 켈러

어느덧 6년 차 교사가 되었다. 신규 발령받았던 학교에서 5년간 내리 막
내 역할만 맡아오다가, 올해 교직 생활 첫 전보를 내고 간 학교에서 '중견'
교사가 되었다(?).

"선생님 경력이시면, 우리 학교에서는 중견 교사예요."
"네? 제가 중견 교사요? 저 이제 막 1정 땄는데⋯."

2월, 교감 선생님과의 첫 만남에서 전혀 생각지 못한 대화를 나누고 며
칠간 잠을 이루기 어려울 정도로 걱정이 많았다. 새로 발령받은 학교에서
는 이제 신규 발령받으신 선생님들이 대부분이시고, 흔히 말하는 고경력자
선생님들은 잘 계시지 않는 상황이었다. 그동안 막내 생활만 해오다가 전
보 한 번으로 전혀 다른 세상에 간 느낌이랄까⋯. 문제는 나도 모르는 것투
성이에, 해 본 것보다 해 보지 않은 업무가 훨씬 많으며, 서투른 부분도 아

주 많다는 것이다. 내 마음만은 아직도 신규인데…. 선생님들께 도움은 못 될망정 더욱 짐이 될까 싶었다.

"선생님 품의는 어떻게 올리나요?"
"선생님 나이스 동아리 활동 내용은 어디서 작성할 수 있나요?"
"이런 일이 있을 때 학생 상담은 어떻게 하면 좋을까요?"
"수업 때 태블릿을 활용하려고 하는데 어떤 앱을 쓰면 좋을까요?"

걱정이 무색하게도 어느새 나는 동학년 선생님들께 학교생활의 여러 가지 내용을 자세히 알려 드리고 있었다. 학급경영, 학생 지도, 수업 방법, 학부모 상담, 알림장 내용, 업무 쪽지, 내선 전화 받는 법, 교육과정 작성, 학습 준비물, 주간학습 안내, 에듀테크, 나이스 사용, K-에듀파인 공문 작성, 학교 회계 품의 등. 생각보다 그간의 짧은 경력에서도 학교에서 근무하며 습득한 내용이 많게 느껴졌다. 나는 아무렇지 않게 당연히 알고 있다고 생각한 것들도 신규 선생님들께는 정말로 필요한 내용이었음을. 그동안 5년간의 막내 생활에서 선배 선생님들께 배우기만 했는데, 이제 후배 선생님들께 알려 드리는 입장이 되어 새삼 신기하기도 하고 뿌듯하기도 하다.

어떤 일이든 3~5년 이상 쉬지 않고 하다 보면 지루한 때가 오는 것 같다. 다른 직업을 가진 친구들도 그렇고, 열정을 쏟았던 일들도 그렇고, 그간의 경험이 말해 주듯 나도 교직 생활에 지루함을 느끼곤 했었다. 그런데 올해는 신규 선생님들과 함께 지내며 새로운 감정이 든다. 예를 들면, 선생님들께서 나에게 주시는 질문 중에 상당히 귀여운 질문들이 있다. 물론 고민하시는 내용이라 차마 귀엽다고는 말 못 했지만, '처음 해 보셔서 이런 부분도 고민하시는구나. 참 세심하신 분이다!'라고 생각하며 답변드렸다. 그리고 신규 선생님들께서는 수업에 대한 열정과 아이디어가 넘치셔서 동학년 수업 자료와 후기를 공유할 때 놀라곤 한다. 어느 순간부터 나도 수업 준비할 때 경험에 의존하게 되어 새로운 것을 찾아보지 않을 때가 있는데, 선생님들과의 교류 속에서 새로운 시각을 얻고 더 발전할 수 있는 것 같다.

그리고 계속 생각나는 것은 바로 '나'. 신규 선생님들과 지낼수록 나의 신규 시절을 떠올리게 된다. 이제는 무뎌졌지만…. 내가 첫 교직 생활하며 고민했던 것, 잘 몰랐던 것, 공부하며 배운 것, 그리고 적응해 냈던 것들…. 그런 시간이 모여 지금의 내가 되었겠지. 사실 신규 시절에는 정말 사소한 것도 고민되고 결정하기 어려운 것이 많은데, 예전의 나는 어떻게 해결했는지 생각해 보니 나의 곁에도 많은 도움을 주시는 선배 선생님들이 계셨다. 새삼 그때 신규 시절의 나를 잘 이끌어 주시고, 가르쳐 주셨던 선배 선생님들께 감사함을 느끼며 – 지금도, 앞으로도 계속 만날 후배 선생님께 따뜻한 선배가 되고 싶다는 생각이 든다.

따뜻한 응원 속에서 시작한 교직생활

동학년 선생님들과 함께 맞이한 첫 스승의 날

자기 경험을 바탕으로 한 노하우를
선생님들과 함께 공유해 주세요.

1. 학급경영 및 학생 지도

세상에 수많은 학급경영 자료가 있지만, 가장 중요한 것은 선생님의 교육관과 잘 맞는 학급경영 방법을 찾는 것입니다. 학급 규칙, 1인 1역, 과제 등 학급경영에 필요한 요소들을 찾아보며 자신과 잘 맞는 학급경영 요소를 만들어 보세요. 처음에는 학급경영 자료들을 따라 해 보고, 이후에 선생님과 잘 맞는 방식으로 고쳐나가도 좋습니다. 저도 몇 년간의 경험을 바탕으로 저에게 잘 맞는 학급경영과 학생 지도 방법을 계속해서 가꿔 나가고 있습니다.

2. 효과적인 수업 준비와 진행

교과서 외에도 교수학습 지원 사이트, 수업 놀이, 에듀테크 등을 활용하면 수업이 더 풍부해집니다. 예를 들어, 퀴즈 앱이나 협업 도구를 사용해 학생들이 직접 참여할 수 있도록 유도하세요. 앱을 선택할 때는 학생 로그인과 사용법이 간단하고, 교육적 효과가 높은 것을 우선으로 선택하시면 더욱 좋습니다. 그리고 여러 교과 수업에 활용할 수 있는 놀이와 에듀테크 도구를 찾아서 다방면으로 활용하는 것도 좋습니다. 또한 선생님들끼리 수업 자료를 공유하고, 서로의 아이디어를 참고하는 것도 좋은 방법입니다. 서로의 경험에서 더 많이 배울 수 있습니다.

3. 학부모와의 효과적인 소통

알림장은 학부모와의 중요한 소통 도구입니다. 저는 교실 생활에서 하루 중 있었던 일을 돌이켜보며, 생활지도 및 안전 지도가 필요한 부분은 매일 알림장으로 발송해 드립니다. 학부모님께서도 알림장을 확인하시며 자녀와 대화를 나누고 학교생활을 물어본다고 하십니다. 알림장 내용은 명확하고 간결하게 작성하고, 중요한 내용은 반복해서 전달하세요. 학생의 문제 행동을 수정하기 위해서는 학교의 생활지도와 가정의 지도가 꾸준히 연계되어야 합니다.

4. 효율적인 업무 처리 방법

K-에듀파인에서는 공문과 품의 처리 등의 업무를 진행할 수 있습니다. 처음 사용에 어려움을 겪으신다면, 작년도 자료를 꼭 찾아보세요. '문서등록대장' 또는 '품의 목록'에서 이전에 작성된 공문서들을 확인할 수 있습니다. 작년도 자료를 찾아서 살펴보는 것만으로도 많은 도움이 됩니다.

자기 경험을 바탕으로 한 노하우를 선생님들과 함께 공유해 주세요. 수업, 학생지도, 업무 처리 등 교직 생활의 여러 분야에서 성공한 사례뿐만 아니라 실패했던 경험도 함께 나누면 모두가 함께 성장할 수 있는 발판이 됩니다. 이 일의 곁에는 늘 사람이 함께하지 않을까요? 어려움 속에서도 서로 도우며, 동료 교사들과 행복한 교직 생활을 만들어 가길 바랍니다.

나를 잊어줘

_ 이세화

"언제나 현재에 집중할 수 있다면
행복할 것이다."

- 파울로 코엘료

'어떤 교사가 되고 싶은가?'

교사라면 누구나 한 번쯤 마음속에 품어본 질문일 것이다. 질문에 대한 답을 찾아 여기저기를 기웃거리다 보면 저마다의 멋진 답을 찾은 사람들을 만나게 된다. 나의 매일은 척박하고 치열한데, 답을 찾은 이들의 교실은 따사롭고 평화로워 보인다.

교사가 된 후 나를 가장 어렵게 한 질문도 바로 이것이다. 나는 전형적인 '살다 보니' 교사가 된 사람이다. 고등학교 3학년, 진로 상담을 할 때도 원서를 내기 직전까지 교대는 생각도 없다며 담임선생님을 힘들게 했다.

"선생님, 저 진짜 사명감 같은 거 없어요. 그런데 제가 무슨 교사를 해요."

매 진로 상담마다 입에 달고 살던 말이다. 일 년 내내 똑같은 말로 선생님을 힘들게 하던 어느 날, 선생님의 답변이 돌아왔다.

"나라고 특별한 사명감이 있어서 선생님 하기로 했을 것 같니?"

누군가는 이 답변이 너무 매정하다고 생각할 수 있지만, 난 이 답변을 듣고 '그냥' 교대에 가 보기로 결심했다. '그래, 다 그런 거지'. 특별히 하고 싶은 것이 없던 나는 적당히 성적이 맞는 교대에 지원했고, 무난한 대학 생활과 임용 준비 끝에 교사가 되었다. 교사에 큰 뜻은 없었지만, 학생들은 예뻤고, 수업하는 것 또한 그다지 어렵게 느껴지지 않았다. 그런 하루들을 보내던 중 듣게 된 작은 질문에 문득, 나는 이 일이 무서워졌다. 아주 아주 작은 질문 하나였다.

"비타민 지금 먹어도 돼요?"

학생들은 정말 작은 부분까지 나에게 물어보고, 의지하고 있었다. 내 말을 어디까지 믿고, 어디까지 따르려는 걸까. 사명감 같은 거 없이 교사가 되기로 선택했대도, 이제는 생각해 봐야 할 순간이 온 것이다. 나는 어떤 교사가 되어야 할까. 내 주변을 살피고, SNS 속 빛나는 선생님들을 둘러보고, 내가 만났던 은사님들을 떠올려보기도 했다. 되고 싶은 교사상 같은 건 도무지 찾을 수 없었다. 아니 사실, 그렇게 되는 것이 가능해 보이지 않았다.
'학생들의 인생에서 기억에 남는, 단 한 사람이 되는 일, 혹은 학생들의 인생을 바꿀 만한 경험을 선사해 주는 사람이 되는 일이 정말 가능한가.'라는 질문을 품는 동시에 '그래도 되는가?'하는 의문이 뒤를 이었다. 모든 것은 그때는 옳고 지금은 틀린 법이다. 내가 옳다고 생각하고 아이들에게 선사한 경험과, 가르친 가치관이 시간이 지나고 나면 반드시 옳지만은 않을 수도 있다는 말이다. 나에 대한 학생들의 전적인 신뢰를 깨닫고 나자 불완전한 내가 한껏 완전한 체하며 학생들에게 강의할 신념이 무섭고, 무겁게 다가왔다. 질문을 바꾸어 생각하자 금방 답이 나왔다.

'나는 어떤 교사로 기억에 남고 싶은가?'

나는 사실 기억에 남고 싶지 않다. 학생들이 아주 특별하지도, 아주 끔찍하지도 않은 평범하고 무탈한 한 해를 보낼 수 있도록 돕고 싶다. 너무 평범하고 일상적이어서 금방 잊고 마는 그런 한 해 말이다. 이상하게 보일 수도 있지만, 나와 함께한 일 년을 오래 기억하기를 원하지 않는다. 그것보다는, 나와 함께 한 일 년이 아주 무탈해서, 아주 좋은 기억이 없다고 할지라도, 동시에 몹시 나쁜 기억 또한 절대 없어서, 마치 우리가 평범했던 나날을 정확히 기억하지 못하듯이 그들의 일상에서 천천히 잊길 바란다.

해가 갈수록 '평범함이 가장 어려운 것'이라는 어른들의 말씀이 옳음을 가슴 깊이 실감하고 있다. 그런 해가 있다. 평범하게 수업하며 교과서의 진도를 마치고, 때로는 학생들과 교실에서 특별한 우리 반만의 행사를 해 보기도 하며, 교실에서 땀 뻘뻘 흘리며 교실 놀이하는, 그런 평범한 일상이 허락되지 않는 해 말이다. 소수로 인해 다수의 일상이 위협받는 순간이 존재한다. 교사로서 나의 할 일은, 그런 순간에 온 힘을 다해 다수의 일상을 지켜주는 것이라는 생각을 한다. 때로는 그 학생들의 일상을 지키다가 나의 무탈함이 깨어지기도 하지만 말이다. 평범한 하루를 선물해 주고, 나를 잊기를 바란다고 했지만, 확실히 그것에 성공했다고 자신 있게 말하기는 어렵다. 다만 그래도 다수의 학생은 나와 함께한 한 해가 무난해서, 그렇게 나를 잊기를 바란다.

일상을 지키는 법

1. 교실 자동화

교실에는 보통 20명에서 30명 남짓한 학생들이 있고, 모든 학생이 선생님의 손길을 필요로 합니다. 현실적으로, 교사 한 명이 20명 넘는 모두에게 과제는 했는지, 준비물이 있는지 챙기는 것은 어렵겠지요. 교실에 고정된 역할, 고정된 규칙을 만들어서 선생님의 손이 닿지 않아도 기본적인 활동 준비가 되도록 하는 것이 좋습니다. 많은 선생님이 교실에서 1인 1 역할을 수행 중인 것이 그 이유일 것입니다. 수호천사(갈등 중재자), 꼬마 선생님, 수업 요정(수업 도구 준비 및 정리), 사서(학급문고 대여 및 반납) 등의 역할을 두고 학급을 운영한다면 더 원활한 교실 운영이 가능합니다.

2. 긍정적 피드백

학생들은 문제 상황에 처해 본 경험이 부족해서 이 상황에서 오는 감정적 스트레스에 취약한 경우가 많습니다. 아주 작은 문제임에도 큰 문제로 받아들여 힘들어하는 것이 이러한 경우입니다. 학생에게 감정적으로 공감해 준 후, 교사의 언어로 문제를 다시 정리해 주면, 학생들도 자신이 겪고 있는 것이 작은 문제라는 것을 알게 됩니다. 너무 진지하고 무겁게 다가가기보다는 '이것 봐, 별거 아니잖아~!', '우리 금방 해결할 수 있겠는데? 해 볼까?'와 같은 긍정적 피드백으로 다가간다면 학생들이 문제를 해결하는 '마음 근육'을 조금 더 키울 수 있습니다.

3. 신뢰 형성

무엇보다 중요한 것은 교사와 학생 간에 단단한 신뢰가 형성되는 것입니다. 문제가 생겼을 때 교사의 긍정적 피드백을 받아들이고 스스로를 진정시킬 수 있는 것은 교사와 학생 간에 신뢰가 형성되었을 때 가능합니다. 일관된 태도로 학생들을 대하고, 교사가 이 태도와 규칙을 유지하고 있음을 학생들이 인지할 수 있도록 하는 것이 좋습니다. 신뢰가 바탕이 되었을 때 교사가 어떠한 지도를 한다면 학생들은 그 지도를 옳다고 생각하며 믿고 따르게 됩니다.

교사가 하고 싶니?

_ 이승현

"용기를 내라. 위험을 감수해라.
그 무엇도 경험을 대신할 수는 없다."

- 파울로 코엘료

'정말 교사가 하고 싶은가?'

내가 나에게 던진 물음이었다. 초등학생 때부터 교사를 꿈꿔왔던 나는 관성적으로 장래 희망을 묻는 말에 교사라고 답해왔다. 하지만 수능을 망치고 교대에 진학할 수 있을지 불투명해진 나는 재수와 (교대가 아닌) 일반대 진학의 갈림길에서 스스로 질문했다. 막상 자신에게 이러한 질문을 던져보니 그저 어릴 때부터 하고 싶었기 때문에, 그리고 남들에게 인정받는 직업이기도 하기에 다른 길을 생각해 볼 기회조차 얻지 않았음을 알게 되었다. 그렇게 재수가 싫었던 나는 회피하듯 한 번도 생각해 보지 않았던 '사회복지'의 길로 들어서게 되었다. 그 당시엔 알아채지 못했다. 사회복지조차도 교대와 가장 비슷한 길을 찾아서 진학한 것이고, 그것은 내가 교사를 하고 싶은 게 맞다는 의미임을.

내가 재도전을 결심한 것은 1학년 1학기 기말고사였다. 처음엔 열심히 다닐 생각이었기 때문에 다른 학생들처럼 동아리도 하고 학생회도 하며, 어찌 보면 오히려 누구보다도 적극적인 학교생활을 했다. 교사를 재도전하게 된 계기는 생각보다 단순하고 갑작스러웠다. 1학년 1학기 기말고사를 준비하던 중 엄마와 동네 공원에서 산책하고 있었다. 자연스레 이런저런 이야기를 하게 되었고, 시험공부를 하며 든 생각도 말씀드리게 되었다.

　"엄마, 나 공부할 때마다 '내가 이걸 왜 하고 있지? 이 공부를 왜 해야 하지? 과연 내가 진짜로 이 길을 가긴 할까?' 이런 생각이 든다?"
　"그래? 적성에 잘 안 맞는 것 같아?"
　"응…. 그리고 나 주말에 전공 과제로 하는 아동복지센터 봉사활동 있잖아. 그거 할 때 행복해. 아무래도 교대가 적성에 맞는 거였나 싶기도 하고…."
　"그럼 교대를 목표로 수능을 다시 준비해 보는 건 어때? 아쉬우면 다시 해 봐야지."

　이게 전부였다. 어쩌면 나는 누군가의 결정적인 한 마디가 필요했을지도 모른다. 그렇게 나는 반수를 시작했다.

　내가 수능을 보던 시기는 교대 인기가 절정에 달했을 때였다. 처음 봤던 수능도 한두 문제 차이로 불합격했고, 반수 후에도 점수는 올랐지만, 교대 합격선도 함께 올라 또다시 비슷한 차이로 불합격하게 되었다. 하지만 이제는 교사의 길에 확신이 있었기에 삼수를 준비했다. 그러던 중 생각지도 못했던 학교의 사범대에 합격하게 되었다. 그러나 중등 임용고시는 합격이 어렵다는 걸 알고 있기에 고민이 되었다. 그러다 문득 고등학생 때 중등 교사가 되고 싶었지만, 임용고시 합격률을 보고 같은 교사면 만족할 수 있다고 생각하며 합격률이 조금 더 높은 초등교사로 진로를 바꿨던 것이 떠올랐다. 그래서 삼수에 실패해도 원래 꿈을 이루는 것이니 일단 사범대에 진학하기로 했다. 그리고 5개월도 채 안 되는 시간으로도 성적을 올렸으니 이번에는 1학기에도 학교에 다니며 수능 준비를 함께하고, 2학기에는 지난번과 같이 수능 준비에 몰두하기로 하였다.

그러나 의외의 장애물이 있었다. 내가 진학했던 학교는 대학가가 유명한 학교였기에 유혹이 가득했다. 처음에는 쉬엄쉬엄할 생각이었기에 수업이 끝나고 동기들과 학교 앞에서 놀기도 하였는데, 놀거리가 많아도 너무 많은 것이 문제였다. 그렇게 보름 만에 나는 반수 포기를 선언하였다.

하지만 1년을 다니며 중등 임용고시에 대한 여러 정보를 듣게 되었고, "누구는 3학년부터 열심히 준비해서 낮은 지역에 겨우 붙었다더라.", "누구는 ○○대학교에 붙을 만큼 공부를 잘하는데도 3수하고도 또 떨어졌다더라." 등 피나는 노력을 해도 되지 않는 경우가 많다는 것을 알게 되었다. 그러던 와중 학과에서도 좋지 않은 사건이 발생했다. 내가 어찌할 수 없는 일이었고 더 이상 그 학교에 다니고 싶지 않았기에 나는 또다시 수능을 보기로 하였다.

"도망친 곳에 천국은 없다."

내가 좋아하던 인터넷 강의 강사가 자주 하던 말이다. 이 말처럼 도망치듯 시작한 세 번째 수능 준비는 그야말로 지옥이었다. 물론 재수 종합 학원 친구들과 서로 의지하며 소소하게 행복한 일도 있었지만, 평소 태평한 성격임에도 이번만큼은 벼랑 끝에 몰린 기분이었다. 하지만 그 기분을 밑거름 삼아 비슷한 기분이 들 때마다 더 열심히 공부하였다. 다행히 열심히 한 만큼 성적이 잘 나왔고, 걱정 없이 교대에 진학할 수 있었다.

처음에는 내가 겁쟁이라서 이런 우여곡절이 생겼다고 생각했다. 앞선 두 번의 수능을 잘 보지 못했던 것도 열심히 했는데 기대한 만큼 성적이 나오지 않으면 자신에게 실망할 것이 두려워 흔히들 말하는 '적당히' 공부했기 때문이다. 그리고 남들은 계속 도전하는 내가 멋지다고 하지만, 실상은 항상 도망치고 회피한 것이었기 때문이다.

하지만 결국은 이러한 우여곡절이 내 인생에 큰 도움이 되었다. 교대에 진학했을 때 내 진로에 확신이 있었기에 흔들림이 없었고, 인간관계도 조금 더 지혜롭게 맺을 수 있었다. 또, 임용고시에 불합격했을 때도 수능을 여러 번 본 경험을 발휘하여 재수하는 데 두려움이 없었고, 시험 경향을 파악하고 패인 분석하는 데도 어려움이 없었다. 그리고 결국 성공해 낸 경험이 있기에 해낼 수 있다는 자신감도 있었다. 결정적으로 이러한 경험들은 교사가 된 후, 준비 없이 바로 투입된 현장에 금방 적응하고 학생들과 어우러질 수 있도록 하는 데도 큰 도움이 되었다.

누군가 인생의 갈림길에서 고민하고 있다면 도전해 보라고 말해 주고 싶다. 사회적 규범에 어긋난 일이 아니라면 하지 못해서 남는 후회보다는 해 보고 하는 후회가 낫다. 성공이든 실패든 경험은 인생의 밑거름이 된다. 모두 후회하는 삶을 살아보도록 하자. 언젠가 도움이 될 것이다.

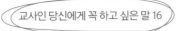

인생의 갈림길에 서 있다면

1. 해 보고 나서 하는 후회가 해 보지 않은 후회보다 낫습니다.

우선 도전해 보세요. 해 보고 나서 하는 후회는 인생의 자양분이 되지만 해 보지 않은 데에 대한 후회는 미련으로 남습니다.

2. 죽기 살기로 최선을 다하세요.

어렵게 시작한 만큼 최선을 다하세요. 그렇지 않으면 인생의 자양분도 되지 않고 미련도 사라지지 않습니다.

3. 주변에 도움을 요청하세요.

인생의 갈림길이라고 생각할 만큼 큰 도전은 혼자서는 감당하기 버거운 경우가 많습니다. 주변에 도움을 요청하고 함께 헤쳐 나간다면 해낼 수 있습니다.

아이들은 왜 선생님을 좋아하나

_ 조현빈

"교육이란 화를 내지 않고, 자신감을 잃지 않으면서도
거의 모든 것에 귀 기울일 수 있는 능력이다."
- 로버트 프로스트

금요일에 대학 졸업했는데 그다음 주 월요일에 첫 출근한다니, 초짜도 이런 생초짜가 없다. 나는 어쩐지 정직원보다는 인턴의 위치가 맞는 것 같은데, 스물다섯의 아이들을 온전히 내가 책임져야 한다니. 깜냥이 안 되는 임무를 덜컥 떠안고 캄캄한 동굴 속에 내던져진 기분이었다. 수업도, 학급 경영도, 생활지도도, 모든 면에서 햇병아리였던 신규인 내가 원만하게 학급을 이끌어 나가는 데 큰 도움이 되었던 건, 학기 초부터 잘 쌓아온 아이들과 라포였다.

아이들이 나를 스승으로서 신뢰하고 진정으로 마음의 거리가 가까워지면 내 교육에 좀 빈틈이 있더라도 나에게서 얻어 갈 수 있는 최대한 많은 배움을 가져갈 것으로 생각했다. 교사가 아무리 뼈와 살이 되는 가르침을 주려 해도 받는 사람의 마음의 문이 열리지 않으면 그저 듣기 싫은 훈계로 튕겨 나올 뿐이다. 부모가 아닌 생판 모르는 어른을 스승으로서 마음 깊이 인정하고 존경할 수 있도록 만들어내야 한다. 그런 의미에서 라포는 어미와 새끼가 탯줄로 연결되어 영양분을 공급받게 하듯이 교사와 학생이 서로의 마음을 받아들일 수 있도록 자세를 잡는 것이다.

교대 수업을 들을 적부터 학생-교사 간 신뢰감 형성이 중요하다고 무수히 듣고 배웠다. 교육계에서는 너무 당연한 말이라 깊이 있게 고민해 보지 않았는데, 이제는 그 의미를 조금씩 깨달아가는 중이다. 라포는 단순히 아이들에게 사랑받는 것일까? 아이들과 친하게 지내는 것일까? 아이들에게 무한정 잘해 주고 부드럽게 대하는 선생님이 라포를 잘 형성할까? 현장에서 내가 느낀 라포는, 나와 아이들 사이에 신뢰가 형성되어 있는 관계였다. 아이들이 '선생님이 나를 좋아하시는구나.'라고 느끼는 것, 그리고 이 사랑이 절대 깨지지 않을 거라는 믿음으로부터 신뢰가 출발한다. 혼나더라도, 무언가를 제대로 해내지 못해도, 잘못을 저질러도 어쨌거나 우리 선생님은 나를 사랑하며 여전히 나를 긍정적으로 희망을 가지고 바라보신다는 확신이 들면, 그제야 비로소 아이들은 내 가르침을 받아들일 준비가 된다.

아이들은 성인보다 훨씬 더 타인이 바라보는 시선에 영향을 많이 받는다. 교사의 눈에 '너 또 수업 분위기 망치려고 하지, 너 또 문제 일으키려 하지, 또 다른 친구한테 피해 주지?'라는 마음이 담기기 시작하는 순간, '선생님이 나를 부정적으로 보고 있다.'라는 생각이 드는 순간 교사의 기대에 부응한다거나, 교사에게 사랑받고 싶다는 욕구를 완전히 포기하게 된다.

"선생님을 찾으려면 애들이 모여있는 곳을 찾으면 돼요."

급식을 선착순으로 줄 서서 받는 날은 빨리 먹고 놀고 싶은 마음에 맨 앞을 선호할 법도 하건만, 우리 반 아이들은 내가 마지막으로 배식받는다는 이유로 맨 뒷자리 경쟁이 제일 치열하다. 학기 초엔 야단을 치면 삐딱하게 앉아 부루퉁한 얼굴을 하던 아이가 이제는 쓴소리해도 차분하게 고개를 끄덕이며 자기 할 일에 집중한다. 자신을 싫어하는 아이가 있는 것 같을 때, 너무 상성이 안 맞는 학생이 있는 것 같을 때, 그래도 아이들이 교사의 말을 거부감 없이 잘 받아들이고, 좋은 관계를 형성 또는 회복할 수 있도록 노력할 수 있는 부분을 공유해 보고자 한다.

첫째, 늘 밝고 기분 좋은 목소리와 웃는 얼굴로 아이들을 대한다

생각보다 아이들은 교사의 그날그날의 기분에 영향을 많이 받는다. 교사의 지친 얼굴, 스트레스받은 표정은 아이들이 선생님의 눈치를 보게 하고, 감정이 섬세한 아이들은 함께 동화되기까지 한다. 아이들은 학교에 와서 내 얼굴을 가장 많이 볼 텐데, 그 시선의 끝에서 긍정적인 기운을 느끼고 에너지를 얻어가면 얼마나 좋겠는가. 더불어 학생을 야단치거나 생활지도를 엄하게 했다면, 그 이후에는 곧바로 다시 햇살 같은 선생님의 모습으로 돌아와 다정하게 대한다. 공과 사를 구분하듯이, 잘못했다고 해서 너에 대한 사랑이 변하지 않는다는 것을 간접적으로 느끼게 할 수 있다. 일부러 급식 지도를 할 때도 맛있게 먹으라며 등을 두드려 주기도 한다.

컨디션이 좋지 않거나 그날따라 스트레스가 심해서 도저히 웃는 낯을 유지하지 못할 것 같은 날에는 아이들과 함께 즐거울 수 있는 방법을 찾는다.

아이들이 너무 산만하고 시끄러우면 때론 조용히 시키기보다 오히려 분위기를 바꾸어 신나게 말하면서 할 수 있는 수업 놀이를 한다. 수업 중간에 아이들이 피로해하면 함께 "아!"하고 발성 연습하며 파이팅을 크게 외쳐 본다. 통제하려고 하지 않고 스트레스 요인을 긍정적인 쪽으로 승화시킬 수 있는 전화위복의 요소를 찾는다. '오히려 좋아.'의 낙천적인 마인드는 교사에게도 필요하다.

둘째, 아이들과 많은 대화를 나눈다

정신없고 바쁘겠지만 그래도 쉬는 시간이나 점심시간마다 다가오는 아이들의 이야기에 귀를 기울이며 진심으로 듣고 반응해야 한다. 귀만 열고 눈은 모니터를 보는 것이 아니라 눈을 맞추며 고개를 끄덕이며 듣는다. 어른의 시선에서 듣기엔 정말 유치하고 별것 아닌 이야기라도 경청하는 선생님의 모습에서 아이들은 존중받고 있음을 느낀다. 아이들은 '내가 말을 하면 선생님은 그냥 흘리지 않고 열심히 들어주시겠구나.'하는 생각에 점점 더 자기 이야기를 많이 꺼내놓기 시작했다. 선생님께 거리감을 많이 느끼는지 잘 다가오지 않던 아이들도 부담 없이 편하게 말을 걸어오기도 했다.

우리 반의 아침맞이 인사는 매달 바뀐다. 가위바위보를 하기도 하고, 손 하트를 날리며 '사랑합니다.'라고 말하기, 주먹을 맞대고 의리를 다지는 하이 파이브 하기, 말도 안 되는 난센스 퀴즈 내기 등등.
반 전체 앞에서 마이크를 들 때면, 아이 한 명 한 명이 아니라 뭉뚱그려 '아이들' 덩어리로 인식하게 된다. 그러다 보니 이 소중한 아침 시간이 아니면 아이들 저마다의 반짝반짝 빛나는 개성도 눈에 잘 들어오지 않고, 반갑게 말을 몇 마디씩 나눌 기회도 많지 않다. 그래서 아침 인사를 하는 시간 만큼은 그 아이만을 온전히 눈에 담고 애정 어린 안부 인사를 나누려 한다. 하루 중 가장 정답고 훈훈한 시간이고, 우리 반 아이들은 이 시간에 어제 있었던 이야기나 하고 싶었던 말들을 조잘거리며 떠든다. 크게 반응하거나 재치 있는 대답을 하지 않아도 아이들은 선생님이 자기 말을 귀 기울여 들었다는 자체로 만족스러워하니, 소소한 노력으로 가까워질 수 있는 가장 좋은 방법이 될 수 있다.

셋째, 판단하지 않고 질문을 한다

어떤 상황이든 내가 하고 싶은 말을 하기 전에 아이들의 말을 먼저 들어 본다. 나는 야단을 치기 전에 먼저 '왜' 그런 행동을 했는지 물어보는데, 너희들의 말부터 먼저 들어줄 준비가 되었다는 존중의 뜻을 표하는 것. 그러면 각자 나름의 변명이나 자기변호를 하기 시작한다. 물론 그 감정의 흐름이나 사고 과정이 옳지 못한 방향일 때가 대부분이고, 말이 안 되는 일도 있다. 그 흐름을 짚어 가며 생활지도를 하면 무작정 행동의 결과를 야단칠 때보다 아이들이 훨씬 마음의 저항 없이 수긍한다. 아이들이 선생님은 내 이야기를 먼저 들어줄 준비가 된 사람, 나에게 마음이 열려 있는 사람이라는 생각을 하기 시작하면, 진솔한 소통이 가능해진다.

넷째, 혼내는 것과 화내는 것을 구분하려고 노력한다

교사에 대한 신뢰는 일관성 있는 태도에서 온다. 감정적으로 대응하지 않고 차분하게 교사의 교육관과 정해진 기준에 따라 행동하면 아이들도 자신들의 행동에 기준을 가지고 생활하게 된다. 교사의 일관성은 아이들이 예상할 수 있는 루틴대로 행동하는 데서 오고, 그것이 오랜 기간 걸쳐 안정감과 신뢰를 형성하는 데 도움이 된다. 모범이 되는 행동을 했을 때 칭찬하는 것, 특정 행동에 대해 단호하게 혼내는 것, 혼내기 전에 항상 질문부터 하는 것, 아이들과 한 약속은 사소한 것이라도 꼭 지키는 것, 교사의 교육관으로부터 나오는 특정 강조점 등…. 나의 경우 잘못하지 않았더라도 '미안하다.'라는 사과는 할 수 있다는 것을 늘 강조했다. 사과한다고 해서 잘못을 시인하고 지는 것이 아니라는 것, 소중한 사람의 마음을 다치게 했다는 것에 대한 배려와 숙임의 미덕이라고 이야기했다. 일정한 방향으로 움직이는 일련의 피드백들이 안정감을 주면서 선생님은 공정하고 한결같다는 믿음을 만든다. 이렇게 만들어진 신뢰가 바탕이 되어야 여기저기 볼멘소리들이 튀어나오지 않고, 아이들은 선생님을 따르고 좋아하게 된다.

눈은 마음의 창이라고 하지요.

아이들도 선생님의 눈을 통해 그 마음을 보는 것 같습니다. 말로 설명할 순 없어도 무의식중에 선생님의 마음을 느끼고 있답니다. 선생님이 자기를 좋아하는지, 싫어하는지, 때론 귀찮아하는지, 말썽을 일으킬까 조마조마해야 하는지 다 느끼고, 어떤 시선으로 바라보는지 늘 신경 쓰고 있습니다. 아무리 선생님을 힘들게 하는 아이라도 미움받고 싶지 않은 것이 사람의 본능이라, 사랑으로 키우면 그 사랑을 적어도 쉽게 외면하려 들지 못합니다. 교실이라는 정원 속에 태생이 예쁘고 화사한 꽃들만 있을 순 없겠지만, 삐죽하고 거친 것들도 예쁜 꽃처럼 바라봐 주면 정원을 차지하는 한 생명으로서 제 나름의 몫을 다하려는 모습을 볼 수 있을 것입니다.

2부

어느덧
교사가 익숙합니다

사랑으로 지도하세요

_ 강혜원

"좋은 스승이란 촛불과 같다.
자기 스스로 소비해서 남들을 위해 불을 밝힌다."

- 무스타파 케말 아타튀르크

작년 2월 입학식 준비를 한참하고 있는데, 실무사님께서 찾아오셨다.

"선생님, 어쩌죠. 중앙아시아에서 온 11살짜리 아이가 선생님 반으로 입학하게 되었어요. 그런데 한국에 온 지 3개월밖에 되지 않아서 한국어로도, 영어로도 소통이 어려워요."

이게 무슨 말인가. 영어도 한국어도 안 된다면 몸짓으로 소통해야 할 텐데, 과연 내가 스물여덟 명의 1학년 학생들을 돌보며 그 아이를 잘 챙겨줄 수 있을까? 11살이라는데 8살 아이들과 잘 어울릴 수 있을까? 눈앞이 캄캄했다. 그 아이의 모국어를 알아보았더니 생전 처음 듣는 언어였다. 퇴근해서 구글 번역기로 인사말과 "화장실 다녀올래?" 등 기본적인 회화를 공부하다 늦은 새벽에야 잠이 들었다. 잘 떠지지 않는 눈을 비비며 출근하는 길에 우연히 교장 선생님을 뵈었다.

"교장 선생님, 저희 반에 중동 출신 학생이 입학하는데 영어도, 한국어도 소통이 어렵다고 합니다. 혹시 학교나 교육청에서 지원해 주실 수 있는 것이 있을까요?"

"선생님, 그건 어렵고요. 그냥 사랑으로 지도하세요. 관심을 두고 지도하면 잘 적응할 겁니다."

교장 선생님께서는 사랑으로 지도하라고 말씀하셨지만, 내 역량으로 스물여덟 명의 1학년 아이들을 가르치면서 그 아이에게 한국어를 알려 주고, 친구들과 어울리게 도와줄 수 없었다. 교육청 홈페이지에서 담당 장학사님을 찾아 전화를 드렸다. 장학사님께서도 선생님이 힘드시겠다며 방법을 찾아보겠다고 하셨다. 그렇게 도교육청에서 수업 시간에 통역과 개인지도를 해 주실 보조 선생님을 구할 수 있는 예산을 받게 되었다.

3월 첫날 실무사님, 부모님과 같이 교실 앞에 온 아이의 이름은 도라 메이사, 똘망똘망하고 큰 눈을 가진 여학생이었다. 아버님이 영어를 조금 하실 수 있다고 하셔서 짧은 영어 실력으로 만든 학교생활 안내서를 드렸다. 학사일정, 선생님과 연락하는 방법, 학교 건물 안내, 방과후 학교 신청 방법 등 학부모님이 아셔야 할 것과 도라가 학교 생활하면서 사용해야 할 간단한 한국어를 영어 발음으로 적어 둔 자료였다. 키가 컸기 때문에 제일 뒷자리에 앉은 도라는 첫날부터 5글자나 되는 긴 이름과 큰 키로 8살 어린이들의 주목을 받았다. 아이들은 도라에게 뭘 먹으면 키가 그렇게 클 수 있는지 물어보았고, 미국에서 왔는지도 궁금해했다. 도라는 첫날부터 아이들의 엄청난 질문 세례를 받으며 안 그래도 큰 눈이 더 커졌다.

아이들이 모두 가고 나자 도라가 공책을 보여 주었다. 공책에는 한글 낱말이 바른 글씨로 빼곡하게 적혀있었다. 몇 장을 넘겨도 글씨가 흐트러지지 않고 반듯했다. 글자를 가리키며 물었다.

"도라야, 모두 네가 적었니?"

도라는 말없이 고개만 끄덕였다.

"우와! 글씨 정말 예쁘다!"

웃으며 엄지를 들었더니 도라가 씩 웃었다. 한국에서 도라네 가족의 정착을 도와주시는 분과 통화를 했는데, 도라는 한국에 오고 나서 쭉 언니와 함께 무지개 학교에 다니며 한글을 익혔다고 했다. 도라는 배움에 대한 열정이 넘치는 학생이었다. 바른 글씨만큼이나 수업 시간에도 바른 자세로 앉아 내 말을 알아들으려 노력하는 모습이 참 대견했다. 수업 활동할 때는 학생들에게 전체적으로 설명해 주고, 도라의 자리로 가서 손짓, 발짓으로 다시 설명했다. 도라는 집중하여 설명을 듣다가, 모르는 것이 있으면 "이…. 이렇게요?" 하면서 이해한 내용이 맞는지 손짓, 발짓으로 보여 주었다. 8살 어린이들은 손짓, 발짓으로 소통하는 우리를 보며 신기해했다.

"선생님, 도라랑 뭐 해요?"

"선생님이랑 도라랑 춤춘다!"

"조용히 해. 선생님이 도라한테 한국말 가르쳐 주는 것 같아."

이렇게 손짓, 발짓해 가며 지도한 지 두 달이 지나자, 도라는 수업 활동을 곧잘 이해하고 참여했고, 한국어도 많이 늘었다. "선생님, 화장실!" 하던 학생이 "선생님, 화장실 다녀올게요."하고 문장으로 말할 수 있었다. 그러나 통합교과서에 나오는 한국 문화는 한국에 온 지 얼마 되지 않은 도라가 이해하기 매우 어려웠다. 한국의 전통음식을 알아보고, 밥, 국, 반찬, 간식으로 분류하기 수업 시간이었다. 다른 학생들은 음식 사진을 보며 각자 어디에서, 언제 먹었는지 신나게 발표하는데 도라는 화면을 멀뚱멀뚱 쳐다보다가 내가 근처를 궤간 순시하자 질문하였다.

"(산적을 가리키며) 선생님, 저거 뭐예요?"

"저것은 산적이라는 음식이야. 산적은 명절 때 주로 먹는 반찬이란다. 꼬치에 고기와 채소를 끼운 음식이야."

"(한과를 가리키며) 저거는 뭐예요?"

"한국의 과자란다."

교육청에서 받은 예산으로 보조 선생님이 오시자 도라의 질문을 받아 주고, 학습을 지도해 주실 분이 생겼다. 일주일에 8시간을 들어오셔서 번역기까지 돌려가며 한국 문화를 이슬람 문화와 비교하여 설명하고, 쉬는 시간에는 한국의 전통문화에 관련된 여러 그림책을 함께 읽었다. 학교에 크고 작은 예산이 들어올 때마다 한국의 문화와 관련된 책, 사계절에 관한 책을 사서 보조 선생님께 쉬는 시간에 읽어 달라고 부탁드렸다. 스물여덟 명의 1학년 학생들의 학습을 봐주느라 도라의 질문에 충분히 답해 주지 못해 아쉬웠는데, 보조 선생님께서 도라의 학습을 많이 도와주시니 도라는 금세 한국어 실력이 쑥쑥 늘고, 한국 문화에 대해 아는 것도 많아졌다. 보조 선생님께서는 도라가 한국 문화와 한국어를 열심히 배운다며 칭찬을 자주 하셨다.

그렇게 보조 선생님과 소통하며 함께 지도하니 1년이 금방 흘렀다. 이제 도라는 한국어로 친구들과 대화하고, 장난도 친다. 복도에서 열심히 뛰는 학생이 있길래, 지도하려고 따라가 보니 도라가 친구들과 신나게 술래잡기하고 있어서 놀랐던 적이 있다. 학기에 마지막 날, 도라를 보내려니 눈물 났다. 1년 새 훌쩍 성장한 도라는 나에게 편지를 주며 인사를 나눴다.

"선생님, 사랑해요. 가르쳐 주셔서 감사해요."

도라가 종업식 때 써 온 편지

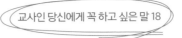

학급에 다문화 학생이 있을 때 도움받을 곳

제가 도라를 지도하면서 도움을 받았던 사이트 및 정책들을 알려 드립니다.

1. 경기도 평택교육지원청 다문화 교육 자료실

3월 첫날 도라 아버님께 드렸던 자료인 '한국학교 첫걸음' 자료가 있는 사이트입니다. '한국학교 첫걸음'은 학교에서 쓰는 기본적인 용어(학교장허가 교외 체험학습, 결석신고서 등)를 영어, 일본어, 베트남어, 태국어 등으로 설명하고 있습니다. 각 학교 실정에 맞게 수정해서 사용하시는 것도 가능합니다. 한국학교 첫걸음 외에도 안전교육 홍보물, 중도 입국 학생들을 위한 기초학력 판별 평가지 등이 영어, 중국어, 베트남어 등으로 번역되어 있어 학급 운영 시에 사용할 수 있습니다.

2. 다문화 교육 번역지원사업

경기도는 상반기에 1번, 하반기에 1번 학교에 공문으로 안내합니다. 학급에 다문화 학생이 있는 경우 전문 번역업체에 가정통신문 번역을 의뢰할 수 있습니다. 2~3일 전에 업체의 메일로 가정통신문을 보내면 번역해서 보내줍니다. 영어, 중국어, 러시아어, 일본어, 베트남어, 캄보디아어, 우즈벡어, 프랑스어, 몽골어 등 여러 언어를 지원합니다. 저는 상담신청서와 보건소식지를 번역업체에 의뢰하여 영어로 번역하였습니다.

3. 업무포털의 각종 공문

중도 입국 학생들의 한국 적응을 돕기 위한 한국어 교실, 다문화 학부모를 대상으로 한 교육프로그램들을 공문으로 안내할 때가 많습니다. 공람함 또는 문서 등록대장에서 다문화를 검색하시고 종종 확인하시면 우리 반 다문화 학생에게 도움이 될 만한 프로그램이 찾을 수 있습니다.

마음을 놓자

"사람이 얼마나 행복한가는
그의 감사의 깊이에 달려 있다."
- 존 밀러

'정말, 절대. 절대 다시 하고 싶지 않아.'

3월 학급 세우기 활동의 하나로 교실 놀이를 하던 중 내가 나지막이 떠올린 생각이다. 주로 3월에는 교과서 진도를 나가기보다 아이들과 재밌는 활동을 하며 서로 라포를 쌓는다. 그림책을 읽고 이야기를 나누기도 하고 서로 자기소개하며 친해지는 시간을 가지기도 한다. 특히 다양한 교실 놀이하며 신나는 하루하루를 보낸다. 그러나 학생들에겐 '신나는' 하루일지언정 교사인 내게는 '두려운' 하루였다.

나는 교사로서 교실 놀이를 직접 해 보기 전까지 교실 놀이를 매우 긍정적이고 대단한 것으로 생각했다. 교실이라는 한정된 공간에서 다채로운 게임을 하며 아이들은 신나게 하하 호호 웃으며 참여한다. 그 와중에 교사는 협동, 배려 등과 같은 교육적 효과를 떠올린다. 내가 생각하는 이상적인 교실 놀이이다. 신규 교사로서 젊고 활기 있는 교실을 만들고자 나도 적극적으로 교실 놀이를 학급에 가지고 왔다.

검색창에 '교실 놀이'라고 검색하면 바로 나오는 유명한 선생님의 활동은 거의 다 해 본 것 같다. 책상을 모두 밀고 의자에 둥글게 앉아 술래 한 명과 과일 이름을 부르는 '과일바구니', 옆 친구에게 발로 공을 떨어트리지 않고 전하는 '발로 공 전달하기 게임', 두 명이 일어나 친구를 데리고 다시 앉는 '손님 모셔 오기' 등등 신나 하는 아이들의 모습을 생각하며 다양하게 시도해 보았다.

그런데 이상했다. 내 눈엔 신나게 참여하는 아이들보다 괴로워하는 아이들이 먼저 보였다. 그리고 그 가운데 교사인 내가 가장 괴로워하고 있었다.

"선생님, 쟤가 똑바로 안 하고 장난쳐요."

"선생님, 재미없어요. 안 하고 싶어요."

"선생님! 쟤가 밀쳐놓고 사과도 안 하고 그냥 갔어요. 짜증 나요."

"선생님, 애들이 규칙을 제대로 안 지키고 하는 것 같아요."

여기저기서 들려오는 선생님 부르는 소리, 바짝 붙어 앉은 옆 친구와 신나게 떠드는 소리, 넘어져서 아프다며 울먹거리는 소리, 규칙을 지키지 않고 마음대로 놀이하는 아이의 목소리, 그리고 아이들에게 조용히 하라며 고래고래 소리 지르는 내 목소리.

교실 놀이 한 시간이면 나는 목이 쉬었다. 그리고 앞으로는 열심히 교과서 진도를 나가야겠다고 생각했다.

긴장하고 어색하던 3월이 지나 어느 정도 적응하고 6월이 되었다. 그리고 학급 온도계는 점점 올라가 '교실 놀이' 칸까지 채워져 있었다. '교실 놀이'까지 온도가 올라갈 때 두려움에 속도가 느려졌다는 사실을 아이들은 알까.

그래도 어떡해. 해야지. 아이들끼리 가위바위보를 하며 기차를 만들고 돌아다니는 '팡팡 기차'로 몸풀기했다. 그리고 책상을 밀고 원 대형을 만들어 '손님 모셔 오기'를 했다. 그런데 3월과는 뭔가 달랐다. 신나 하는 아이들의 얼굴이 먼저 보였고 나도 아이들의 표정을 보고 즐거워하고 있었다. 무엇보다 내 목이 전혀 쉬지 않았다.

무엇이 달랐을까? 교실 놀이 시간이 끝나고 곰곰이 생각해 보았다. 아이들이 침착해져서? 아니다. 아이들은 방학을 앞둔 채 오히려 더 흥분해 있었다. 내 수업 스킬이 늘어서? 그것도 딱히 아니다. 나는 그저 늘 하던 대로 했을 뿐이다.

아마 내가 어느 정도 마음을 놓고 여유를 가지게 된 덕인 것 같다. 아이들은 3월과 마찬가지고 교실 놀이할 때면 옆 친구와 하고 싶은 이야기들을 마구 해댔다. 규칙을 잘 이해하지 못한 친구들은 그저 자기가 하고 싶은 대로 게임에 참여했다. 그런 아이들에게 적응한 나는 그 아이들은 그 아이들대로 둘 수 있는 여유가 생겼다. 내가 딱히 지적하지 않으니 아이들은 자기 나름대로 즐겁게 참여하였고, 서로에게 짜증을 내기보다 각자의 방법대로 놀이 수업을 즐기고 있었다.

24명의 아이가 모두 내 기준에 맞게, 내 틀 안에서 놀 수는 없다. 내가 어느 정도 공간을 마련해 주면 아이들은 각자 나름대로 자신의 방법과 기준으로 참여한다. 그게 놀이 수업의 매력이고 나는 이제 어느 정도 이를 받아들일 수 있는 마음의 여유가 생겼다.

6월 교실 놀이 이후로 느낌이 좋았던 나는 바로 또 다른 놀이 수업을 준비하였다. 옆 반 선생님이 했던 '직업 체험 교실' 활동을 듣고 우리 반만의 직업 체험 교실을 계획했다. 의사, 바리스타, 디자이너 등등 직업 체험 부스를 만들고 각 부스의 관리자를 정하였다. 1부, 2부로 나누어 모두가 참여할 수 있도록 하였다. 아이들에게 각 부스에서 할 수 있는 체험활동, 부스 관리자가 해야 할 일, 1부와 2부로 나누는 이유와 자신은 몇 부인지, 체험할 때 필요한 돈의 단위와 사용 방법 등 알려 줘야 할 것이 한둘이 아니었다. 더욱이 내가 준비할 준비물은 더 많았다. 3월이라면 할 생각도 못 했겠지만, 지금은 할 수 있을 것 같았다.

3교시 동안의 직업 체험 놀이 수업 결과, 꽤 만족스러운 수업이었다. 정확하게 이야기하면, 3월의 나는 망한 수업이라고 생각했겠지만, 지금의 나는 꽤 뿌듯해하고 있었다. 규칙을 이해하지 못한 아이들도 있었고, 그래서 역할 구분 없이 뒤죽박죽 부스에 엉켜있는 친구들이 있었다. 또한 돈 사용 방법을 이해하지 못해 그냥저냥 체험하는 친구도 있었다. 하지만 무엇보다 아이들의 표정이 밝았다. 다 끝난 후 아이들에게 어땠는지 물어보았을 때 하나 같이 "내일 또 할래요", "너무 재미있었어요", "바리스타가 타주는 아이스티가 맛있었어요", "디자이너가 그려 주는 페이스페인팅이 예뻐서 기분이 좋았어요."와 같이 긍정적인 반응이었다.

아이들이 규칙을 얼마나 잘 지켰는가, 얼마나 조용히 집중하여 참여했는가보다 더 중요한 것이 있다. 아이들이 얼마나 신나게 몰입해서 참여했는가가 본질이라고 생각한다. 교실은 내가 생각한 대로만 흘러가지는 않는다. 내가 계획한 것의 반도 못 따라올 때도 있고 내가 계획한 것 그 이상을 만들어 나갈 때도 있다. 가끔은 '아이들이 즐겁게 참여했으면 됐지.', '아이들끼리 안 싸우고 잘 놀았으면 됐지.'라며 마음을 놓고 교실을 바라볼 필요가 있다.

저학년 책상 줄 맞추기

2학년을 맡아서 예상하지 못했던 부분 중 하나가 바로 아이들이 책상 줄을 못 맞춘다는 것입니다. 맨 앞 친구만 고정하면 뒤 친구들을 알아서 책상 줄을 맞출 수 있다고 생각했습니다. 아무리 이야기해도 매일 삐뚤삐뚤하길래 처음에는 제 말을 듣지 않는다고 생각했습니다. 그래서 괜히 꾸지람만 했지요.

저학년은 발달 특성상 아직 주변과 자신의 관계를 파악하는 데 미흡합니다. 그래서 다른 친구들의 책상과 자신의 책상 줄을 비슷하게 맞추는 것이 힘들어요. 인터넷에 여러 방법을 찾다 좋은 방법이 있어 따라 해 보았는데 효과가 아주 좋았습니다.

바로 책상 다리 앞에 검은색 테이프로 꺾쇠표시를 붙여놓는 것입니다. 처음 붙일 때는 조금 힘들지만, 아이들은 훨씬 수월하게 책상 줄을 맞출 수 있고 무엇보다 모둠 대형을 만든 후 원래 자리로 돌아올 때 아주 유용합니다. 바르게 오와 열을 맞춘 책상을 보면 교사인 저도 뿌듯하고요. 저학년이어도 책상이 바르게 배열된 교실을 만들 수 있답니다.

사랑을 지켜 내는 법

_ 김서연

"사랑은 행복의
문을 여는 열쇠이다."
- 올리버 웬델 홈즈

"사랑을 많이 주세요."

대학 시절 처음으로 나간 교생실습. 담임선생님께서는 이렇게 말씀하셨다. 짧은 시간이지만 아이들에게 사랑을 많이 주라고. 첫 실습이었던 만큼 밤을 새워 수업 준비하면서도 아이들 앞에서는 늘 따뜻하고 힘 있는 모습을 보여 주려 애썼다. 점심을 먹자마자 교실로 가 아이들과 시간을 보냈고, 특히 조용하고 소심한 아이들에게는 매일 아침 소곤소곤 대화했다. 아이들이 내 노력을 알아주기를 바란 것은 아니었다. 교생이지만 아이들이 나와 함께 한 수업과 시간을 즐거웠던 것으로 기억해 준다면 충분했다. 그렇게 짧았던 2주가 지나고, 마지막 날 유독 소극적이라 특히 신경을 기울였던 아이에게 편지를 받았다.

'아침 시간마다 먼저 말 걸어 주셔서 감사해요.'

편지를 읽자 놀랍고도 뿌듯한 마음이 확 퍼졌다. 내가 너에게 매일 말을 거는 것을 모를 줄 알았는데. 아이들은 내 생각보다도 훨씬 교사의 감정과 노력을 기민하게 알아차렸다. 나는 스무 명도 훌쩍 넘는 아이들을 보지만, 아이들은 교사 한 사람에게 집중하기 때문인 걸까. 이 편지를 받던 날, 나는 아이들에게 늘 따스하고 포근한 사랑을 주는 교사가 되리라 다짐했다.

그리고 이번 여름, 내 결연한 다짐이 위태롭게 흔들리고 있었다. 1학기의 끝이 다가오는 7월, 무더운 날씨에 나도 아이들도 조금씩 지쳐갔다. 우리는 서로에게 너무 익숙해졌고, 학기 초의 긴장감은 온데간데없이 휘발되어 있었다. 여름방학 직전 들뜬 아이들과 반복되는 수업, 쳇바퀴처럼 돌아가는 하루. 아이들은 작은 일에도 더 쉽게 흥분했고, 나는 미소를 지을 일이 부쩍 줄었다. 학기 초부터 차곡차곡 쌓아놓은 사랑이 마르고 있었다.

그렇게 지친 나날을 이어 가던 어느 주말, 오랜만에 친구를 만났다. 친구는 요즘 학교는 어떤지 물었고, 나는 불만스레 눈썹을 찡그리면서도 오랜만에 사진첩을 열어 보았다. 그리고 조금, 놀랐다. 사진첩에는 이런 일이 있었나, 싶을 정도로 가물가물하지만 동시에 나와 아이들 모두가 행복했던 순간이 여럿 담겨 있었다.

"이날은 처음으로 패드 수업을 한 날이야. 한 아이가 이날 수업이 지금까지 수업 중 가장 재미있다고 했어."

"이 아이는 스승의 날이 무엇인지 몰랐나 봐. 친구가 가져온 편지를 보더니 부랴부랴 공책을 오려서 카드를 만들어줬어."

"애들이 수업 끝나고 큰 택배 상자를 보더니 자동차라며 안에 들어갔어. 그 모습이 귀여워서 찍어 봤어."

사진을 한 장 한 장 넘길수록 잊고 있던 정다운 기억이 하나둘 떠올랐다. 친구에게 아이들을 소개하는 나는 어느새 환한 미소를 짓고 있었다.

이날 저녁, 집에 돌아와 천천히 생각해 보았다. 우리에게는 또 어떤 추억이 있었나. 매일 울기만 하는 아이가 "선생님도 주말 잘 보내세요."라며 밝게 인사를 건넨 적이 있었다. 영화에서 보았는지, 두 손가락을 눈썹에 붙였다 떼는 어설픈 인사를 따라 하며 한 말이었다. 아이 둘이 동시에 아파 조퇴시키랴, 토 닦으랴 바쁜 날도 있었다. 아이들에게 '여러분 아픔의 날'이라며 건강 조심하고 아프면 선생님에게 바로 말하라고 했더니, 선생님이 너무 힘들어 보인다며 '선생님 고생의 날'이라고 말한 아이도 있었다. 어찌나 웃었던지. 점심시간마다 나에게 와 선생님 도와주기를 하고 싶다는 아이도 있었고, 급식실에서 눈이 마주칠 때마다 웃어서 근엄한 표정을 짓고 있다가도 마주 웃을 수밖에 없는 아이도 있었다. 그래, 이렇게 사랑스러운 순간이 많이 있었는데 나는 이 아름다운 기억들은 잊은 채 힘들었던 기억만 붙들고 있었다.

이날 이후, 나는 우리 반 아이들의 사랑스럽고 감동적인 순간을 조금씩 메모하고 있다. 오늘의 수업 계획을 기록해 놓은 파일을 열면 가장 앞에 어제나 그제, 또는 몇 달 전 아이들의 사랑스러움이 묻어나는 메모가 보인다. 요즘은 매일 아침이나 아이들이 미워질 것 같은 날에 이 메모를 보곤 한다. 메모를 남기면 하루 기분이 좋고 사라질 만한 기억을 오랫동안 추억으로 간직하게 된다. 내 안의 애정이 말라갈 때 마치 저수지처럼 저장해 놓은 사랑을 끌어오는 것이다. 메모를 보고 아이들에 대한 사랑을 채워 넣으면 아이들에게 다시 미소 지을 수 있다. 오늘 하루 힘든 일이 있었지만 결국 이렇게 사랑스러운 아이들이었다는 것을 기억하고 털어낼 수 있다. 교사가 행복해야 아이들도 행복할 수 있다고 했던가. 오늘도 행복할 나와 아이들을 위해 내 사랑을 지켜 내는 중이다.

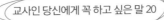

감정 조절이 핵심입니다.

교사가 된 이후, 스스로 가장 노력해야 한다고 느꼈던 부분은 수업도, 생활지도도 아닌 감정 조절이었습니다. 수업과 생활지도는 들이는 시간만큼 발전하지만, 감정 조절은 유독 내 노력을 쏟아부어야 겨우 조금 느는 것 같았습니다. 아이들의 삶은 우리 어른보다 다채로운 만큼 아이들의 감정과 태도 또한 그 폭이 무척 넓습니다. 친구와 싸우며 씩씩대다가도 금세 울음을 그치고 까르륵 웃습니다. 아프다며 엉엉 울다가도 언제 그랬냐는 듯 뛰어놀기도 합니다. 부러울 정도의 회복탄력성을 지녔달까요. 이런 아이들을 볼 때마다 나도 슬프거나 화나는 일로부터 빠르게 벗어나야겠다고 생각합니다. 내 정신이 건강하면 그 단단함이 그대로 교실로 옮겨오기 때문입니다.

긍정적인 태도를 지니는 데에는 여러 방법이 있습니다. 많은 분께서 아시다시피 나만의 취미를 찾는 것도 무척 도움이 됩니다. 직장에서의 고충은 뒤로 미뤄두고 온전히 나를 위한 시간을 보내면 다시 직장으로 돌아왔을 때도 마음이 한결 가볍습니다. 주위 사람들에게 기대는 것 또한 좋은 방법입니다. 동료와 실컷 이야기를 나누다 보면 그들이 전해 주는 위로에 마음이 편안해지더군요. 그런데 이런 여유도 없을 때 사용하기 좋은 방법이 간단한 메모를 감기는 것입니다. 아이들이 더없이 사랑스러웠던 순간을 기록해 놓으면, 그 아이에게 화가 났다가도 그 아이가 얼마나 사랑스러운 아이인지 되새길 수 있었습니다. 이렇게 나의 감정을 추스르면 내일은 다시 아이에게 다정해질 수 있었습니다. 학기 초부터 작지만 소중한 순간들을 기록해 보시기를 조심스레 추천해 드립니다. 오늘 무슨 일이 있었든 우리 반 아이들이 결국, 이렇게나 사랑스러운 아이들임을 기억할 수 있으리라 생각합니다.

선생님이 울었다

_ 김진수

"아이들이 말을 안 듣는다고 걱정하지 말고,
아이들이 항상 당신을 지켜보고 있다는 것을 걱정하라."
- 로버트 풀검

교사에게 있어서 점심시간은 또 다른 수업의 한 시간이다. 교실에서 뛰는 아이가 있으면 천천히 걸어라 하며 이야기해 주고, 고래고래 고함 지르는 친구가 있으면 다른 친구들을 위해 좀 더 조용히 해 달라고 요청하는 등 아이들이 어떤 일상을 보내고 있는지 쉬면서도 눈은 아이들을 줄곧 향해 있다.

이날따라 한 친구의 모습이 눈에 띈다. 점심을 먹고 교실에 올라오니 한쪽에서 은아가 조용히 모둠 신문을 읽고 있다. 모둠 신문은 매월 말에 각 모둠의 한 달 동안의 특색있었던 모습을 신문으로 만들어 놓은 것이다. 다른 친구들은 열심히 교실에서 놀고 있는데 유독 은아만 뭔가 고독에 빠진 모습이다. 멀리서 봤을 때는 그저 모둠 신문을 아름답게(?) 보고 있는 것 같았다. 가까이 가면서 우스갯소리로 "은아는 신문에 푹 빠졌구나. 멋있게 작품을 감상하고 있는걸."이라며 이야기하였다. 그런데 웬걸. 눈에 눈물이

가득하다. 은아는 평소 태도가 바르고, 무엇보다 웃음기 가득한 얼굴로 주변 친구들에게 긍정적인 영향을 주는 아이로 손꼽히는 아이다. 수학 문제를 못 푸는 친구에게 스스럼없이 다가가 선생님보다 더 선생님처럼 알려주는 모습에 나 역시 감동하곤 한다. 그런 은아가 뭔가 슬퍼 보인다. 그대로 있을 수 없다. 무슨 일인지 궁금하다.

"은아야. 무슨 안 좋은 일 있니?"
고개를 끄덕인다.
"선생님께 이야기해 줄 수 있을까?"
고개를 다시 끄덕이며 조심스럽게 입을 뗀다.
"선생님, 수진이가 저에게는 퉁명스럽게 대하고 다른 친구에게는 친절하게 대해요. 제가 뭘 잘못했는지 물어봐도 알려 주지 않고 계속 말을 해도 대답하지 않으니 속상해요."
"그런 일이 있었구나. 선생님이 수진이와 이야기할 수 있도록 자리를 마련해 줄까?"
"네."

은아와 수진이는 평소에도 둘도 없는 단짝처럼 친했던 모습이었기에 어떤 일인지 나 역시도 궁금했다. 서로의 이야기를 듣는다. 고맙게도 서로가 이야기할 때 친구의 이야기를 집중해서 들어주니 풀리는 듯하다. 은아의 입장, 수진이의 입장 모두 이해가 된다.

이제 이야기를 충분히 들었으니 서로 바라는 말을 하는 시간이다. 아이들 생활지도에서 중요한 것은 바로 이 시간이다. 내가 바라는 것이 상대방에게 투영되어야 뭔가 꿍한 마음이 풀어지고 새로운 관계가 형성되기 때문이다.

은아가 이야기한다.

"다시 친하게 지냈으면 좋겠어요."

"그렇구나. 수진아, 은아가 너와 다시 친하게 지내고 싶다고 하는데 네 생각은 어떠니?"

잠시 생각하더니 고개를 끄덕임으로 이야기를 대신한다.

이번에는 수진이가 이야기할 차례이다.

"선생님, 저는 여기서 말고 다른 곳에서 이야기하고 싶어요."

"그래. 그럼 선생님이 자리를 마련해 볼게."

이야기하던 공간이 다른 친구들이 지나다니는 복도였기에 인기척이 없는 곳으로 장소를 옮겼다.

'내가 들으면 안 되는 내용이려나. 혹시 좋지 않은 말로 상처를 주면 어쩌지?' 이런저런 생각이 들어서 힐끔힐끔 담장에 올라간 고양이처럼 창문으로 아이들의 모습을 지켜본다.

그 순간 놀라운 영화 같은 장면이 펼쳐진다. 속 좁은 어른처럼 부정적인 것만 생각했는데 눈앞에 놓인 것은 아름다운 꽃길이 가득한 감동적인 순간이었다.

수진이가 두 팔을 벌리더니 은아를 꼭 안아준다. 어찌 이런 감동을 주는지. 한동안 둘은 서로를 부둥켜안고 울다 웃다가를 반복한다. 지고 있던 우정의 꽃이 다시 피어오르는 너무나도 아름다운 장면이 연출된다. 그 모습을 보고 있는데 요즘 울 일이 없던 40대 중반이 된 나 역시 눈시울이 붉어진다.

여러 친구가 다가오는지도 모른 채 조용히 그 장면을 보고 있었다.

"선생님 왜 우세요?"라며 아이들이 물어본다. 때마침 은아와 수진이가 함께 뒤따라 나온다.

두 친구를 가리키며 "쟤들이 선생님을 울렸어."

눈물을 닦아내며 교실로 들어오는 두 친구를 토닥토닥해 준다.

이제야 웃는 은아. 웃음꽃이 피어날 수 있어 감사한 순간이다.

나이가 들어서인지 요즘 자꾸 눈물이 난다. 그저 아이의 마음이 고스란히 전해질 때 더욱 눈물이 나는 이유는 뭘까? 한 친구의 마음 아픈 사연을 들으면서 함께 울어주고 있다. 그렇게 울보가 되어 간다. 아이와 함께 우는 모습이 전혀 부끄럽지 않다. 눈물이 공감대를 이어 주는 교각의 역할을 한다. 진심 어린 눈물의 의미를 아는지 뭔가 모를 아이와 나와 연결되는 기분이다.

그렇게 나는 이날도 울었다.

"얘들아! 날 울리지 마!"

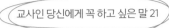

아이들에게 줄 수 있는 최고의 선물은 바로 이것입니다.
경청!

"진심으로 경청하는 태도는 우리들이 다른 사람에게 보일 수 있는 최고의 찬사 가운데 하나이다."

데일 카네기의 『카네기 인간관계론』에 경청하는 태도에 관하여 이야기합니다. 아이들에게도 이것이 통합니다. 누군가 질문을 할 때 진심으로 들어주는 것만으로도 존중받고 배려받는 느낌이 듭니다. 따뜻한 눈빛으로 아이가 무슨 이야기를 하는지 들어주기만 해도 생활지도의 반은 성공한 셈입니다.

때때로 학급 운영에 힘들어하는 선생님들과 이야기할 때가 있습니다. 저에게 물어봅니다. 어떻게 아이들을 지도해야 할지 모르겠다고. 가장 먼저 드리는 말씀은 그 어떤 수업 기술도 아닙니다. 바로 아이들의 말을 잘 들어주라고. 그것만으로도 충분하다고 말이죠.

누구나 자신의 이야기를 들어주는 사람을 좋아합니다. 아이든 어른이든 이 점은 마찬가지죠. 여기에 기술을 하나 더 첨가한다면 공감하며 듣기입니다. 추임새를 넣어가며 들어주면 최고의 경청 기술이 완성되는 셈이죠. 생각보다 쉽지 않습니다. 교실은 내가 하던 것을 내려놓고 들어야 할 때가 많은 공간이니까요.

그래도 경청을 통해 학생과의 좀 더 끈끈함이 이어진다면 충분히 투자해 볼만한 시간과 노력이 되지 않을까요?

친구 같은 교사 어때

_ 김현정

"사람을 가르치는 데는 행동으로 하고,
말로써 하지 않으며 일로써 하지 않는다."
- 노기 마레스케

"선생님들의 교사상은 무엇인가요? 그 교사상이 잘 실현되고 있는 것 같으신가요?"

친구 같은 선생님, 아이들이 언제나 편하게 다가와서 이야기하고 놀고 가는 교사. 교사라는 꿈을 정하고 나서 내가 늘 생각하던 나의 교사상이다. 나의 교사상은 다른 선생님들과 꽤 달랐다. 다른 선생님들은 교실의 왕, 단호한 교사, 쉽게 웃지 않는 교사 등의 이야기를 한다. 특히 첫날부터 웃으면서 들어가면 아이들이 교사를 무시하고, 만만하게 볼 수 있다는 말을 정말 많이 들었다. 그 말은 나를 무척이나 떨리게 했다. 정말로 나의 교사상대로 교직 생활을 하면 아이들이 나의 교권을 무시하고 교실 붕괴가 찾아올까. 친절하고 친구 같은 선생님이 단점만 있을까. 지금의 내 모습을 돌아보면 쉬는 시간마다 아이들과 떠들고 머리 묶어주느라 바쁘고, 함께 놀고 있다. 남들이 걱정하던 교사상이었지만, 나한테는 가장 잘 맞고 가장 잘 할 수 있었던 특기였다. 지금부터 내가 아이들과 어떻게 지냈는지 이야기하며, 친절하고 친구 같은 교사도 아이들과 얼마나 잘 지내고 생활지도를 잘할 수 있는지 이야기하려 한다.

"선생님이랑 술래잡기했던 게 가장 좋았어요."
"저희랑 친구처럼 장난도 치고 잘 놀아 주셔서 감사했습니다. 선생님이 제일 좋은 선생님이었어요"

내가 받은 스승의 날 편지의 대부분에 적혀 있던 문구이다.
"사랑합니다.", "덕분에 수학을 100점 받았어요."라는 말보다 나에게는 더 감동이었고 1년을 잘 지냈다는 만족감을 주는 말이었다. 아마 내가 꿈꾸던 교사상이 실현되었다는 증거여서이지 않을까. 그 편지를 준 학생들을 가르쳤던 때로 돌아가면, 난 정말 아이들과 함께 웃었고, 아이들과 친구가 되었다. 그런데 그게 결코 나의 권위가 무너지지도, 나의 모든 에너지를 쏟아가며 했던 것들이 아니다. 나는 그냥 아이들과 놀았다. 조금은 더 귀엽고 작은 내 친구들이었을 뿐이다. 그랬더니 아이들도 나를 편하게 대했다.
아이들과 친구처럼 지낼 수 있었던 첫 번째 방법은, 점심시간에 함께 뛰어노는 것이었다. 처음 내가 술래잡기를 시작했던 건 우리 반 금쪽이 때문이었다. 금쪽이는 친구들과 어울리고 싶었지만 다가가지 못해 친구 주변을 어슬렁거리거나 애꿎은 친구들만 툭툭 치고 다녔다. 금쪽이가 다른 아이들과 어울리게 하려면 어떻게 할까 고민했다. 아이들에게 같이 놀라고 하는 건 그 아이들에게 부담을 주는 것 같았다. 금쪽이를 노는 무리에 넣어놓는 것도 오히려 아이를 불안 상황에 혼자 던져두고 나오는 것 같았다. 그래서 생각해 낸 것이 나도, 금쪽이도 다 같이 노는 것이었다.

"오늘 술래잡기랑 무궁화꽃이 피었습니다 할 사람은 10분까지 모여!"

의외로 많은 아이가 모였다. 일곱 명. 초등학생 때 놀이터에서 놀았던 것처럼 나는 신나게 뛰어다니며 아이들을 잡고 도망쳤다. 아주 짧은 7~8분의 놀이였지만 아이들은 신났고 나 역시도 너무 재밌었다. 금쪽이도 편하게 무리에 껴서 재밌게 놀았다. 다음 날, 또 다음 날, 일주일 중 5번이나 아이들과 술래잡기하기도 했다. 7명이었던 아이들이 점점 많아졌다. 교실에서 책을 읽던 아이도 시간이 되면 내려와서 같이 놀고, 처음엔 주변에서 쳐다만 보던 옆 반 아이들도 같이해도 되냐며 참여하기도 했다. 어느 순간 우리는 열다섯 명 정도나 되는 아이들이랑 놀고 있었다. 놀이도 얼음 땡, 한 발 두 발, 신발 멀리 던지기 등 내가 어렸을 때 했었던 놀이였다. 억지로 자신의 웃는 모습을 숨겼던 금쪽이도 그 시간만큼은 활짝 웃었다. 자신이 술래가 되어도 화 한 번 내지 않고 다른 친구들과 놀았다. 한 학기 동안 외우지 못했던 친구의 이름도 1개 외웠다. 가끔은 힘들 때도 있어 점심시간에 비가 오길 바란 적도 꽤 있다. 그래도 맑은 날에는 함께 뛰어놀았더니 상쾌하고 5교시가 에너지 넘쳤다. 이 모습을 보시는 동학년 선생님들께서는 대단하다, 힘들지 않냐, 어떻게 그러냐고 하시는데, 나는 정말 그냥 놀았던 것이라 전혀 대단한 일을 했다는 생각이 들지 않았다. 같이 놀았더니 금쪽이도 친구들과 같이 놀 수 있었던 것. 몸으로 놀았더니 남학생들과 라포가 형성되어 장난치며 재미있게 수업할 수 있었던 것. 술래를 주고받으면서 티격태격 싸우던 사이도 금세 화해할 수 있었던 것. 이후로 나는 점심시간뿐만 아니라 체육 시간에도 대부분 선수로 참여해 함께 했다. 함께 뛰어노는 것의 힘은 엄청났다.

두 번째로 나는 학생들의 장난을 잘 받아 주었다. 쉬는 시간, 내 책상과 의자 주변에는 늘 학생들이 모인다. 나를 좋아해서 그럴까? 아니다. 의자 뒤에 숨거나 나한테 이상한 아재 개그를 하러 온다. 그런 아이들을 나는 차분하게, 우아하게 돌려보내지 않는다. 나는 그런 우아한 성격이 아니니까. 아이들이 안 보이는 척 의자 등받이를 쑥 젖혀 숨은 학생들을 누르면서 구석으로 의자를 밀어서 못 나오게 하고, 아재 개그를 맞히고 오히려 한 수 어려운 아재 개그를 문제 내기도 한다. 그리고 춤을 추는 학생과 보드게임 하며 노는 학생들의 사진을 찍어 반 아이들과 그 웃긴 장면들을 공유했다. 움직이는 순간 찍힌 아이들의 얼굴을 확대하며 실물화상기로 보여 주고 웃긴 제목 붙이기 놀이도 했다. 아이들은 까르르 까르르 배꼽을 잡았다. 그 순간은 난 27살의 김현정이 아니라 초등학교 3학년, 4학년 김현정이 되었다. 엽사(엽기적인 사진)를 찍어 서로 보면서 웃는 것, 어깨를 톡 치면서 전달 놀이를 하는 놀이에 끼는 것, 내 무릎에 두세 명이 앉아서 들썩들썩 태워주는 것, 남학생들 머리를 고무줄로 묶어주는 것, 아이들을 놀라게 하고, 아이들의 놀람에 나도 깜짝 놀라 소리를 지르는 것. 그게 내가 아이들과 쉬는 시간을 보내는 방법이다. 한마디로, '놀았다'. 정말 아이들과 친구가 되어 놀았다. 그래서 아이들이 나를 더 어려움 없이 다가왔나 보다. 하루는 주말에 아이의 번호로 전화가 와 있었다. (겨울방학 하면 이제 볼 일이 없을 줄 알고 전화번호를 알려줬는데, 어쩌다 보니 연속으로 그 학생들을 맡아 학생이 내 번호를 알고 있었다.)

"준우야, 주말에 선생님께 전화했던데. 전화 왜 했어? 무슨 일 있었어?"
"아니요. 저 친구랑 노는데, 선생님도 같이 놀자고 전화했어요."

"나도…?"

이 대화도 참 잊을 수 없었다. 얼마나 내가 친구 같았으면 주말에 자기들끼리 노는 자리에 날 부르려고 했을까. 그것도 여학생들도 아닌 남학생이. 웃기면서도 뿌듯했고, 신기하면서도 친구 같은 선생님이 단점만 있는 것은 아니라는 확신이 들었다.

세 번째로, 수업 때도 나는 최대한 아이들과 놀려고 한다. 수업과 연계된 게임뿐만 아니라, 내가 변장하기도 하고, 예시문장에 아이들 이름을 넣어 재미난 문장을 만들기도 한다. 한 번은 사회시간 2030을 대표하는 사람과 인터뷰해야 했다. 나는 내 이름을 거꾸로 해서 '정현이'로 변신했다. 정현이를 모셔 오겠다는 말과 함께 나는 복도로 나가 안경을 쓰고, 머리를 질끈 묶고, 어두운 카디건을 입었다. 모르는 척 교실에 들어가서 '정현이'가 되어 목소리와 말투도 다르게 해서 아이들과 인터뷰를 진행했다. 아이들의 모든 질문이 끝나고 정현이는 학생들과 진한 인사를 나누며 퇴장했다. 그리고 얼른 안경을 벗고 머리를 풀고, 카디건도 벗고 다시 나로 돌아와서 교실로 들어갔다. 아이들도 나에게 "아까 선생님 언니 왔다 갔어요.", "선생님이랑 너무 닮아서 놀랐어요!"라며 이야기해 줬다. 우리는 깔깔거리며 우리끼리 놀면서 공부하기도 했었다.

학생들과 놀면서 지내다 보면 항상 걱정되는 것이 있다. 교사를 만만하게 보면 어떡할까, 친구처럼 하다 보면 예의 없게 굴지는 않을까. 하지만 나 역시 이러한 선은 잘 지키려고 한다. 친하게 지내다 보면 아이들도 실수로 반말하기도 하고, 물건을 한 손으로 주고받으려 하기도 한다. 그럴 땐 정확하게 아이들에게 알려 준다. 약간 단호하게 말해도 아이들은 혼내는 것으로 인식하지 않는다. 잘 웃던 선생님이 이렇게 말하는 것을 보면 자신들이 잘못했다고 받아들였다. 그리고 안되는 것은 명확하게 안 된다는 것을 말하고 그 이유도 반드시 알려 준다. 그래서 나의 친구 같은 선생님 3년이 잘 흘러가지 않았을까 싶다. 아이들이 무서워하는 선생님, 단호한 교사만이 아이들을 올바르게 지도하는 방법이 아니라는 것을 말하고 싶었다.

요즘 인스타그램, 유튜브를 보면 정말 대단하고 열정적이고 멋진 선생님들이 너무나 많다. 그 속에서 나는 뒤처진다고 생각했고, 따라갈 수 없는 모습에 좌절하기도 했다. 하지만 그저 아이들과 행복하게 노는 것. 그것이 나의 콘텐츠다. 누군가에게 설명하기도 어렵고, 보여 줄 정도로 대단한 것은 아니지만 우리 반과 나에게는 너무나 즐거운 추억을 쌓는 1년이 될 수 있었다. 아마 나처럼 이러한 무기들을 가진 선생님들이 너무나 많을 것이다. 그분들이 다 드러나지 않을 뿐이다.

쉬는 시간만 되면 나의 자리에 몰려와 함께 놀고 가는 아이들

사진, 알림장을 공유하라

학부모와 연락하는 것이 두렵거나 가능한 한 적게 하고 싶은 교사들이 있을 것이다. 학부모가 교사와 연락하고 걱정을 가진 가장 큰 이유는 학교에서의 생활을 모르기 때문이다. 의외로 밝은 학생들도 집에서는 학교에 관해 거의 이야기하지 않는다고도 한다. 그래서 학부모는 더더욱 아이가 학교에서 무엇을 하는지, 친구들과는 잘 지내는지, 수업은 어떤 것을 하는지 궁금해하신다.

올해 저학년 담임하는데도, 난 상담주간을 제외하고는 거의 학부모들의 연락을 받지 않는다. 학급 공지 방에 올라가는 아이들의 사진과 알림장 때문인 듯하다. 아이들의 활동사진, 쉬는 시간, 점심시간의 아이들 모습을 한 달간 모았다가 한 번에 올린다. 또한 아이들의 알림장에 좀 더 자세한 내용을 덧붙여 학부모 알림장을 밴드에 자주 올린다. 이를 보며 학부모들은 아이들의 학교생활, 수업 활동을 알 수 있어서 좋다는 댓글을 단다.

그 과정이 조금은 귀찮을 수 있다. 하지만 학부모의 측면에서 본다면, 우리의 노력이 그분들에게는 안심시키는 역할이 되기도 하고, 교사에게 연락할 일을 줄이는 기회로 작동할 것이다.

무궁화반 한 달 사용 설명서

_도연지

"만일 우리가 아이에게 올바른 생활에 관해 아무것도 가르치지 않았다면,
그가 잘못된 길로 나아가더라도 욕하지 못할 것이다.
왜냐하면 그것은 아이의 잘못이라기보다는 우리의 소홀 때문이다."

- 루소

　쪽지가 복권으로 바뀌는 그날이 왔다. 바로 마지막 주 금요일! 우리 반 모두가 손꼽아 기다리는 날이다. 마지막 주 금요일은 언제나 루틴처럼 2가지가 이루어진다. 우선, 복권을 뽑게 된다. 아이들이 열심히 모은 쪽지들을 와르르 쏟아서 학급 회의를 통해 정한 20개를 뽑는다. 이렇게 하면 필연적으로 자기 조절력을 기르고, 책임감을 느끼고 노력한 아이가 더 많이 뽑히기 마련이다. (아직 2학년 아이들은 왜 자기가 뽑히지 않는지 모르는 것 같다.) 자기 이름이 뽑힌 아이들은 기뻐하며 앞에 나와 교사가 만든 복권을 긁게 된다. 복권은 크게 대단한 것 없이 스크래치 스티커를 사다가 쪽지에 1, 2, 3, 4, 5등을 적고 그 위에 스티커를 붙인 종이이다.

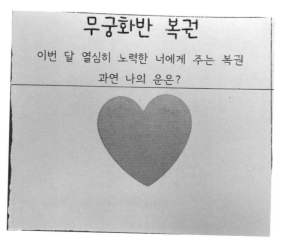

무궁화반 복권

이번 달 열심히 노력한 너에게 주는 복권

과연 나의 운은?

매달 아이들이 기대하는 복권

복권의 보상과 비율 또한 아이들과 함께 회의해서 정했는데, 1등은 언제나 변하지 않는 '영화 보면서 과자 먹기'이다. 총 120장 중에 딱 2장이 있다. 그런데 5월 말에 이 쪽지를 뽑아 버렸다. 나는 운이 좋은 아이들과 함께하고 있나 보다. 2등은 '교실 놀이'이다. 5장이 있다. 사실, 진도가 애매하거나 통합 수업 중 필요하면 교실 놀이하고 있는데, 자신들의 손으로 쟁취해 낸 교실 놀이는 더욱 재미있는지 간절하게 원하곤 한다. 3등은 13장의 '쉬는 시간 5분 더 갖기'이다 4등은 '아침 활동 패스권'으로 30장을 주었고, 5등은 50장으로 '비타민 1개 받기'이다 회의하다가 아쉽게 떨어진 '급식 먹을 때 원하는 자리 서기'는 보너스로 20장 넣어줬다. 부담스러운 1등의 확률을 줄여주기도 하고, 학급 세울 때 너그러운 선생님이 될 수 있는 일거양득의 효과가 있다.

무궁화반 1학기 복권 당첨

1등	영화 보면서 과자 파티	2장
2등	교실 놀이	5장
3등	쉬는 시간 5분 더 갖기	13장
4등	아침 활동 패스권	30장
5등	비타민 1개	50장
특별 보너스	급식 줄 원하는 자리에 서기	20장

직접 의견을 내고 투표해서 정해진 보상

1년 차에 보상으로 간식이나 지비츠, 핸디 선풍기 등을 사 줬던 때가 있다. 거기에는 몇 가지 문제점이 있었는데 우선 사비가 너무 많이 들었다. 그러다 보니 모든 아이에게 줄 수 없었고 못 받은 아이들이 속상해했다. 둘째로 눈에 보이는 물건이다 보니, 끝이 찝찝했다. "선생님이 쟤만 예뻐해서 저거 줬어.", "나도 갖고 싶은데, 나만 안 줬어."라고 말하지 않으리라는 확신이 없었다. 그래서 무형의 보상을 주기로 했다. 교실 놀이나 쉬는 시간 5분 더 갖기 같은 보상들은 교사가 부담스럽지도 않고 언제든 줄 수 있다. 그리고 최고의 장점은, 쪽지에 뽑히지 않은 아이들도 한마음으로 복권을 긁는 아이들을 응원한다는 것이다. 1등부터 3등까지의 보상은 단체 보상이기 때문에 서로를 부러워하거나 속상해하거나 질투하지도 않는다. 실제로 작년 아이들과 다툼이 많던 아이가 교실 놀이 보상을 뽑고 교실의 영웅이 된 적이 있었다. 그 뒤로 나는 학급 세우기 회의할 때 무형의 단체 보상을 은근슬쩍 강조하고는 한다.

복권을 다 뽑았다면 두 번째 루틴은 모둠 섞기이다. 한 달간 열심히 노력한 모둠이 흩어지는 날이다. 이미 언급했듯 나는 아이들의 자리에 큰 의미를 두지 않는다. 시력 문제도, 수다쟁이들이 붙어 있어서 생기는 문제도 일주일이면 다시 바뀌기 때문에 모든 아이가 직접 자기 손으로 나무 막대를 뽑아서 자신의 한 달 운명을 결정한다. 생각보다 빠르고 간결하게 진행되는 모둠 섞기에서 내가 강조하는 것은 딱 2가지이다. 첫째, 친하거나 불편한 친구가 같은 모둠이 되어도 절대 티 내지 않기다. 친구에 대한 기본적인 예의를 지키자고 귀에 못이 박이게 강조했다. 5월 말이 되어 벌써 3번째 자리를 바꾸는 아이들은 환호와 한탄을 속으로 조용히 삼킨다. 둘째, 바로 직전에 같은 모둠이었던 친구랑은 함께할 수 없다. 비록 고학년이 되면 성별끼리 나뉘어 놀게 된다지만 그래도 지금은 반의 모든 아이가 서로를 한 번쯤 경험해 보고 지레 생각하지 않게 하기 위함이다. 이렇게 하면 가끔 남자 3명에 여자 1명이나 그 반대의 상황이 생긴다. 학부모님들은 걱정하지만, 생각보다 아이들은 성별과 관계없이 자기 생각을 잘 말하고 잘 어울린다.

또 사회성과 자기 조절력이 서툰 아이는 어느 반에나 있기 마련인데, 누가 같은 모둠이 되는지가 중요한 우리 반에도 서툰 아이가 있다. 이렇게 하면 그 아이로 인해 도장을 모으지 못한 아이들이 속상하지 않다. 후술하겠지만, 아이들은 언제나 성장할 수 있기에 새로운 모둠이라는 환경에서 새롭게 시작한다면 서툰 아이에게도 좋은 기회가 된다. 새로운 달의 새로운 월요일이 되면, 언제나 그랬듯 모둠 판을 만들고 꾸미기 시작한다.

이렇게 복잡한 단계를 거치는 학급 과정은 선생님께서 많이들 하시는 학급 온도계에 비해 몇 가지 장점이 있다. 첫 번째로, 아이들에게 칭찬을 많이 할 수 있게 된다. 학급 온도계에서는 영화 보기나 과자 파티는 교육과정에 꽤 큰 지장을 주게 되어 큰마음을 먹고 온도를 올려줘야 한다. 왠지 우리 반의 진도가 가장 늦은 것 같은데, 오늘따라 말을 잘 들어 학급 온도계를 올려줘야 한다면 그것만큼 초조한 게 없다. 첫해, 칭찬이 고픈 아이들에게 칭찬해 주고 싶은데, 어쩔 수 없이 "선생님 마음이야!"하고 안 올려줬을 때의 반응이 생생하다. 하지만 이런 학급경영을 한다면 칭찬해 주며 도장을 20개를 찍어 줘도, 30개를 찍어 줘도 쪽지를 4장만 줄 수 있다.

두 번째로, 억울한 아이들이 생기지 않는다. 나는 잘했는데 우리 반 친구들이 하지 않아서 학급 온도계가 쌓이지 않는다면 억울하고, 성취감도 느껴지지 않을 것이다. 물론 모둠 안에서도 비슷한 사례가 있지만 25명이 성공할 확률과 4명이 성공할 확률은 현저히 달라서 노력하면 성공할 수 있다는 성취감을 느끼기 좋다.

세 번째로, 무임승차 하는 학생이 없다. 첫해에는 받아쓰기를 100점 맞는 학생 수만큼 온도계를 올려줬었다. 내가 노력하지 않아도 점수가 올라가니 점수는 그대로였다. 모둠별로 도장을 모으기 시작하니, 100점을 맞으면 우리 모둠의 도장이 올라가고, 모두 다 노력해서 80점 이상이면 무려 2장씩 찍어 주니 모둠 안에서 서로를 격려하기 시작했다. 최근 7급 받아쓰기를 볼 때, 30점을 맞던 녀석이 자기만 노력하면 도장을 2개 받는다는 걸 알고 12시까지 공부해서 100점을 맞았다.
물론 교사가 조금 더 귀찮아진다는 점은 있지만, 나는 이 장점들이 귀찮음을 감수할 만하다고 생각한다.

이런 꿀템을 추천해 드려요.

1. 지렛대형 제침기

교사라면 뒤 게시판 꾸미는데 스테이플러를 안 쓰실 수 없죠. 이전 작품을 뺄 때 저는 학교에서 받은 집게형 제침기를 사용하고 있었습니다. 옆 반 선생님께서 작품을 정리하시는데, 뒷부분에 칼이 달린 지렛대형 제침기를 사용하시더라고요. 훨씬 더 잘 빠지고, 자석도 붙어 있어서 스테이플러 심이 바로 떨어지지 않는다는 장점이 있습니다.

2. 풀테이프

2년 동안 돈이 아깝기도 하고, 풀도 있고, 테이프도 있어서 사용하지 않았던 물건이지만 올해 사보고 "진작 살걸." 하고 후회했던 꿀템입니다. 아이들에게 보여 주기 위한 예시 작품을 만들 때 풀보다 훨씬 깔끔하고, 아이들이 도움을 요청할 때도 쉽게 도와줄 수 있습니다.

3. 장부 파일과 이공편치

제가 참지 못하는 건, 열심히 한 활동지를 책상 서랍에 무작정 집어넣어 버리는 것입니다. 그래서 항상 활동지에 이공펀치로 구멍을 뚫어서 정부 파일에 끼워서 보관하라고 지도합니다. 활동지를 끝낼 때마다 엘자 파일에 집어넣느라 사물함에 왔다 갔다 하는 것을 막을 수 있습니다. 한 달에 한 번 또는 두 달에 한 번 집에 보내서 비워오라고 하면 꽤 많은 아이가 책상 서랍 속을 깔끔하게 유지합니다.

추억 한 겹

_ 문정원

> "학교는 생각을 도구로 한 공장이나 정보를 취득하고 교환하는 장소가 아니라
> 더불어 사는 사회적 유기체가 되어야 한다."
>
> - 린너

 '아이스 브레이킹', 새로운 사람을 만났을 때 어색하고 서먹서먹한 분위기를 깨트리는 일을 일컫는 말이다. 나는 이 '아이스 브레이킹'에 참 재능이 없는 사람이다. 낯을 많이 가리는 성격이라 어렸을 때부터 새로운 사람과 대화를 나누거나 친해져야 하는 상황이 두려웠다. 이러한 성격을 극복해 보고자 대학생 때 사람들을 많이 만날 수 있는 동아리도 가입해 보고 학생회 활동까지 해 보았지만, 타고난 천성을 극복하는 것은 결코 쉽지 않았다. 우리 반 학생들을 처음 만났을 때도 예외는 아니었다. 생전 처음 보는 스물네 명의 아이와 어색함을 풀고 친근한 사이가 되는 것은 나에겐 제법 어려운 일이었다. 심지어 처음 담임을 맡아서 교사와 학생의 관계 자체가 어색한 신규 교사인 나는 놀랍게도 3월 내내 아이들과 낯을 가리고 있었다. 다행히 아이들은 굳이 내가 먼저 다가가지 않아도 나에게 비교적 호의적인 편이었고 나와 친해지고 싶어 하는 기색을 보였다. 그렇지만 그 이상의 관계로 발전하지는 않았다. 그런데 엎친 데 덮친 격으로, 반 아이들은 담임교

사의 성격을 닮아간다는 유명한 속설처럼 3월이 다 지나도록 우리 반 아이들은 자기들끼리도 학기 초에 흐르는 묘한 어색함과 긴장감이 꽤 오래 지속되고 있었다. 한 마디로 3월의 우리 반은 돌이켜보자면 3월의 따뜻한 봄날씨와는 상반되는 '아이스' 상태 그 자체였다.

어느 평범한 날의 국어 수업 시간이었다. 국어책을 소리 내서 읽어야 하는 상황에서 약간의 재미를 부여하기 위해 아이들에게 한 단락을 읽고 다음 단락을 읽을 사람을 직접 지목하게 했다. 그런데 한 단락을 다 읽은 아이가 머뭇거리기 시작했다.

"저기, 1분단에 빨간색 옷 입은 애요."
"응? 친구 이름을 모르는 거야?"
"네…."

순간 입이 떡 벌어지며 할 말을 잃었다. 한 달이 다 지나도록 아직 같은 반 친구 이름도 모르다니! 내가 학기 초 관계 맺기에 너무 무심했다는 생각이 들었다. 애들이니까, 그냥 알아서 친해질 수 있을 줄 알았다. 시간이 흐르면 교사와 학생도, 학생들끼리도 저절로 친해질 수 있을 줄 알았는데 아무런 노력 없이 그냥 저절로 이루어지는 일은 아무것도 없었다.

그날 밤, 유튜브에서 이런저런 영상을 보며 시간을 흘려보내고 있다가 한 영상이 운명처럼 눈에 띄었다. 초등학교 2학년 차노을 군의 〈Happy〉라는 제목의 랩 뮤직비디오 영상이었다. '나를 보면 인사 건네줘, 반갑게 먼저 말을 걸어 줘.' 나는 아이다운 귀여운 가사와 순수한 목소리에 매료되었고, 이어서 추천 동영상으로 뜨는 노을이 아버지의 인터뷰 영상을 보게 되었다. 영상 속 밝고 천진해 보이는 노을이는 사실 ADHD 진단을 받고 친구를 사귀는 데 어려움을 겪고 있었던 아이였다고 한다. 마침 노을이네 반 담임선생님께서 장기자랑 영상을 찍어 오는 숙제를 내주셨고, 노을이의 아버지는 노을이가 친구를 많이 사귀기를 바라는 마음에 랩 영상을 찍는 것을 직접 도와주셨다고 하셨다. '이거다!' 머릿속에 전구 하나가 띵 켜지는 기분이었다.

다음 날, 곧장 나는 우리 반 아이들에게 전날 보았던 노을이의 랩 영상을 보여 주었다. 그 당시 워낙 인기 있던 영상인지라 이미 영상을 알고 있는 아이들도 많았다.

"노을이의 아버지는 노을이가 이 영상을 통해 친구를 많이 사귀기를 바라는 마음으로 영상을 찍으셨대. 선생님도 우리 반 친구들끼리 지금보다 서로 더 가까워졌으면 좋겠어. 그리고 선생님과의 너희의 사이도 더 가까워졌으면 좋겠어."

그렇게 우리 반의 뮤직비디오 프로젝트는 시작되었다. 우선 원곡의 랩 가사를 우리 반에 어울리는 새로운 가사로 바꿔보는 시간부터 가졌다. 가사 쓰기를 어려워하는 학생들에게 우리 반 하면 떠오르는 이미지나 재미있었던 일들을 떠올려 보라고 독려했다. 아이들의 학습지를 걷어서 살펴보니 생각보다 반짝반짝 빛나는 창의적인 아이디어들이 많았다. 아이들이 직접 쓴 좋은 문장들을 모아서 하나의 새로운 랩 가사를 만들었다. 그 후, 랩 뮤직비디오에 출연하고 싶은 아이들의 신청을 받았다. 아이들은 처음 해 보는 뮤직비디오 촬영에 갈팡질팡하는 것 같았다. 최종적으로 8명의 끼 많은 아이가 신청했다. 나는 점심시간에 이 아이들을 방음 장치가 되어 있는 방송실에 데려갔다. 아이와 이어폰을 나눠 끼고 박자를 맞춰 가며 한 소절씩 녹음을 진행했다. 디렉팅을 할 수 있을 정도로 음악에 조예가 깊은 것은 아니지만 그래도 아이들과 여러 차례 녹음하니 점점 만족할 만한 소리를 만들어 갈 수 있었다. MR 파일에 아이들이 부른 녹음본을 차곡차곡 얹어서 음원을 완성한 후, 가사에 맞는 장면들을 촬영하기 시작했다. 교실, 운동장, 복도…. 점심시간마다 학교 이곳저곳을 돌아다니며 아이들과 한 컷, 한 컷을 촬영했다. 촬영한 컷들을 합쳐서 녹음했던 음원을 입히니 제법 그럴싸한 뮤직비디오가 완성되었다. 아이들에게 뮤직비디오를 공개하자 아이들 입에서 와 하고 탄성이 터져 나왔다. 친구들의 목소리와 얼굴이 등장하자 뮤직비디오를 촬영하지 않은 아이들도 영상을 보는 내내 얼굴에 웃음이 떠나지 않았다.

뮤직비디오를 만드는 당시에는 점심시간 내내 아이들과 부대끼며 촬영을 하는 것이 버겁기도 했고, 퇴근 시간이 훌쩍 지나서까지 태블릿 PC를 붙잡고 영상 편집을 이어가려니 좀이 쑤시기도 했다. 괜히 일을 벌였나 싶었다. 그러나 그 이후 우리 반에는 눈에 띄는 변화들이 몇 가지 생겼다. 우선 아이들은 나를 더 편하게 대했고 나에게 더 적극적으로 다가왔다. 녹음과 촬영을 하면서 나는 아이들의 귀여운 실수에 깔깔 웃기도 했고 아이들과 농담도 많이 주고받았다. 아이들과 심리적 거리가 많이 좁혀졌고, 그 결과 요즘은 아이들이 점심시간마다 나를 졸졸 쫓아다니는 지경에 이르렀다. 가끔 과한 애정 공세에 부담스러울 때도 있지만 사실 아이들의 이런 애정이 싫지만은 않았다. 또 아이들은 자기들끼리의 관계도 더 깊어진 듯했다. 이전에는 대화도 제대로 해 보지 않았던 아이들이 뮤직비디오를 찍으러 돌아다니며 조잘조잘 이야기를 나누는 모습을 많이 볼 수 있었다. 국어 시간에 제안하는 글쓰기를 했는데, 몇몇 아이들이 뮤직비디오를 또 찍고 싶다는 의견을 내세웠다. 그 이유는 대부분 "뮤직비디오를 찍으면서 친구들이랑 더 친해질 수 있었어요.", "뮤직비디오를 찍을 때 학교 오는 게 즐거웠어요."와 같은 것들이었다. 값비싼 장비도, 화려한 편집 기술도 없이 무작정 시작한 작은 프로젝트였지만 그 시간은 우리 반에 너무나도 소중한 추억한 겹이 되었다. 그 이후로도 우리 반 아이들과 나 사이에는 한 겹, 한 겹 켜켜이 추억이 쌓이기 시작했다. 그리고 이 추억들이 쌓이고 쌓여 어느 순간 우리 반을 감싸고 있던 '아이스'는 소리 없이 녹아 사라졌다.

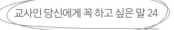

학생들과 특별한 뮤직비디오 만들기

보통 학급에서 제작하는 뮤직비디오는 아이들의 그림을 이어 붙여서 만드는 형태인 것 같습니다. 학생들이 녹음 및 출연하는 뮤직비디오는 촬영과 편집 과정이 번거롭다고 생각될 수 있지만, 그래도 학생들이 직접 등장하기 때문에 우리 반만의 특별한 추억을 만들 수 있어서 한번 도전해 보시면 좋을 것 같습니다.

1. 가사 완성하기

학생들이 좋아하는 동요나 가요의 가사를 우리 반과 관련된 내용으로 바꾸어 우리 학급만의 새로운 가사를 완성합니다. 이때 가사 쓰기를 어려워하는 학생들에게는 선생님 또는 친구들과 즐거웠던 기억을 떠올려 보거나 우리 반만의 장점을 생각해 보도록 지도합니다. 저는 뮤직비디오 출연 여부와 상관없이 학급의 모든 학생에게 활동지를 나눠주고 가사를 쓰게 한 후, 그중 좋은 문장들을 골라 한 편의 가사를 완성했습니다.

2. 음원 녹음하기

전문적인 녹음장치가 있으면 좋겠지만 선생님의 스마트폰과 이어폰만 있어도 그럴싸한 음원을 만들 수 있습니다. MR과 박자를 맞추기 위해서 선생님과 학생이 이어폰을 한 쪽씩 나눠 끼고 MR을 들으면서 노래를 부르도록 합니다. 노래는 이어폰으로 흘러나오기 때문에 학생의 목소리만 녹음됩니다. 이때 방송실이나 음악실 같은 방음 시설이 있는 곳에서 녹음하는 것이 좋습니다. 교실에서 찍으면 생각보다 복도나 다른 교실에서 잡음이 많이 잡힙니다. 학생들의 녹음본을 모아서 MR과 합쳐서 음원을 완성합니다.

3. 컷 촬영하기

녹음한 음원에 맞춰 여러 장면을 촬영합니다. 이때 음원을 틀어 놓고 아이들이 박자에 맞게 또렷한 입 모양으로 노래 부르는 척을 하게 해야 나중에 편집했을 때 훨씬 자연스럽습니다. 촬영 장소는 교실, 복도, 운동장 등 다양할수록 좋고 소품을 적절히 활용하는 것도 좋습니다.

4. 편집하기

저는 제가 직접 편집했으나 학급에 영상 편집에 관심이 많은 학생이 있다면 학생들이 편집까지 자율적으로 해서 영상을 완성해도 좋을 것 같습니다. 촬영한 영상들을 음소거 후 음원에 맞게 쭉 이어 붙이고 가사 자막만 다는 편집 정도면 충분합니다. 저는 아이패드와 VLLO 앱을 사용했습니다.

학급 학생들과 함께 제작한 뮤직비디오 영상

문제 삼지 않으면 문제 되지 않는다

_ 방효정

> "진짜 문제는
> 사람들의 마음이다."
> - 아인슈타인

점심시간은 아이들이 하루 중 가장 좋아하는 시간이다. 맛있는 급식을 먹는 시간이기도 하고, 친구들과 운동장에 나가 뛰거나 교실에서 보드게임을 하며 즐겁게 놀 수 있는 시간이기 때문이다. 하지만 교사들에게는 마냥 쉴 수 없는 시간이기도 하다. 교사의 눈 밖에 벗어난 아이들이 놀다가 싸움을 일으키기도 하고, 예상치 못한 사고가 벌어질 때도 있기 때문이다.

작년엔 힘들다고 소문난 학년을 맡아 매번 급식을 빠르게 먹고 교실로 올라가곤 했다. 특히, 우리 반에는 점심시간마다 학교 이곳저곳을 돌아다니며 말썽을 곧잘 만드는 개구쟁이 삼총사가 있었다. 그래서 직접 내 눈으로 그 아이들을 바라보며 임장 지도[3]를 하는 편이 훨씬 마음이 편했다.

그날도 여느 때와 같이 후루룩 급식을 먹고 교실로 향했던 날이었다. 왜

---

3   교사가 현장에 함께 지도하는 것

인지 개구쟁이 삼총사는 보이지 않았고 교실은 평화로웠다. 얼른 다음 수업 준비하려는데 복도에서 비명이 들려왔다. 아뿔싸, 새로운 문제가 생긴 게 분명했다.

"으아악!"
복도에 있던 준하가 교실로 들어오며 분노 가득한 비명을 질렀다. 아이들이 웅성거리며 준하가 있는 곳으로 모여들었다.

"헐, 준하 똥 밟았다."
"준하가 똥을 밟았다고?"
"우웩, 더러워!"
"야! 저리 떨어져."

개구쟁이 삼총사들이 오늘도 다른 층을 돌아다니며 술래잡기했는데, 술래를 피해 들어간 화장실에서 바닥에 있던 똥을 밟은 것이었다. 가까이서 보니 새하얀 실내화 바닥에 누런 찰흙 같은 똥이 살짝 묻어 있었다.

"준하야 저리 떨어져!"
"어쩌라고!"
"선생님, 준하 너무 더러워요."

더럽다며 호들갑 대는 아이들이 점점 늘어나자 준하도 슬슬 성질이 나기 시작한 모양이다. 똥이 묻어서 화가 난 준하와 그런 준하를 보며 놀리는 아이들. 분위기는 자칫하면 크게 싸움이 일어날 수도 있을 것 같았다. 순간, 어떻게 이 문제를 해결할지 고민이 됐다. 비록 준하가 선생님 몰래 술래잡기하며 다른 층을 돌아다닌 것은 잘못이지만, 지금 그 문제를 짚어봤자 상황이 좋아질 것 같진 않았다.

'그래! 그냥 가볍게 넘기자.'

하고 싶은 말은 많았지만, 대수롭지 않은 목소리로 한마디를 날렸다.

"와~ 준하 액땜했네. 이제 똥 밟았으니 좋은 일만 생길 거야."

"엥, 그게 무슨 소리예요?"

"이게 왜 좋은 일이 생겨요?"

내가 던진 한마디에 아이들이 조잘조잘 질문을 던졌다.

"옛날부터 똥을 밟으면 운수가 좋다는 이야기가 있단다. 준하야, 축하한다. 운수 대통이다."

"아~"

"그럼 개똥은요?"

"준하야 좋겠다."

진짜인지 가짜인지 모르는 속설이지만, 그 소리를 듣자 준하의 표정이 점점 누그러지기 시작했다.

"그래, 그러니까 너무 기분 나빠하지 말고 물티슈로 얼른 닦아. 그리고 똥이야 닦으면 그만이다."

준하의 친구들은 초고속으로 사물함에서 물티슈를 꺼내왔고, 준하는 실내화를 열심히 닦기 시작했다. 어정쩡한 자세로 열심히 똥 닦기 시작한 준하를 보며 주변에 있는 친구들이 점점 웃기 시작했다. 준하도 그런 친구들을 보며 웃겼는지 깔깔 웃으며 실내화 청소를 마쳤다.

이후, 준하는 교실에 늦게 들어온 아이들에게도 똥 밟은 이야기를 신나게 이야기하기 시작했다. 자신이 어떻게 똥을 밟았으며, 자기는 이제 운이 좋다는 이야기도 덧붙였다. 똥 일대기를 여기저기 말하느라 바쁘게 돌아다니는 준하를 보며 이런 생각이 들었다.
'어쩌면 최악이었을 수도 있는 저 아이의 하루가 오히려 기분 좋게 마무리되었을 수도 있겠구나.'

초임 교사였던 시절에는 내가 생각한 기준에서 벗어나면 모두 문제라고 생각했다. 아마 초임 교사였을 시절 준하의 똥 밟은 모습을 봤다면 문제행동이라고 여겨 단단히 혼을 냈을 것이다. 하지만 그렇게 매번 힘이 잔뜩 들어간 모습으로 문제가 발견될 때마다 지적하고 고치려고 하자, 오히려 역효과가 났다. 어느 순간 나는 아이들의 지적할 거리만 찾는 교사가 되어 있었고, 아이들은 내 지적을 귓등으로도 안 듣고 튕겨내기 일쑤였다. 그렇게 여러 번 실패를 경험하며 한 가지 느낀 게 있었다.

"문제 삼지 않으면 문제 되지 않는다."

이제는 남에게 피해를 주거나 위험한 상황이 아니라면, 가끔은 작은 문제는 가볍게 풀어 넘어가거나 상황을 재미있게 만들어 얼렁뚱땅 넘어가기도 한다. 그렇게 아낀 에너지는 차곡차곡 모아 정말 중요하고 큰 문제가 생겼을 때 확실하게 짚고 교육할 때 사용한다. 그럼 아이들에게도 어떤 게 큰 문제고 어떤 게 작은 문제인지 분간하는 데 도움이 된다. 이 방법이 모두에게 정답이라고 생각하진 않지만, 그래도 이 방법은 여러 말썽꾸러기 아이들을 지도할 때 큰 도움이 되었다.

개구쟁이 삼총사와 함께했던 해가 지나고, 이듬해 스승의 날 즈음에 반가운 얼굴들이 찾아왔다. 준하를 포함한 나의 제자들이었다. "선생님 사랑해요!" 아이들은 하트를 날리며 오밀조밀 열심히 쓴 편지를 건네주고 도망쳤다. 모든 편지가 감동이었지만, 그중에서도 준하의 편지가 눈에 띈다.

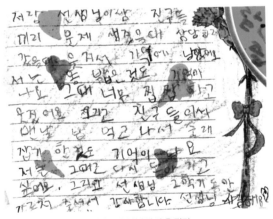

준하가 스승의 날에 써 온 편지

올해도 난 나만의 방법으로 아이들을 가르친다. 작은 문제는 가볍게 넘기고 큰 문제에는 사력을 다해 해결하려고 애쓴다. 물론 아직도 고민되고 헷갈리는 것투성이고, 가끔은 난감한 문제에 눈물도 난다. 그러나 지금 하는 고민 역시도 나중에는 나만의 방법이 생길 것이라고 믿어보며 오늘도 나만의 방식대로 아이들을 가르친다.

모든 일에 힘쓰지 마세요.

아이를 1년 동안 올바르게 가르치려고 노력하시는 것만으로도 선생님들은 엄청난 에너지를 쓰고 계십니다. 하지만 선생님들이 가진 에너지는 한정적이기도 합니다. 그래서 에너지를 현명하게 나눠 쓰는 것이 중요합니다.

예전에 저는 모든 수업 시간, 쉬는 시간에 강하고 에너지 넘치는 모습을 보여 주려다가 성대 결절이 온 적이 있습니다. 목소리가 하나도 나오지 않아 결국 1주일 동안 묵언수행을 하며 집에서 휴식을 취했답니다. 이 경험으로, 저는 모든 일에 힘주고 사는 것이 오래 가지 못하는 방법이라는 것을 깨달았습니다.

선생님의 에너지를 어떻게 쓸지 고민해 보세요. 목소리로 예를 들면, 어떤 말을 할 때 힘을 주고 어떤 말을 할 때 힘을 뺄지 생각해 보세요. 목소리가 아니더라도 수업, 생활지도, 업무 등 교사가 해야 할 일 여러 곳에 어떻게 힘을 분배할지 생각해 보세요. 모든 일에 힘쓰지 않는 것, 오래 교사 일하기 위해 중요하게 생각해야 할 부분입니다.

극야(極夜)

_ 신성욱

"희망을 품지 않은 자는
절망도 할 수 없다."
- 버나드 쇼

극야는 고위도 지역이나 극점 지역에서 겨울철에 오랫동안 해가 뜨지 않고 밤만 계속되는 현상을 말한다. 나의 교사 생활에도 이 극야처럼 아무리 기다려도 빛이 오지 않고 어두웠던 시절이 있었다. 2018년의 일이다.

2018년 3월 나는 교사로서 두 번째 1년을 맞이하게 됐다. 이때 나는 교사로서의 첫 1년을 마치고 군대에 갔다가 얼마 전 전역을 한 상황이었다. 그런데 입대 전 근무했던 학교의 인원 문제로 인해 나는 전역 후 원래 근무하던 학교가 아닌 새로운 학교로 이동해서 근무하게 됐다. 2년간의 교사 경력 공백과 낯선 환경이라는 어려움이 동시에 겹쳤지만, 당시에 난 큰 걱정을 하지 않았다.

맨 처음에 교사 생활을 시작했을 땐, 교사 합격 후 1달도 안 되는 기간 만에 바로 담임교사로 학교 현장에 투입되어 거의 벼락치기처럼 수업을 준비해 진행하는 나날이 반복됐었다. 그때 부족함을 절절히 느꼈었기 때문에 다시 학교에 돌아갔을 땐 그런 실수를 반복하지 않기 위해서 학급을 운영하는 여러 팁이나 수업 기술을 알려 주는 좋은 책들을 군대에서부터 열심히 읽어 뒀다. 이제 준비는 충분하다. 배운 내용들을 잘 써먹기만 하면 이번엔 예전과 다르게 학생들을 잘 지도하는 교사가 될 수 있을 거다.

그 당시의 나는 그렇게 생각했었다.

나는 책을 통해 배운 이론을 실시했다. 첫째 날부터 약 1주일 정도를 '학급 세우기'를 실시했다. 나를 학생들에게 간단한 퀴즈와 함께 소개하고, 학생들의 자기소개서를 작성해서 자기소개하는 시간을 갖기도 했다. 우리 반에서 지켜야 할 학급 규칙을 학생들과 함께 정해 보고 지키기로 약속도 해 봤다. 화가 난다고 다짜고짜 싸우거나 소리 지르는 대신에 '분노 조절하는 방법 7단계'를 배웠다. 선생님이나 친구에게 말할 때는 '인사약'(인정-사과-약속)나 '행감바'(행동-감정-바람) 형식으로 말해야 한다는 것을 주지시키고 연습하기도 했었다.

수업 시간에도 마찬가지였다. 단순히 교과서를 읽고 문제를 푸는 것에 그치는 것이 아니라, 학생들이 스스로 생각하는 힘을 기르게 하고 싶었다. 그래서 수업 시간에 도입부를 어떻게 전개할지 열심히 고민하기도 했고, 학생들이 서로 의견을 나눠보는 시간을 주기도 했으며, 스토리텔링 식으로 수업을 진행하기도 했다.

처음 한 달 3월은 완벽했다고 생각했다. 학생들은 수업 시간에 대답도 잘하고 교사가 시키는 활동에 열심히 참여해 줬다. 학생들 간의 교우 관계에 있어서도 갈등 자체가 거의 없었으며, 혹시나 다툼이 있더라도 교사의 중재 하에 처음에 배웠던 '인사약'이나 '행감바'로 서로 대화를 나눈 후 큰 문제 없이 서로 화해했다. 그래서 주변에 "우리 반 애들이 너무 착하다."라고 이야기도 많이 하고 다녔던 것 같다.

그런 긍정적인 흐름에 균열을 느꼈던 건 5월부터였다. 분명 이전까진 쉬는 시간이 끝나는 종이 울리면 바로 조용히 하거나, 아님 "이제 수업 시작했으니 조용히 하자."라고 내가 한마디 하면 수업에 집중하던 아이들이 쉬는 시간이 끝났음에도 말을 멈추지 않기 시작했다. 난 '곧 조용해지겠지.'라고 생각하며 학생들을 기다렸지만, 소리는 끝내 줄어들지 않았다. 결국 나는 화가 나 "조용히 해!"라고 외칠 수밖에 없었다. 분명 처음엔 내가 한 번 외치면 조용해지던 학생들 점차 두 번, 세 번 외침의 횟수가 점점 늘어나기 시작하다. 나중엔 내가 아무리 조용히 하라고 외쳐도 교실의 소란이 멎지 않는 지경에 이르렀다. 마치 게릴라들처럼 동쪽의 학생들이 조용해지면 서쪽의 학생들이 떠들고, 다시 서쪽의 학생들을 조용히 하게 하면 다시 동쪽의 학생들이 떠들기 시작하는 일의 끝없이 반복됐다. 한 번은 '어디 언제까지 너희들이 떠드나 보자.'라는 마음으로 학생들이 떠드는 것을 그대로 지켜본 적이 있었다. 어떻게 됐을까? 학생들은 30분이 지나도록 말하는 것을 멈추지 않았다.

'인사약'과 '행감바'를 통한 학생들 간의 갈등 해결도 이때부턴 잘 먹히지 않았다. 학생들은 교사의 중재에도 불구하고 사과를 거부하기 시작했다. 어떤 학생은 "내가 잘못한 게 없는데 왜 사과를 해야 해요?"라고 말하는 학생도 있었고, "쟤는 예전부터 나를 많이 놀리고도 사과하지 않았는데 왜 나는 이번에 사과해야 해요?"라던 학생도 있었다. 심지어 어떤 경우엔 다른 친구가 자신을 놀렸다고 주먹으로 친구를 심하게 때리고선 "우리 부모님이 참고 말로 넘어가면 우습게 보니까 참지 말라고 했어요."라며 사과하지 않겠다는 학생도 있었다. 그런 말들을 듣고 순간적으로 기가 막혔던 나는 학생들을 마구 꾸짖을 수밖에 없었다. 그러나 그런 나의 꾸짖음에도 학생들의 태도가 3월처럼 긍정적인 모습으로 달라지는 일은 없었다.

수업 시간에도 실망은 여전히 계속됐다. 학생들이 분명 재밌어하고 대답도 잘했기에 나는 수업 시간에 배운 내용을 꽤 많이 이해하거나 기억하고 있을 줄 알았다. 하지만 시험 점수는 그건 내 착각이었음을 잔인하게 알려줬다. 대부분 학생은 수업 내용을 거의 기억하지 못하고 있었다. 차라리 일반적인 '강의식 수업'을 하는 게 더 나았을 정도였다. 그걸 내 눈으로 확인한 순간 나는 허망함을 느끼며 쓴웃음을 지을 수밖에 없었다.

그래서 6월 초부터 나의 마음은 서서히 꺾여갔다. 꺾어졌다기보단 부서졌다는 표현이 정확할 것이다. 내가 이제껏 행했던 모든 것들은 무의미했다고 느껴졌다. 학생들은 수업이 시작했을 때 교사의 말을 듣지 않고, 본인들의 말을 하며 나와 자주 소리가 겹쳤다. 결국 수업의 끝은 참다 참다 못한 나의 절규로 끝이 나곤 했다.

생활지도도 비슷한 패턴이었다. 그 당시의 나는 누가 봐도 명백한 잘못을 잘못한 게 아니라고 주장하는 학생들을 도저히 이해할 수 없었다. 결국 저지른 잘못에 대해 상담하던 학생과 언성을 높으며 얼굴만 붉히다가, 제대로 된 훈육을 하지 못하고 끝나기 일쑤였다.

그러다 결국 마음이 완전히 무너지는 날이 닥쳐왔다. 6월 말의 어느 날,

여느 평일처럼 출근에서 학교에 들어가려고 한 나의 발이 멈춰 버렸다. 학교 교문이 바로 앞에 있는데 도저히 발이 떨어지지 않았다. 학교 전체에 보이지 않는 결계가 쳐져있는 듯했다. 교문을 통해 학교에 들어가야 하는데, 들어가야만 하는 걸 아는데 들어갈 수가 없었다. '학교에 가면 또다시 괴로울 테니까. 그래도 가야 하는 건 알지만 아플 텐데. 그래도 가야만 할까?' 그런 생각이 머릿속에서 맴돌자 가슴이 답답해지고 숨이 잘 안 쉬어졌다. 결국 영원과도 같은 고민 끝에(실제론 10분 정도였을 거다), 난 학교에 출근하지 못한 채 집으로 발걸음을 돌릴 수밖에 없었다.

이게 딱 한 번이었다면 해프닝으로 넘어갈 수도 있었을 것이다. 하지만 한번 깨져 산산조각이 난 마음은 쉽게 붙여지지 않았고, 결국 두 번 세 번 학교에 들어가지 못하는 일이 반복된 끝에 난 병가를 내고 일시적으로 학교를 떠날 수밖에 없었다.

"어렵지 않은 학년이었는데(3학년이었다) 그것도 못 버티고 힘들어하느냐?"고 말하던 다른 선생님들의 말도 괴로웠지만, 나를 가장 책망했던 건 나 자신이었다. '다른 사람들도 힘들게 세상을 살아가고 있다. 하지만 모두가 나처럼 힘들어하진 않는다. 그렇다면 내가 남들보다 엄청나게 많이 힘든 상황인가? 그럴 수도 있다. 아니면 혹시…. 그저 내가 남들보다 더 약해서 이 정도도 버티지 못하는 걸까?' 이런 식으로 나 자신을 끊임없이 탓하고 탓했었다.

지금에 와서 돌이켜 생각해 보면 나는 큰 오해를 했었던 거다. 학생들이 내가 원하는 데로 바뀔 거라고. 내가 좋은 걸 가르쳐 주면 전부 받아들이고 그대로 따라줄 거라고. 실제론 그렇게 쉽게 학생들이 교사가 원하는 데로 금방 바뀌지도 않을뿐더러, 교사가 무슨 행동을 해도 거의 바꿀 수 없는 학생들이 있다. 그건 교사의 잘못도 아니고, 그렇다고 학생들에게 엄청난 악의가 있어서도 아니다. 그냥 원래 그런 거다. 그 이치를 2018년에 누군가가 내게 알려 줬다면 좋았겠지만 그런 일은 일어나지 않았고, 나는 몸으로 수많은 시행착오를 겪으며 깨달을 수밖에 없었다.

누군가에겐 별거도 아닌 걸 가지고 유난 떤 이야기일지도 모르겠다. 그래도 나에겐 그 어느 때보다도 더 아팠던 기억으로 남아 있다. 혹시라도 주변의 누군가가 그런 어둠 속에 있다면 내가 누군가의 빛이 되어 줄 수 있기를 언제나 소망해 본다.

내 수업을 촬영해 보세요.

공개수업은 교사에겐 참으로 부담스러운 행사입니다. 누군가가 내 수업을 본다는 것 자체가 매우 부담스럽기도 하고, 때때로 부정적인 피드백을 받아 큰 상처를 받기도 하는데요. 그렇다면 선생님의 수업을 선생님이 녹화해서 보시는 건 어떨까요? 내가 어떤 표정으로 말하는지, 어느 정도 목소리 크기로 말하는지, 말할 때 어느 쪽을 보면서 말하는지 등에 대해 우리는 이미 다 알고 있습니다. 하지만 실제 영상을 봤을 땐 내 생각과 많이 다른 경우가 있을 수 있습니다. 백문이 불여일견이라는 말이 있듯이, 한 번쯤은 자신의 수업을 보는 것도 좋은 경험이 될 수 있습니다.

코다리와의 여정

_ 신수민

"도전은 우리를 새롭게 만들고,
우리는 도전을 통해 성장한다."

- 해리 S. 트루먼

고등학교 1학년 시절 우연히 발견한 교육봉사 동아리 홍보 포스터에 매료된 나는 홀리듯 동아리에 들어갔다. 그렇게 지역의 한 다문화 센터에서 봉사를 시작했는데, 당시 내가 주로 맡은 일은 합창 수업을 보조하는 것이었다. 센터에는 유치원생부터 중고등학생까지 아주 다양한 연령대의 다문화가정 학생들이 한데 모여 있었다. 한국어를 모르는 중도 입국 학생들이 거의 매달 센터에 들어오기도 하였다. 이 다양한 아이들을 데리고 합창 수업하는 일은 쉽지 않았다. 조금은 혼란스러웠던 합창 수업에서 가장 단합이 잘 되는 시간은 단연코 손기호를 하며 도레미 송을 부르는 시간이었다.

"도는 두 주먹 쥐고, 레는 지붕 만들고~"

아이들이 부르는 도레미 송은 내가 알던 노랫말과는 달랐다. 아이들은 노래를 부르며 계이름에 따른 손기호를 만들었다. 수업에 집중하기 어려워하던 아이들도 이 시간만큼은 목소리로, 손으로 열심히 음을 쌓아 올렸다. 신기하게도 도레미 송이 안정되자 아이들은 처음 듣는 노래도 빠르게 익히기 시작했다.

"선생님, 이 손기호 이름이 뭐였죠? 분명히 합창 선생님께서 이름을 말씀하셨는데."

"코다리 손기호 아니었나요?"

"그렇죠? 저도 그렇게 들렸는데, 검색해 보니 나오질 않네요."

"아, 그래요? 그러면 선생님께서 만드신 것인가 봐요."

궁금한 마음에 함께 봉사하는 선생님께 여쭤보기도 하고 검색해 보기도 하였지만, 손기호의 정체를 알 수가 없었다.

대학생이 되어 초등음악 교육학 강의를 들으며 손기호의 이름이 '코다리'가 아니라 '코다이'라는 것을 알게 되었다. 익숙한 노래에 익숙한 손기호. 여느 때보다 열심히 노래했던 아이들. 추억을 떠올리며 나중에 수업에 꼭 활용해 보리라 다짐했다.

그 다짐은 교사가 되자마자 이뤄졌다. 노래 부르기를 좋아하지만, 음정을 찾기 어려워하는 반 아이들을 보며 코다이가 떠올랐다. 코다이 노래와 손기호를 바로 따라 할 수 있으면 좋으련만, 그것은 이상 속에서나 가능한 일이었다. 아이들에게는 노래도, 손기호도 모두 새로운 것이었다. 고민 끝에 손 계단을 먼저 활용하기로 했다. 손 계단은 말 그대로 음을 손의 높낮이로 표현하는 것이다. 손을 위, 아래로 움직이기만 하면 되어서 아이들이 비교적 쉽게 익힐 수 있었다. 손 계단을 연습하며 아이들에게 음을 듣는 힘이 생기는 것이 느껴졌다. 음의 높고 낮음을 생각하고 손을 움직여야 하기에, 이전보다 음정에 귀를 기울이게 된 것이다.

한 달쯤 가창 시간에 손 계단을 활용한 후, 이제는 코다이 손기호를 아이들에게 가르쳐도 되겠다는 생각이 들었다.

"여러분, 오늘은 손 계단의 친구를 만나볼 거예요. 이 친구의 이름은 바로 코다이 손기호랍니다."

칠판에 이름을 적는 동안 아이들은 모두 의아한 표정을 지었다.

"코···. 뭐라고요?"

"코다리?"

코다리를 여기서 또 듣게 될 줄이야.

"아, 코다이 손기호!"

"코다이는 사람 이름이에요. 코다이 할아버지께서 여러분이 노래를 더 즐겁게 부를 수 있도록 도와주려고 손기호를 만드셨어요."

가장 기본이 되는 7개의 손기호를 하나씩 따라 해 보고 나서, 노래에 맞추어 연습했다. 처음에는 느린 속도의 노래로 시작해 본래 속도까지 올려 보았다. 아이들은 이것을 하나의 도전으로 받아들였다. 다행히도 어렵다고 포기하는 아이 하나 없이 손기호를 연습할 수 있었다. 가락 손 계단과 비교하자면 각 음을 나타내는 기호가 모두 다르니 표현을 더욱 명확하게 할 수 있으며 계이름도 익힐 수 있다는 장점이 있었다.

요즘 우리의 가창 수업은 코다이 손기호 노래와 함께 시작한다. 거의 매주 부르는 듯한데, 아이들은 항상 이 시간을 기다린다.

"선생님, 코다이 언제 해요?"

"선생님, 다음에도 코다이 노래 부르고 게임도 해야 해요. 꼭 해요!"

틈만 나면 달려와 이렇게 이야기하는 아이들이 있다. 아이들의 음정과 참여도가 향상되는 것이 느껴져 나 또한 코다이로 수업을 여는 것을 좋아한다. 수업을 준비하며 전혀 예상하지 못했던 장점도 발견했다. 올해 우리 반의 한 아이는 몸을 움직이는 활동에 전혀 참여하지 않았다. 놀이 체육 시간 준비 율동은 물론이고, 앉은 채로 팔만 움직이는 활동도 하지 않았다. 그 어떤 말로 구슬려도 움직이지 않았던 아이가 노래하며 손기호를 하는 모습을 보았을 때의 감동은 잊을 수가 없다.

아이들의 노래가 주는 울림은 참 강하다는 생각이 든다. 한 해 동안 아이들과 즐겁게 노래하기 위한 발판을 단단하게 만들어 두면, 그 울림은 더욱 깊게, 넓게 퍼질 것이다. 이 발판 위에서 아이들의 노래가 멀리 뻗어나가길 소망한다.

코다이는 이런 단계로 해 보세요.

아이들과 즐겁게 노래하기 위해 학기 초부터 차근차근 쌓아 나가는 것들이 있습니다. 그중 하나가 음정 연습입니다. 저는 음높이를 시각적으로 확인하며 노래하는 것의 장점을 느껴 코다이 손기호를 활용하고 있습니다. 제가 도전하고 있는 과정을 아래에 소개하고자 합니다.

1. 손 계단 연습하기

저학년 학생들의 경우 손 계단 활동을 통해 손의 높낮이로 음을 나타내는 연습을 먼저 하는 것을 추천합니다. 몸을 쓰는 활동을 할 때 친구들의 시선을 걱정해 참여하지 못하는 아이들도 있는데, 손 계단은 잘못하더라도 눈에 띄지 않기 때문에 "틀려도 괜찮아. 틀리면서 배우는 거야. 그리고 네가 틀려도 아무도 몰라."를 외치기에도 최고랍니다.

2. 노래와 함께 코다이 손기호 연습하기

코다이를 만날 준비가 되었다면, 손기호와 노래를 연습합니다. 처음에는 아주 천천히 연습하고, 음원을 사용할 때도 배속을 조정하는 것이 좋습니다. 손기호와 노래는 상부상조하는 관계입니다. 손기호는 정확한 음정으로 노래할 수 있도록 도와주고, 노랫말은 손기호를 기억할 수 있도록 도와줍니다. 처음 손기호를 배우고 나서 '시는 도깨비의 뿔'과 같은 노랫말을 들려준 후 손기호를 해 보게 하는 방법도 유용합니다. 노랫말과 손기호를 연결해 기억할 수 있을 거예요.

3. 게임 활용하기

아이들이 손기호와 노래에 익숙해지면 게임을 하기도 합니다. 대표 친구가 만드는 손기호를 보고 코다이 노래 부르기, 오늘 배운 노래를 모둠 친구들과 돌아가며 손기호로 표현하기, 노래에서 가장 많이 나온 계이름을 찾아 손기호로 표현하기 등 다양한 방식의 게임을 만들어 활용할 수 있습니다.

세상에는 수많은 교수법이 있고, 우리는 우리에게 적합한 것을 찾아 상황에 맞게 변형해 사용하면 됩니다. 물론 우리 스스로 새로운 것을 만들 수도 있지요. 저도 여전히 새로운 것을 찾고, 만들고, 시도해 보는 여정에 있습니다. 우리 모두의 여정을 응원합니다!

절대, 아무것도

_오다빈

"배운다는 건, 가르친다는 건,
희망을 노래하는 것"

- 동요 <꿈꾸지 않으면> 중에서

3월 4일 월요일에 시업식을 하고 금요일이 되기 전까지 나는 매우 평화로웠다. 첫 발령을 받은 학교에서 처음 만난 아이들과 1교시부터 5교시까지 온전히 나로 인해서 만들어지는 수업은 신기했고 아이들은 귀여웠으며 매일매일 해 나가고 있다는 성취감은 나를 들뜨게 했다. 내가 말하는 대로 행동이 바뀌는 아이들을 보는 모습도 신기했다. 사소한 일도 나에게 이르기 바쁘던 아이들에게 "선생님은 고자질하는 것을 싫어해."라고 말했더니 쉬는 시간에 아이들이 나를 찾는 횟수도 많이 줄어들었다. 아이들의 갈등도 많이 줄었고 교실에서는 어떤 문제도 없는 것 같았다. 이대로라면 내가 면접 때 말해왔던 이상적인 교실을 실현할 수 있을 것 같아 '교사가 천직인가?'라는 생각이 들기도 했다. 3월 8일 금요일 세 시 전까지는 말이다.

3월 8일 세 시, 출근하고 맞게 되는 첫 주말에 밴드 채팅을 받았다. 처음 받는 민원이었다. 긴장되는 마음으로 밴드 채팅에 접속하니 읽기 전부터 나를 힘 빠지게 만드는 건 밴드 채팅의 길이였다. 다른 메신저였다면 '더보기'를 눌러야 할 정도로 긴 길이의 메시지에 '아, 비상이다.'라는 생각이 들었다.

아주 긴 밴드 채팅을 짧게 요약하자면 내용은 다음과 같다. 첫째, 자신의 아이는 가만히 있었는데 교실에 있는 두 학생이 자신의 아이에게 주먹을 보이며 내 옆으로 오지 말라고 한 사건이 있었다는 것이다. 그리고 학부모님이 느끼시기에 이 문제는 아주 심각하다는 내용이었다. 둘째, 아파트 같은 동 바로 아래층에 사는 학생이 있는데 그 학생이 자신의 아이를 스토킹하듯이 따라와서 자신의 아이가 큰 불편함을 느낀다는 것이었다.

이때 나의 솔직한 심정은 다음과 같다.
'주먹으로 때린 것도 아니고 주먹을 들기만 했는데 그렇게까지 심각한 일인 걸까?'
'같은 아파트, 같은 동 아랫집에 살면 하교하는 시간이 같으니 충분히 마주칠 수 있는 건데.'
'학교를 다닌 지 일주일 만에 자신의 아이보다 한참 체구가 작은 학생이 따라와서 불편하다니…. 참 예민하시다.'

솔직한 나의 심경을 전할 수는 없으니 우선은 아이들이 하교한 후라 월요일에 아이들이 오면 이야기해 보겠다는 답장을 남기고 편치 않은 첫 번째 주말을 보냈다. 주말 동안 아이들과의 갈등 상황을 어떻게 해결해야 할지 고민하니 월요일이 왔다.

월요일이 되어 아이들을 만나 이야기하니 더 막막했다. 자신이 피해를 보았다는 아이와 주먹을 들었다는 학생들과 이야기해 보니 서로 인정하는 부분이 너무나도 달랐다. 피해를 보았다는 아이는 주먹을 보았다고 이야기했고 나머지 두 아이는 본인들 근처로 오지 말라고 한 것은 인정하면서도 주먹은 절대 들지 않았다고 이야기했다. 이렇게 서로 말이 다른 상황을 처음 경험하는 탓에 나도 당황했고 결국 주먹을 너에게 들지 않았을 수 있고 서로 장난치는 모습을 보고 오해한 것일 수 있다고 이야기했다. 또한 집 방향이 같은 아이에게는 그 친구에게는 말 걸지 말고 각자 집에 가라고 매일 이야기하며 상황을 잘 해결했다. 적어도 나는 문제를 잘 해결했다고 생각했었다. 그 아이의 어머님이 다시 기나긴, 불신을 가득 담은 밴드 채팅을 보내기 전까지는 말이다.

두 번째로 받는 장문의 민원 중 일부이다.

"안녕하세요. 선생님. ○○이가 스트레스가 심한가 봐요. ○○이가 스트레스를 받으면 토를 하는데 1학년 때도 그랬었어요. 처음엔 뭐가 문제인가 싶어 병원도 여기저기 다녔는데 학교에서 받는 스트레스가 원인이었기에 1학년 선생님께서 신경 써주시고 좋아졌었는데. 2학년 올라가더니 다시 그러네요. 오늘도 와서 오늘 있던 일은 아니지만 누가 때렸다는 그런 얘기 하더라구요. 선생님께 말씀드렸냐니까 말씀드렸는데 오해가 있었다고 사과하라고 했다고 하던데…. 솔직히 듣는데 저도 너무 스트레스받더라고요. 제가 상황은 ○○이에게 들은 게 다지만 옆에 갔다고 때렸다는데 서로 사과하라는 게 이해가 안 됩니다. 이러니 학교를 보내는 게 맞나 고민됩니다."

두 번째로 받는 장문의 민원은 그 후로 밴드 채팅 알람만 울리면 나를 굳게 만드는 원인이 되었다.

'내가 한 아이를 가르치는 교사인데 상식적으로 맞았다는 아이에게 오히려 사과하라고 할 리는 없을 텐데…'

'학부모님 아이가 불편하다고 해서 다른 아이에게 매일 지도하고 있는데.'

다음 날이 되어 다시 그 아이를 불렀다.

"○○아 아직 학교생활이 매우 불편하니? 학교 끝나고 선생님이랑 잠시 이야기할까?"

아이는 작게 읊조리듯 말했다.

"역시 엄마의 계략이 통했군!"

'엄마의 계략이 통했다니!' 나는 그 아이에게 네가 방금 한 말이 무엇인지 다시 말해 볼 수 있냐고 물었다. 아이는 당황하며 그저 혼잣말일 뿐이라고 말했다. 이 한마디에 아이가 집에서 학부모님께 어떤 이야기를 듣고 또 선생님을 어떻게 생각하는지가 짐작이 가서 나를 힘 빠지게 했다. 또한 아이의 작은 불편한 점도 학부모님이 크게 반응하시니 아이는 더욱 학부모님에게 의존적으로, 작은 일을 대수롭지 않게 넘기는 방법을 배우지 못한 예민한 아이로 성장하게 되는 것 같은 생각도 들었다. 이런 생각들이 가득 차서 너무 당황스럽고 앞으로 민원이 지속될까 봐 덜컥 두려운 마음이 들었다.

그날 이후로 나는 같은 민원을 받지 않기 위해 큰 노력을 했다. 그 아이를 지속해서 관찰하고 하교하기 전에는 그 아이를 항상 붙잡고 오늘 억울하거나 속상한 일이 없었는지 꼭 물어보았다. 아이는 하루도 빠짐없이 오늘 겪었던 부정적인 감정을 이야기했다. 친구가 손 씻으러 가다가 본인을 살짝 밀친 일, 장난치다가 그만하라고 했음에도 불구하고 계속 장난을 친일 등 사소한 일도 모두 불편해하고 어려워하고 있었다. 아이를 계속 관찰하니 아이는 본인에게 일어난 불편한 일을 빼놓지 않고 공책에 기록하고 있었다. 예를 들어 '2024년 3월 8일 금요일 김ㅇㅇ이 나를 밀치고 사과하지 않음' 이렇게 말이다. 9살 아이가 사소한 일을 잊지 못하고 모두 기록하면서 남겨두었다고 하니 놀랍고 안타까운 마음이 들었다.

　나는 아이에게 다가가서 물었다.
　"왜 이런 기록을 남기게 된 거야?"
　"엄마가 나중에 증거로 사용할 수 있다고 꼭 남겨두라고 했어요. 근데 오늘 적은 일은 큰일은 아니어서 엄마한테까지 말하지는 않을 거예요."
　"앞으로는 적지 말고 친구들이나 선생님에게 바로바로 이야기하는 건 어때? 친구들이 네 공책에 자신의 이름이 적혀있는 걸 안다면 너랑 노는 걸 무서워할 수도 있고 ㅇㅇ이도 적으면서 안 좋은 기억이 다시 생각날 수도 있잖아."
　"네. 그렇지만 엄마가 꼭 적으라고 했어요. 그러면 선생님께 말씀도 드리고 적어 두기도 할게요."
　간단한 대화를 나눈 후 나는 그 아이에게 물었다.

　"친구들이 너를 밀치거나 장난을 계속 치는 건 너를 괴롭히려고 그러는 것 같아?"
　"처음에는 장난 같은데 계속 생각하다 보면 괴롭히려고 한 것 같아요."

"정말 그렇게 생각해? 선생님은 싫어하는 친구에게는 장난을 걸지 않거든. ㅇㅇ이는 싫어하는 사람에게 장난쳐? 그리고 너에게만 알려 주는 우리반 설문조사 결과인데 거기서 친해지고 싶은 친구, 좋은 친구를 쓰는 항목에서 우리 반 친구들이 네 이름을 꽤 많이 썼어."

이 얘기를 듣자 아이는 입이 떡 벌어졌고 친구들이 본인을 좋아하는지 전혀 몰랐다고 말하며 함박웃음을 지었다. 그뿐만 아니라 생각해 보니 자기도 정말 좋아하는 친구한테는 더 장난을 치게 되는 것 같다고 이야기했다. 아이의 생각이 점차 긍정적으로 변화하는 모습을 보니 '아, 이거지!'라는 생각이 들었다. 그 후 학부모님께 전화를 걸었다. 학부모님께 전화해서 아이가 불편한 일들을 공책에 남기는 것을 하지 않도록 지도해달라는 말을 하고 아이의 교우 관계에 대해서 여쭤보았다. 어머님은 ㅇㅇ이가 유치원에서 친구들과 다퉜던 경험이 있어 그것이 트라우마처럼 남아 친구와 장난을 치는 것을 힘들어한다고 말씀하셨다. 또한 초등학교에 입학해서는 이유 없이 급식실에서 토를 하고, 속이 안 좋다고 지속해서 이야기해서 대학 병원 상담도 종종 다녔다고 하셨다. 아이와 학부모님과 이야기를 나누기 전까지 나는 '학부모님이 너무 작은 일에도 예민하게 반응하시니까 아이도 덩달아 예민해지는구나.'라고 생각했었다. 하지만 아이, 학부모님과 이야기를 끝낸 후에는 아이가 너무 예민하니 학부모님도 예민해질 수 있겠다는 생각이 들면서 그들을 조금 이해해 보자고 마음먹었다.

이런 신규 교사의 다짐마저 무너지게 만든 건 얼마 지나지 않아서였다. 아이와 학부모님을 이해해 보자고 마음먹은 후 나는 아이를 더 나은 사람으로 성장시키기 위해 무던히 노력했다. 상담 후에 아이의 교우 관계는 나아졌을지 몰라도 계속 거짓말을 반복하고 자기 잘못을 인정하지 않는 생활 습관은 지속되었기 때문이다. 이러한 생활 습관을 지도할 때마다 엄청난 길이의, 교사에 대한 불신을 담은 민원은 지속되었다. 이런 일들이 지속될 때마다 이 아이에게는 '절대, 아무것도' 지도할 수 없겠다는 무력감을 느꼈다. 아이를 가르치려면 온 마을이 필요하다는 말처럼, 교사만 그 아이를 가르치는 것이 아니라 학부모님도 함께 지도하는 것인데 교사의 지도를 불신하고 민원을 넣으시니 더 이상 나 혼자만 하는 지도는 무의미하다고 생각했다. 조금만 더 교사를 믿고 아이를 같이 지도해 주시면 정말 좋을 텐데. 교직 생활 2개월 차, 내가 처음으로 교육의 무력함을 느낀 순간이라 참 씁쓸했다.

교사인 당신에게 꼭 하고 싶은 말 28

힘든 상황을 함께 나누어요.
: 절대 힘든 상황을 혼자 이겨 내려고 하지 마세요.

1. 동료 선생님, 부장님께 알려요.

문제행동을 반복해서 보이는 학생, 지속적인 민원, 학부모님의 무례한 언행 등은 참지 말고 그 일을 겪은 즉시 알려야 합니다. 먼저 학년 부장님께 알린 후 나이스 누가기록에 기록해 두는 것이 중요합니다. 또한 힘든 마음을 동료 선생님들과 함께 나누면서 소소한 팁들과 마음의 평화를 얻고 위로받을 수 있습니다.

2. 교감 선생님께 알려요.

상황이 심해진다면 반드시 관리자분께 알려야 해요. 관리자분들도 이러한 상황을 아셔야 함께 고민하고 어떻게 민원인을 대할지 방안을 미리 마련할 수 있어요. 교사 개인이 민원인을 상대하는 것보다 관리자분들과 함께 민원인을 상대하면 조금 더 안전하게 상담할 수 있습니다.

이것과 더불어 이런 상황에서 저에게 가장 힘이 되었던 한마디를 공유하고 싶습니다.

> '너는 너의 몫만큼 사는 것, 나는 나의 몫만큼 사는 것.
> 예의 없고 실망스러운 모습은 네 삶의 한 페이지일 뿐,

2부 어느덧 교사가 익숙합니다 ― 201

'너의 말과 행위가 내 삶을 침범할 수는 없는 것.'

한 대학 교수님의 강연에서 들었던 말인데 민원으로 지치고 힘들 때 도움이 되었습니다. 날카로운 말들로 인해 지치고 힘들겠지만, 그것들은 그 사람들의 삶의 일부일 뿐. 그러한 말들로 인해 자신의 교육관까지 포기하지 않았으면 좋겠습니다.

학생을 위해, 교사를 위해

"자신이 원하는 것을 명확히 알면
세상도 명확하게 응답한다."
- 로레타 스테이플스

"수업 시간에는 잘 앉아 있어야지. 수업 시간에는 말하지 않는 거야. 수업 시간에 종이접기 하네. 안 되는 거란다. 수업 시간에 다른 물건 집어넣으렴."

"줄이 삐뚤어졌잖아. 줄 좀 더 맞춰 봐. 줄 설 땐 말하면 안 되지. 계단에서 두 칸씩 내려오면 안 돼. 줄 서서 내려올 땐 봉을 잡는 게 더 위험하기도 해. 어, 거기 말하지 마."

"이거 조금만 더 색칠해 봐. 여기가 색칠이 잘 안되어 있잖아. 깔끔하게 색칠해 봐. 대충하지 말고. 글씨가 삐뚤빼뚤하잖아. 줄 맞춰서 손에 힘주고 써."

교사는 하루 내내 아이들에게 지도사항을 말한다. 이렇게 해야지, 저렇게 해야지, 이건 안 돼 등등. 끝없는 안내에 진이 빠진다. 그렇게 수없이 말해도 아이들이 크게 나아지지 않는 모습을 보면 더 진이 빠진다. 그러다 울

화가 치밀어 오르기도 한다. 언제까지 계속 잔소리해야 하나. 몇 가지는 그냥 포기하기로 마음을 먹기도 한다.

나쁜 완벽주의를 가진 선생님은 이 과정이 좀 더 힘들다. 자신과 아이들에게 더 높은 기준을 요구하기 때문이다. 기준이 높기에 더 많이 안내하고 훈계하게 되고, 아이들은 선생님께 더 많은 잔소리(?)를 듣게 된다. 훈계하다 지치면 그만하고 싶어지는데, 포기할 수 있는 게 아무것도 없다. 결국 계속 훈계해야 하는 스스로가 싫어지기도 못 알아듣는 아이들이 원망스럽기도 한다.

나쁜 완벽주의자는 자신에 대한 기준이 지나치게 높다. 부모님이 지나치게 높은 기준을 요구했을 수도 있고, 부모님이 훈육에 대해 부정확한 메시지를 주었기 때문이기도 하다. 주어진 과제든, 스스로에 대해서든 항상 기준이 높아 항상 만족할 수 없다. 더 잘해야 한다고 생각한다. 또한 한 분야에서만 잘한다고 만족하지 않는다. 이것도 잘하고 저것도 잘해야 한다. 본인이 하는 모든 부분이 잘해야 한다고 생각한다. 예뻐야 하고, 날씬해야 하고, 공부를 잘해야 하며, 사람 관계를 잘해야 하며, 맡은 바 임무를 잘 해내야 한다. 우리는 사람이기에 잘하지 못하는 부분이 있다. 나쁜 완벽주의자는 못하는 부분을 받아들이기 어려워하며 그것도 못 하는 스스로에 대해 실망하거나 한심해한다.

나의 부모님은 본인들의 개인적인 상황 때문에, 자녀들에게 미소 짓기 등의 긍정적 메시지를 드물게 주었다. 자녀인 나는 그 상황을 모른 채 부모님을 더 만족시키기 위해 더 잘하려고 하고 애를 썼다. 이런저런 시도를 해도 부모님에게서 긍정적 표현을 충분히 받지 못하자 더 완벽하기 위해 노력하게 되었다.

　교사로서 개인이 기준이 지나치게 높다면 교사와 학생 서로에게 힘겨울 수 있다. 교육과정에는 글씨를 어느 정도로 잘 써야 하는지에 대한 기준이 없다. 다른 분야도 마찬가지다. 줄을 잘 서는 기준도, 수학 문제를 어디까지 잘 해결해야 하는 기준도 없다. 결국 교사가 판단하여 알맞은 기준을 제시해 주어야 한다.

　나쁜 완벽주의의 교사는 기준이 애매모호하기도 하다. 글씨를 얼마나 또박또박 써야 한다는 기준이란 것이 어딘가에 제시되어 있지 않기 때문에 다른 사람이 어떻게 생각할지 비교하며 기준을 정한다. 예를 들어, 다른 반 작품을 보았을 때 우리 반 아이들보다 글씨를 잘 썼다면 그 글씨가 교사의 기준이 된다. 또 다른 날 다른 반의 더 잘 쓴 글씨를 보게 되면 그 글씨가 앞으로의 교사의 기준이 된다.

　교사의 기준은 이렇게 종종 흔들리고, 학생들은 명확하지 않은 메시지를 지속해서 받아 혼란스러움을 느낀다. 아이들의 혼란스러움을 알면서도 교사는 바뀌지 못한다. 더 잘해야 한다는 강박 때문에 스스로 적절하고 알맞은 기준을 세우기는 너무 어렵다.

　지금은 수업마다 교사로서 학생들에게 요구하는 기준을 최대한 세우려 한다. 글을 쓸 땐 얼마나 써야 하는지 제시한다. 12살이니까 12줄 이렇게 말이다. 그 안에 들어가야 할 내용도 처음부터 정확히 알려 준다. 미술 시간에는 스케치는 어떻게, 색칠은 어떻게, 바탕은 어떻게 명확한 기준을 처음부터 최대한 알려 준다. 다른 시간도 마찬가지이다. 기준만 통과되면 더 요구하지 않는다. 아이들은 명확한 기준에 목표 의식을 가지고, 교사는 아이들을 믿게 된다.

　교사는 쉬는 시간에는 아이들의 갈등을 해결하기 바쁘다. 그러나 갈등 사이에는 둘만의 문제도 있지만, 해서는 안 되는 행동을 한 일도 있다. 싸우긴 했는데 놀려서 싸운 경우, 서로 때리면서 싸운 경우, 싸웠는데 한 명은 욕을 한 경우 등의 경우 서로 간의 사과로 마무리하기엔 찜찜함이 남는다. 보통 교사가 추가로 훈계한다. 본인 또한 그랬다. 그러나 순간마다 훈계하는 건 나쁜 완벽주의 성향의 교사인 나에겐 좋은 방법이 아니었다. 허용치가 다른 교사에 비해 낮기도 했으며, 다른 교사나 학생들에게 영향을 쉽게 받아 훈계하는 기준이 들쭉날쭉했다. 그때 나를 도와준 건 정유진 선생님이 만들어 주신 "놀욕때빼험따[4]"이다. "놀욕때빼험따"는 학생들에게 어떤 행동이 허용되지 않는지 알려 주는 기준으로 사용하기 좋고, 이미 많은 선생님이 교실에서 사용하고 있다. 우리 반에서는 '싸우긴 했는데 놀리며 싸운 경우', 평화 대화로 사과를 한 후 추가 반성 시간이 있다. 교실에서 해선 안 되는 행동을 했기에 반성은 평화 대화와 별개다. 잠시간의 반성 시간 후 교사에게 앞으로의 다짐을 말한다. 이 기준을 사용해서 지도했을 때 그 누구도 반발하거나 거부한 일이 없었다. 명확했고 모두가 이해하는 기준이었기 때문이다. 반성과 다짐을 하면 일에 대한 해결이 끝나기에 아이들도 부담스럽지 않다. 더 좋은 점은 불명확한 기준으로 훈계할 때보다 더 효과적으로 아이들이 옳은 행동을 하는 방향으로 변한다.
　물론 매 순간 교사가 제시하는 기준이 적합할 수는 없다. 그때 '이건 실험

4　놀리기, 욕하기, 때리기, 빼앗기, 험담하기, 따돌리기

해 본 거야.'라는 마음을 먹는다. 일부 교사들은 자신이 처음부터 제시하는 기준이 완벽해야 한다고 생각하기도 한다. 이후 교사가 제시한 기준에 아이들이 투덜대거나 제대로 지키지 못하는 경우, 당황스러워하며 강한 설득 등의 방식으로 끝까지 밀어붙이거나, 반대로 끝을 흐지부지하게 만들어 버린다. 교사가 어찌 매번 학생들이 얼마나 해낼 수 있을지 정확히 예측할 수 있겠는가. 경력이 늘면 다소 나아질 뿐 그 누구도 매 순간 완벽하게 예측해 낼 수 없다. 그때 '실험해 본 거야.'라는 생각으로 마음을 다지면 교사의 마음도 편안해진다. 다시 수정하고 시작할 수 있는 여지가 생긴다. 그렇게 또 완벽주의를 조금씩 씻어내린다.

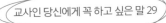

놀욕때빼험따
(놀리기, 욕하기, 때리기, 빼앗기, 험담하기, 따돌리기)

정유진 선생님께서 개발하고 보급한 '놀욕때빼험따'는 교실에서 지켜야 할 일을 알려 주는 명확한 기준이다. 본인은 이 기준을 사용한 후 학생들에게 꾸짖을 일이 없게 되었다. 우리 반에는 잘못했을 경우 123 매직을 사용하고 있는데 놀욕때빼험따는 바로 1과 2의 조절 과정이 없이 바로 3이 되는 항목으로 지정했다. 바로 3이 된다는 건 조절 의자에 가서 일정 시간 있다가 온다는 점이다. 학생들도 이미 놀욕때빼험따의 위중함(?)은 충분히 이해하고 있다. 놀욕때빼험따 행동이 발생한 경우, 교사는 바로 "이 행동은 3이야. 조절 의자로 가렴"이라고 말한다. 학생이 자기 행동에 대해 충분히 조절할 수 있는 시간이 지나면 교사에게 앞으로의 다짐에 관해 이야기한다. "앞으로 친구를 놀리지 않도록 하겠습니다." 그리고는 다시 친구들에게 돌아간다. 명확한 기준에 평화로운 해결 방법이 합쳐지니 이 과정에서 교사가 언성을 높일 일도, 학생이 과정에 불복할 일도 없다.

모범생과 책의 부작용

_ 유지우

> "사랑은 무엇보다도
> 자신을 위한 선물이다."
> - 장 아누이

어릴 적 나는 내가 책을 읽으면 좋아하는 어른들을 이상하게 생각했다. 내가 읽는 책은 전혀 도움이 되는 책이 아닌데 왜 좋아하는 거지? 공부에 도움이 되는 내용은 하나도 나오지 않는데? 그래서 어른들을 약간 속이고 있다는 생각에 웃음이 나기도 했다. 그때 어른들이 노리고 있던 건 책의 부작용인 줄도 모르고 말이다.

아침 시간에 아이들을 유심히 바라보면 눈이 유독 빛나는 아이들을 찾을 수 있다. 그 아이들은 자기가 제일 좋아하는 책을 읽는 아이들이다. 이야기가 재미있어서 몰입하고 있는 아이들을 보면 괜히 사랑스러워 주위를 기웃거리게 된다. 수업 시간에도 이 아이들이 반짝거리는 것을 볼 수 있다. 자신이 아는 것이 나오면 무언가 말하고 싶어 손부터 번쩍 들거나, 슬쩍 웃으며 좋아한다. 흥미로운 활동에서는 개성 있는 작품을 보여준다. 아이들이 이런 활약을 할 수 있게 돕는 것은 독서 경험이다. 어른들이 책 읽는 아이들을 좋아하는 데에는 이유가 있긴 했다고 지금에서야 느낀다.

책을 읽어야 하는 이유에 대해 질문하면 여러 답이 나온다. 책을 읽어서 지식이 쌓이고, 생각이 깊어지며, 어휘력이 늘어난다. 그래서 여러 지식을 체계적으로 정리하거나, 사고의 전환을 일으키는 책을 좋은 책이라 말한다. 그러나 아이들은 소위 말하는 '좋은 책'은 스스로 찾아 읽지 않는다. 스스로 읽는 책 중에서는 그나마 학습 만화가 지식을 쌓는 데 도움이 되는 책일 것이다. 그러면 아이들은 책의 좋은 효과를 보지 못하는 것일까?

'좋은 책'이 아닌 책도 긍정적인 작용을 한다. 주 작용은 아니지만, 부가적인 작용이 있다. 책의 부가적인 작용을 처음으로 강하게 인지한 것은 학생일 때였다. 학생 때 'create(창조하다)'와 'creature(생물)'의 발음에 대해 배우던 중이었다. creature는 create에서 파생된 단어지만, '크리처'와 '크리에이트'로 발음이 달라 주의해야 했다. 영어 선생님은 아무 설명 없이 이 두 단어를 내 옆자리 친구에게 발음해 보라 요청하였다. 친구가 틀리게 발음하고, 틀린 발음을 통해 두 단어를 흥미롭게 설명하고자 했던 것이 선생님의 의도였을 것이다. 그러나 그 친구는 단번에 맞는 발음을 하였고 나를 포함한 주위 모두가 감탄하였다. 선생님은 그 친구에게 물었다.

"어떻게 맞는 발음을 알았어?"
"그게…, 크리처는 『해리포터』 시리즈에 나오는 등장인물인 한 집요정의 이름이에요."
"그것참, 그게 그렇게 되네…."

『해리포터』는 나도 읽었지만, 그 등장인물의 이름으로 영어 공부할 생각은 하지 못했다. 그때 내가 읽어온 것이 내 삶에 도움이 될 수도 있다, 이미되고 있다는 것을 인지하였다. 『해리포터』에서 괴물을 우스꽝스러운 모습으로 바꾸는 주문 '리디큘러스'가 영단어 '우스꽝스러운(ridiculous)'과 같다는 사실은 그보다 나중에 알게 되었다.

수업하다 보면 해당 학년 교육과정의 범위를 벗어나는 학생들을 보게 된다. 과학 시간, 지구 공기의 역할을 배울 때 오존층의 역할과 대기압의 역할에 대해 말하고 싶어 안달 난 학생이 있었다. 감탄하며 그걸 어떻게 알았냐고 묻자 그 아이는 동영상과 책에서 보았다고 뿌듯하게 웃으며 말해 주었다. 국어 시간에는 국어사전에서 생소한 단어의 뜻을 찾을 때 모든 단어의 뜻을 대략 알고 있는 학생이 있었다. 나는 그 아이에게 단어들의 뜻을어떻게 알게 되었냐고 물었다. 내심 그 후 단원에 나오는 방법인 앞뒤 문맥 보기와 아이의 답변이 연결되어 있으리라 생각했고, 다음 단원 동기 유발로 써야겠다 마음먹고 있었다. 물론 나의 기대와 달리 그 아이의 답변은"책 읽다가 본 것 같아요. 그래서 대충 뜻을 알 것 같아요."였다. 위의 두 아이는 모두 평소 만화책을 자주 읽던 아이들이었다. 그 아이들이 이러한 지식을 얻게 된 이유는 누군가 책을 억지로 읽혀서가 아니다. 자기가 재밌어보이는 책을 읽었고 그에 대한 부가적인 작용으로 학습에 도움이 되는 요소를 얻었다.

부작용은 의도한 작용 이외에 부수적으로 일어나는 작용으로 대부분은좋지 않은 작용을 말한다. 그러나 의도치 않은 모든 것들이 우리에게 부정적인가? 어떤 책이든 책은 우리에게 다른 세계를 보여 준다. 그 세계 속에서 무엇을 보고, 무엇을 기억에 남겨 둘지는 우리의 선택이다. 어떤 이는 실험 기록 속에서 사람을 위한 마음을 읽어 낼 수도 있지만, 다른 이는 SF에서 물리 법칙을 이해할 수도 있다. 아이들이 책에서 무엇을 담아갈지는 알 수 없다. 그러나 소중히 마음에 담아둔 것들은 언젠가 그 아이들을 도울 것이다.

책을 즐기는 모든 사람이 모범생이 될 수는 없을 것이다. 책을 읽기만 해서는 공부를 잘할 수 없기 때문이다. 그래도 우리가 좋아한 것들은 우리의 세계를 넓혀 준다. 배경이 되는 나라에 관심이 생기거나, 등장인물이 먹은 음식을 궁금해할 수 있다. 등장인물의 용기나 고뇌를 자신의 것으로 만든다. 재밌었던 글과 같은 소재가 나온다는 이유로 딱딱한 서적에 도전하기도 한다. 그것까지 모두 포함하여 나의 세계가 된다. 이렇게 만들어진 나의 세계는 필요할 때 아이의 삶 속에 등장해 아이를 돕고는 더 몸집을 키운다.

부작용에서 '부'는 아니 부가 아닌 버금 부이다. 아이들이 책을 읽어야 하는 이유 중 으뜸은 사랑과 재미이고, 버금이 공부와 능력이다. 그러니 아이들이 무엇이든 마음껏 사랑하고, 마음껏 그 사랑의 모든 작용을 누릴 수 있길 바란다.

책을 활용하는 방법

재미있는 책을 교육적으로 활용한다면 책의 부가적인 효과가 더욱 큽니다. 그래서 재미있는 책을 교육적으로 활용하는 방법 몇 가지를 소개하고자 합니다.

1. 추리 소설

어린이 추리 소설은 사회, 과학 등 여러 분야와 융합되기 때문에 해당 교과의 동기 유발로 적절합니다. 책 속 사건을 도입에 소개한 다음, 수업 말미에 교과 지식을 통해 사건을 해결하면 재미있어합니다.

교과 지식이 사용되지 않은 추리 소설은 국어의 인과 관계 관련 단원에서 사용할 수 있습니다. 추리 소설은 동기로 인한 사건, 사건으로 인한 흔적이 분명하게 남습니다. 또한 아이들이 이러한 단서들은 눈에 불을 켜고 찾아 꿰맞추려고 하므로 효과가 좋습니다.

2. 역사 소설

최근 역사적 배경을 가진 아동 소설이 많이 등장하고 있습니다. 일제강점기와 6.25는 물론이고, 삼국시대, 고려 등을 배경으로 하여 일반 인물 중심의 미시사를 학습하기에 적절합니다. 역사 속 인물에 대한 감정 이입과 함께, 상황 맥락까지 이해할 수 있어 학습에 도움이 됩니다.

교원 연수가 싫어요

_ 이경민

> "자신을 내보여라.
> 그러면 재능이 드러날 것이다."
>
> - 발타자르 그라시안

 살면서 들은 인터넷 강의만 1,000시간쯤 되지 않을까. 인터넷 강의만 1,000시간이지, 학창 시절부터 지금까지 들은 수업·강의·연수 등을 합치면 3만 시간은 족히 넘을 것이다. 그렇다면 교사가 된 지금은 강의를 듣지 않는가? 전혀 아니다. 배움의 시간이 끝나질 않는다. 자의든 타의든…. 그렇다.

 학생 때에는 강의를 듣는 목적, 공부하는 이유가 명확했다. 그래서인지 그 시간이 전혀 아깝지 않았다. 오히려 소중했다. 내가 배우고 익혀야 나의 꿈을 이룰 수 있으니까, 미래에 학생들을 더 잘 가르칠 수 있으니까 등의 이유로 말이다.

 그러나 교사가 되고 나서는 연수에 대한 의문이 들 때가 많았다. 이 연수를 왜 들어야 하는지, 어떤 역량을 강화하기 위해 진행하는지 그 누구도 설명해 주지 않는다. 그냥 담당자가 하라고 하면 하는 것이다. 그리고 연수의 내용이 매년 비슷하고 점점 늘어난다. 이미 알고 있음에도, 실행하고 있음에도, 그 내용을 바탕으로 임용고시를 보았음에도. 그냥 매년 똑같이 듣는 것이다.

누가 보면 참 '말 안 듣는 사람'이 된 것 같다. 그럴 리가, 학생 때에는 누구보다 말 잘 듣고, 규칙에 잘 따르며 학교생활 한번 어긋나게 한 적 없는 사람들이 교사인 것을….

그렇지만 그런 나도. 쳇바퀴같이 굴러가는 교원 연수에 의구심을 가질 때가 많다.

"선생님 올해 1정 연수 대상자이시죠? 서류 준비하셔서 제출해 주세요."

아주 큰 산이 남아 있었다. 1급 정교사 연수는 무려 100시간을 채워야 하는 연수다. 마음가짐부터가 연수에 적합하지 않은데 순탄하게 굴러갈 리가 없었다. 나도 선생님으로서 학생이 수업을 듣는 태도가 불량하면 마음이 안 좋고 학생 지도도 꼭 하는데, 내가 학생이 되면 또 다른 마음이다. 참 웃기는 사람이다.

학기 중에 1정 연수를 병행하는 것이 쉽지 않았다. 일단 체력적으로 굉장히 힘들었다. 아침부터 오후까지 교과수업하고, 업무도 진행하며, 틈틈이 수업 연구 및 학생 학부모 상담도 해내며 1정 연수도 해야 한다. 학기 중에는 원격연수와 실행학습을 진행하는데, 실행학습의 경우 오후 시간에 인근

학교에 출장을 내고 선생님들과 모여 머리를 맞대고 교육과정을 연구하는 등의 시간을 갖는다. 이때를 떠올려보면, 졸음운전 하지 않으려 허벅지를 꼬집으며 퇴근하던 기억이 난다. 예전에는 1정 연수가 점수 평가 방식이라 선배 선생님들은 훨씬 부담스럽고 힘드셨을 것 같다. 참으로 피곤하고 힘들었지만…. 그래도 P/F 제도로 바뀐 것에 감사하며 다녔다.

"이번 방학은 연수만 듣다가 끝나네."
"연수원이 너무 멀어서 힘들어."
"연수에 들은 내용을 정말 써먹긴 할까?"

연수원에서 만난 선생님들과의 대화 내용은 대부분 이러했다. 그리고 교실 속 어려움, 교사로서 힘든 점, 그다지 희망스럽지 않은 교직의 미래 등과 같은 내용이 주를 이뤘다. 그런데 신기한 것은, 이런 상황 속에서도 선생님들은 계속해서 학급경영과 교과 수업을 연구하고 계셨다. 그리고 그러한 것들을 주변 선생님들과 함께 공유하고 나눈다. 정말 멋진 사람들!

연수원에서 들은 강의 중에 정말 기억에 남는 2시간이 있다. 강의 내용이 정말 유익해서 강사님께 연락드려 자료까지 받았다. 그런 적은 처음이다. (난 이렇게 연수에 적극적인 사람이 아닌데…. 다시 생각해도 정말 신기한 경험이다.) 사실 1정 연수는 정말 소중한 시간이다. 교직 생활 중, 나와 비슷한 경력과 가까운 나이대의 선생님을 일정 시간 동안 꾸준히 만날 수 있는 시간은 잘 없다. 1정 연수는 이런 시간을 만들어준다. 그 강의에서 이 특징을 정말 잘 살렸던 것 같다.

"선생님들께서 그동안 교직 생활하시면서 얻은 노하우를 공유해 주실 수 있을까요? 학급경영, 수업 방법, 학부모 상담, 총회, 업무 등 무엇이든 괜찮습니다. 포스트잇에 선생님만의 팁과 간단한 설명을 적어 주시고 벽에 붙여 주세요. 그리고 다 함께 나눠 보겠습니다. 자유롭게 돌아다니시면서 카메라로 찍어 가셔도 됩니다. 모두 많은 도움 되시길 바라요."

강사님께서 마련해 주신 이 활동이 아직도 생생하다. 여기서 정말 많은 도움을 받았다. 선생님들의 꿀팁이 강의실 벽면을 가득 메웠다. 그 중 〈학급경영 – 학생 간 갈등 해결 방법〉이 눈에 들어왔다. 마침 나도 학급에서 학생 간 갈등으로 같은 문제가 계속 반복되고, 지도하기 힘든 학생이 있어 참 고민이 많았는데 이 활동에서 많은 도움을 받았다. 덕분에 전보다 수월하게 학생 간 갈등을 해결할 수 있었고, 계속해서 이때 배운 방법을 학급에 적용하고 있다. 그날 함께한 강사님과 선생님들께 다시 한번 진심으로 감사드린다.

이후에 교원 연수에 관한 생각이 조금씩 바뀌었다. 전에는 그냥 귀찮고 피곤하다고만 생각했는데 이제는 아주 유익한 시간을 보낼 수 있겠다는 생각이 들었다. 물론 관심 있는 분야가 아닌 연수를 몇 시간 동안 듣는 것은 여전히 힘들다. 하지만 나의 관심 분야이면서 학급경영과 교직 생활에 많은 도움을 주는 연수는 즐겁게 참여할 수 있다. (연수를 생각하며 '즐겁다!' 라고 느낄 수 있다니. 이건 정말 엄청난 발전이다.)

최근에는 교실 속에서 활용할 수 있는 에듀테크에 관심이 생겨서 여러 연수에 참여해 보았다. 새로운 에듀테크 도구를 배우고 교실에 적용해 보니 아이들도 좋아하고 더 많은 수업에 확장할 수 있어서 매우 좋았다. 나는 내가 연수를 싫어하는 사람인 줄 알았는데, 그렇지 않았다. 앞으로도 꾸준히 배우며 성장하는 교사가 되고 싶다.

도움이 되었던 연수원을 추천해 드립니다.

1. 지식샘터

사이트 : https://educator.edunet.net/

전국의 선생님들께서 에듀테크를 실시간 화상 강의로 가르쳐 주십니다. 강의 종류가 다양해서 원하는 에듀테크 도구의 강의를 선택할 수 있어 좋습니다. 또한, 학교 단위로도 신청할 수 있어 동료 선생님들과 함께 배울 수 있습니다.

2. 아이스크림 원격교육연수원

사이트 : https://teacher.i-scream.co.kr/

아이스크림 연수원의 〈연수 플러스〉를 신청하면 원하는 연수를 들을 수 있을 뿐만 아니라 〈띵커벨 PRO〉 기능도 활용할 수 있어 일석이조의 효과가 있습니다. 연수를 들으면서 에듀테크도 활용할 수 있어 매우 좋았습니다.

이외에도 티처빌 연수원, 티셀파 원격교육연수원, 비바샘 원격교육연수원, YBM 원격교육연수원, 중앙교육연수원, 도교육청연수원, 교사노조 주관 연수, 교육청 공문으로 발송되는 연수 등을 잘 살펴보시면 많은 도움이 될 것 같습니다. 그리고 신규 교사의 경우, 임용 후 각 연수원에서 제공하는 혜택이 많으니 꼭 챙겨 가시길 바랍니다.

그래도 사람

_ 이세화

> "무수한 사람들 가운데는 나와 뜻을 같이할 사람이 한둘은 있을 것이다.
> 그것으로 충분하다. 바깥 대기를 호흡하는데 들창문은 하나만으로 족하다."
>
> -로맹 롤랑

2019년, 너무 사랑했던 내 아이들. 그리고 동시에 너무 잊고 싶은 내 아이들.

그해 우리 학년에는 세 명의 신규가 배정되었다. 초등 신규 다섯 중에 셋이 한 학년에 배정받았다는 것은, 아는 사람은 알겠지만, 비선호 학년이라는 뜻이다. 그렇지만 나는 학생들을 '너무' 예뻐했다. 인사만 잘해도 사랑스러웠고, 그 사랑하는 마음을 감추지 못해 매일 같이 '너무 예쁘네, 사랑해.', '너희 진짜 잘한다. 너희가 최고야.' 등등의 말을 쏟아 내었다. 예쁜 모습을 남겨 두겠다며 사진이며 영상을 쉬지도 않고 찍었고 심지어 집에 가서도 활동 시간에 찍은 사진을 보고 또 봤다.

그러나 비선호 학년이라는 불명예에 걸맞게 학생들은 매일 문제를 일으켰다. 그중 제일로 손꼽히는 A와 B가 있었다. 둘은 매일 싸웠지만 매일 붙어 다녔다. 학급 친구들에게 듣도 보도 못한 창의적인 욕설을 하는가 하면 교실 놀이하려고 공간을 만들어 놓으면 그새 바닥에서 레슬링을 하는 것이 일상다반사였고, 학교 주변 마트의 기물을 훼손하기도 했다. 이 학생들이 보여 주는 행태들을 상상조차 해 본 적 없는 나는 '어떤 생각으로 이런 행동을 하는가, 어째서 이런 행동을 하는가.'하는 의문과 혼란에 사로잡혔고, 이것은 고스란히 학생 지도의 실패로 이어졌다. 엄했다가, 다정했고, '너를 믿는다.'라는 감언이설도 해 보았으며 이도 통하지 않자 다시 엄한 체를 하기도 했다. 교사 자신조차 갈피 잡지 못한 지도 방법에 학생들이 따라줄 리 없었다. A와 B로부터 시작한 기행은 교실 전체의 분위기를 흔들었다.

그해 나를 힘들게 한 것이 어디 학생뿐이랴. 학생 C와 D가 다투었고 나름의 중재를 한 뒤 하교시켰다. 공교롭게도 다음날부터 C가 독감에 걸려 크게 아팠는데, C의 부모님은 아이가 아픈데 다툰 것도 속상하다며 연락하셨다. 상대 학생이 C에게 한 말이 너무 심한 것 같고, 선생님의 중재가 마음에 들지 않는다며 역정을 내셨다. 나에게만 화를 내셨다면 참 좋았을 텐데 맞은편에서 나를 도와주시던 학년 부장님이 전화를 바꿔 받자 "저 선생님 아무것도 모르는 사람 아니냐?"라며 소리치는 목소리가 전화기 너머로 새어 나왔다.

교실에 있는 것이 부담스러웠다. 쉬는 시간에 잠시 교실을 나와 연구실에 가게 될 때면 영영 교실로 돌아가고 싶지 않았고 교실을 비운 잠깐 사이에 다투고 나서 나를 찾으러 오는 학생들의 목소리도 달갑지 않았다. 모순되게도 교실은 싫었지만, 여전히 아이들은 사랑했기 때문에 나는 매일 같이 학생들에게 미안했다. 미안한데 싫고, 싫으면서도 미안한 이 마음을 어찌할 줄 모르는 하루하루가 지속되었다. 차라리 빨리 한 해가 끝나 버려서 다음 해에 새로운 친구들과 새로운 마음으로 다시 시작하고 싶은 마음이었다.

그 학생들을 올려보내고 난 후 아이들은 고학년이 되었고 나는 저학년 담임이 되었다. 그해가 마치 '흑역사'처럼 느껴져 그때를 추억하거나, 그 학생들의 근황을 듣는 것도 괜히 부끄러웠다. 학생들은 고학년이 되었고 나는 저학년인지라 마주칠 일이 적기도 했지만 어쩌다 복도 저 끝에서 그 아이들의 형체를 볼 때면 나는 부끄러운 과거를 들킨 양 그들이 나를 못 본체하고 지나가기를 간절히 바랐다. 내가 이렇게까지 나의 지난 시간을 잊고 싶어 한 적이 있는가.

모든 게 이상과는 다르고, 견디기 힘들었던 내 신규 시절을 그래도 버티게 해 준 것이 있다면 '사람'이었다. 정말 많은 분이 있지만, 그중에 학년 부장님을 빼놓고 나의 신규 시절을 논할 수는 없다. 앞서 말한 C 부모님의 고성방가 이후, 부장님과 함께 교감 선생님께 사안을 말씀드리러 가는 길에 참지 못하고 눈물이 터졌다. 모든 게 나 때문인 기분.

'내가 잘 해냈다면 부장님이 이런 어려움을 겪지 않아도 됐을 텐데.'
'역시 내가 미숙해서.'

계단 한편에서 연신 죄송하다며 눈물을 훔치는 나를 부장님은 아무렇지 않게 괜찮다며 다독이시더니 밥이나 먹고 가자고 하셨다. '밥 먹자.' 별거 아닌 위로인데 그때의 나에게는 굉장한 힘이 되었다. 그 위로를 받고 경력 교사로 자라난 지금, 나도 누군가에게 '밥 먹자.'라는 간단하지만 따뜻한 위로를 건네는 사람이 되고 싶었는데, 난 아직도 그 말이 혀끝에서만 맴돌 뿐 망설이고 망설이다 결국 뱉지 못하고 삼켜 버리는 사람이다. 그 뒤로도 부장님은 학부모님이 전화로 민원을 제기하면 맞은편에서 대응할 말을 적어 주시는 등 정말 많은 부분에서 마음을 써 주셨다. 사실 그해의 학년 부장님에게 감사한 일들을 나열하자면 정말이지 이 책의 꽤 많은 장을 할애해야 할 것이다.

그리고 특별한 또 한 분, 첫해의 학부모님이다. 큰 키에 차분한 성정을 가진 학생이 있었다. 날마다 폭풍 같던 그때의 우리 반에서 차분히 자신의 할 일을 해 나가던 학생. 학부모 상담주간에 그 학생의 어머님과 대면 상담을 하게 되었다. 별다른 특이 사항 없이 무던한 학생인지라 그저 '잘해요, 잘합니다.'라는 말만 반복하다 상담 시간을 끝냈다. 그리고 며칠 뒤, 학생이 샛노란 편지봉투를 하나 내밀었다. 꾹꾹 눌러쓴 세 장의 편지. 그 부모님은 나를 응원한다는 내용을 담아 세 장이나 손 편지를 보내셨다. 대체 왜일까.

지금에서 돌아보면 그때의 나는 교사로서 믿음이 가거나, 호감을 사거나, 긍정적인 눈길을 보내기엔 역부족이었다. 학부모 상담에 대한 노하우 하나 없이 한껏 어른인 체하기 위해 챙겨 입은 셔츠와 학부모님 앞에서 실수하고 싶지 않은 마음에 억지로 지어 보이는 미소, 무슨 말을 해야 할지 몰라 그저 '잘합니다.'만 반복하는 교사였는데. 정확히 어떤 마음에서 편지를 보내신 건지는 알 수 없지만, 감히 내가 상상할 수 없는 따뜻함으로 써

주신 편지인 것만은 분명했다. 교사가 되고 어느덧 6년 차가 된 지금, 그 따뜻함이 얼마나 귀하고 소중한지 깨닫게 되며 해가 갈수록 감사함이 쌓인다. 그 뒤로 괜히 마음이 흔들리거나 '잘하고 있는 게 맞나.'하는 생각이 들 때마다 서랍 한편에 넣어둔 이 편지를 떠올린다. 굳이 꺼내어 펼쳐보지 않아도, 그 편지를 받은 적이 있다는 생각만으로도 충분히 힘이 된다.

　　교사를 힘들게 하는 것은 다양하다. 학생, 학부모, 때로는 동료 교사, 관리자 등 교사를 둘러싼 모든 사람이 교사를 힘들게 할 수 있는 원인이 된다. 하지만, 결국 교사를 다시 살게 하는 것 또한 사람이다. 따뜻한 말을 건네는 학생, 나를 믿어주는 학부모, 지지해 주는 동료 교사. 비록 나는 아직 '밥 먹자.'라는 간단한 위로조차 쉽게 건네지 못하고 망설이는 사람이지만, 지금부터라도 조금 더 주변으로 따뜻한 시선을 넓혀보는 것은 어떨까. '밥 먹자.'라는 말도 함께이면 금상첨화겠다.

교사인 당신에게 꼭 하고 싶은 말 32

우리를 지켜주는 따뜻함

각각의 교실로 단절되어 있는 학교에서 우리를 이어 주고, 버티게 해 주는 것은 서로를 한 번씩 돌아보는 따뜻함일 것입니다. 우리 반 하나 챙기기에도 숨 가쁘겠지만 때로는 옆 반을 향해 시선 한번 돌려보는 것은 어떨까요. 가볍게는 수업 자료 공유나 생활지도 방법 공유 등으로 시작하는 것도 좋습니다. '이 정도는 누구나 알겠지.', '별거 아닌데 필요한가?'라는 생각들로 망설이게 될 수도 있겠지만 나에겐 당연한 방법 혹은 생각이 누군가에겐 직면한 문제를 해결해 줄 묘안이 되기도 합니다. 여기서 더 나아간다면 동료 선생님들과 서로 고민을 들어주고, 함께 해결책을 찾아 나간다면 서로에게 더욱 단단한 버팀목이 될 것입니다.

저의 험난한 신규 시절을 버티게 해 준 특별한 학부모님의 편지를 일부 첨부합니다. 이 글을 읽는 여러분도 지금, 이 순간, 힘이 되어 주고 싶은 사람이 떠오른다면 너무 늦기 전에 마음을 전해 보면 좋을 듯합니다.

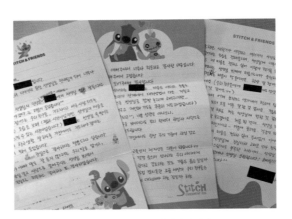

진심이 느껴진 학부모님의 응원 편지

인어공주가 된 선생님

_ 이승현

> "위기에서 배우는 교훈은
> 미래를 위한 자산이다."
>
> - 달라이 라마

새 학기가 시작된 지 한 달도 지나지 않은 3월 말, 나는 목소리를 잃었다.

사건의 경위는 이러했다. 이제 막 임용고시생을 벗어났을 뿐인 난 아무런 준비도, 훈련도 없이 현장에 던져진 요령이라고는 없는 신규 교사였다. 그래서 교사는 일상생활을 할 때보다 훨씬 많이, 훨씬 크게 목을 쓰게 된다는 것을 알지 못했다.

그렇게 수업도, 생활지도도 오로지 내 목소리만으로 버티길 한 달쯤 지났을까. 그날따라 유독 아이들이 집중하지 못했던 체육 시간이 문제였다. 정확히 수요일 2교시였다. 안 그래도 소리가 퍼지는 체육관인지라 "활동에 집중해라.", "규칙 잘 지켜라." 쉬지 않고 목이 터져라 잔소리하며 수업했다. 3교시가 되자 목이 쉰 것을 느꼈다. 노래방에서 몇 시간씩 노래를 불러도 목이 쉰 적이 없었기 때문에 딱히 걱정하거나 조심하며 수업하지 않았다. 그러나 4교시가 되자 심상치 않음을 직감했다. 목소리가 완전히 갈라지고 목소리를 내는 데 힘이 매우 필요하다는 걸 느꼈다. 4교시가 끝날 무렵에는 목소리가 거의 나오지 않는 지경에 이르렀다.

점심을 먹으며 남은 오후 수업을 어떻게 해야 할지 고민했다. 그때, 동학년 선생님께서 성대 결절이 왔을 때 파파고로 수업하셨다는 말씀이 생각났다. 다른 방법이 없었다. 그렇게 점심시간이 지나고 5교시가 시작되었을 때, 나는 파파고에 있는 입력한 글자를 발음해 주는 기능을 이용하여 아이들에게 내 상태에 관해 설명하였다.

"얘들아, 선생님 목소리가 안 나와. 그래서 오늘은 이걸로 이야기해야 할 것 같아."

아이들의 반응은 다양했다.

"우와! 선생님, 그거 어떻게 하신 거예요?"
"진짜 목소리가 하나도 안 나와요? 한 번만 말해 보시면 안 돼요?"
"선생님 괜찮으세요?"

기계가 말하는 게 신기한 아이, 목소리가 진짜 안 나오는지 궁금한 아이, 걱정해 주는 아이….
정말 신기하리만큼 다양한 반응이 나왔고, 걱정해 주는 아이들보다는 궁금증이 먼저인 아이들이 많아 조금은 서운했다. 그래서 서운한 마음에 괜히 장난기를 담아 '너희들이 말 안 들어서 선생님 매일 큰소리를 내서 목소리가 안 나와.'라며 꾸중 아닌 꾸중을 하기도 했다.

 다음날에도 목 상태는 여전했다. 문제는 당장 다음 주가 학부모 상담 주간이라는 것…. 그것도 2주나 되는 기간이었다. 급하게 주변에 조언을 구해 봤지만 모두 최대한 말을 하지 않는 것만이 답이라고 했다. 그렇게 우리 반은 그 어떤 반보다 빠르게 학기 초부터 수업 대신 영화를 보게 되었다. 모두 기억하듯 자고로 학교에서 영화를 보여 준다는 것은 교과 진도를 마쳤다거나, 보상의 개념으로 제공되는 경우가 많다. 나 역시 그럴 계획이었는데 목소리가 나오지 않아 영화를 보여 주게 될 줄은 정말 상상도 하지 못했다.

 그렇게 주말이 되었고 나는 최선을 다해 묵언수행을 했지만, 월요일에도 목소리는 돌아오지 않았다. 그나마 다행인 것은 말을 할 수는 있다는 것이었다. 물론 듣기 좋은 소리는 아니었다. 나조차도 낯선 목소리로 첫 번째 학부모 상담을 시작하였다.

"안녕하세요, 선생님. 목이 많이 아프시다고 들었어요."
"(쇳소리로) 아, 네…."
"상담 미룰까도 생각했는데… 일단 그냥 왔습니다. 하하."

 이렇게 2~3일가량을 학부모님들이 더 민망해하는 상담을 하고서야 목소리가 돌아왔다. 그러나 한 번으로 끝날 줄 알았던 인어공주 체험은 머지 않아 다시 시작되었다.

이로부터 한 달도 채 지나지 않은 4월 중순, 어딘가 익숙한 통증이 다시 목에 찾아왔다. 이번에도 중요한 일정을 앞두고서 말이다. 이번에는 학부모 공개수업이었다. 공개수업을 정확히 일주일 앞둔 수요일이었다. 목 상태가 심상치 않은 것 같다고 생각하며 피곤함에 연구실에 있던 커피를 한 잔 타 먹었다. 아마도 이 커피가 문제였던 것 같다. 커피의 이뇨 작용이 목을 더 건조하게 했다. 다음날 목 상태가 좋지 않은 채로 수업하다가 결국 4교시부터 목이 쉬더니 3월과 똑같은 순서로 목소리를 잃게 되었다. 이번에도 역시 파파고의 힘을 빌렸고 아이들은 "선생님, 목소리 또 안 나와요?"라며 익숙한 듯 반응했다. 오후 수업은 어떻게든 마쳤지만, 금요일은 역시 영상자료로 대체해야 했다. 말이 좋아 영상자료지 교사가 말하지 않고 학생들의 집중을 끌어내려면 영화밖에는 답이 없었다. 이렇게 우리 반은 영화를 자주 보는 반이라는 이미지가 생겨 버렸다.

이번에는 지체 없이 병원으로 향했다. 상담이야 미룰 수라도 있지만 공개수업은 미루려면 아주 곤란해지기 때문이었다. 운 좋게도(과연 목소리를 잃었는데 운이 좋다고 할 수 있을지는 모르겠지만) 내가 간 병원의 의사가 성대 결절에 대해 잘 알고 있었다.

"혹시 직업이 유치원 교사나 초등교사세요?"
"초등교사입니다. 어떻게 아셨어요?"
"그 직업 가진 분들이 목이 많이 쉬시더라고요. 몇 학년 담임이세요?"

"3학년이요."

"3학년이면 말 잘 듣는다고 들었는데…."

"하하…."

"성대 결절까지는 아니고 성대 부종이네요. 결절이면 한 달 진단서 끊어드렸을 텐데, 제가 다 안타깝네요. 한 달은 쉬어야 대체 인력을 뽑을 수 있다면서요?"

학교에 대해서도 잘 아시는 분인 것 같았다. '이 주변에 학교가 많았나, 목이 쉬는 선생님이 많으신 걸 보면 학군이 별로인가.'라고 생각하며 진료실에서 나와 주사를 맞고 처방전을 받아 약국으로 향했다.

확실히 약을 먹으니 목이 금방 괜찮아졌다. 주말 사이에 목소리가 돌아와 월요일에 조심조심 수업하고 나니 화요일에는 목소리가 완전히 돌아왔다. 그렇게 무사히 공개수업을 마쳤고, 참으로 다사다난한 학기 초였다.

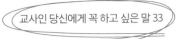
목소리를 지켜라.

너무나 당연하지만 저는 결국 목소리를 잃고서야 하게 된 것들입니다. 목이 쉰
적이 있거나 자주 아프다면 따라 해 보시면 좋을 것 같습니다.

1. 물 많이 마시기
저는 원래도 별명이 물먹는 하마일 만큼 물을 많이 먹는 사람이었습니다. 근데도
평소에 마시던 것 이상으로 많이 마셔야 목소리를 지킬 수 있었습니다. 학교에
있는 동안에만 1L 이상 마시고 있습니다.

2. 미지근한 물 마시기
차가운 물은 목 상태를 더욱 악화시키고, 뜨거운 물 또한 목에 좋지 않습니다. 미
지근한 물을 마셨을 때 가장 목이 편안했습니다.

3. 맹물 마시기
목에 좋다는 차도 마셔 보고 이온 음료도 먹어 봤지만, 그냥 정수기에서 뜬 맹물
을 마셨을 때 가장 효과가 좋았습니다.

4. 커피 금지

저는 커피를 하루에 한 잔씩은 꼭 마셔줘야 하는, 흔히 말하는 카페인 중독이었습니다. 실제로 커피를 마시지 않은 날은 두통에 시달리고 온종일 기력이 없었습니다. 그런데 커피를 마시는 날은 확연하게 목 상태가 좋지 않은 것을 알게 된 뒤로 평일에는 커피를 일절 마시지 않았고, 목이 훨씬 나아졌습니다.

5. 목캔디 수시로 먹기

이클립스나 목캔디같이 목을 시원하게 해 주는 캔디류를 자주 먹어 주면 훨씬 낫습니다.

6. 인후염 스프레이 뿌리기

약국에서 파는 인후염 스프레이를 사두고 목이 아프다 싶은 날에 뿌려주면 금방 나아집니다. 목을 많이 쓰는 직업이다 보니 그냥 두어서는 나아지지 않고 악화하기만 합니다. 조금이라도 아프면 빨리 약을 먹거나 뿌려 주는 것이 좋습니다.

국어 교육에 대한 의심

> "어려운 일을 쉽게 만들 수 있는 사람이
> 교육자이다."
> - 아미엘

　평소와 다를 것 없는 국어 시간, 이번 수업은 문단에서 중심 문장 찾는 법을 배우는 시간이었다. 중심 문장을 찾을 수 있다는 것은 글의 핵심을 파악했다는 것이고, 글쓴이의 의도나 주장을 찾는 것과도 연결된다. 이는 앞으로 아이들이 읽게 될 모든 다양한 문학, 비문학적 텍스트를 얼마나 잘 이해하고, 많은 것을 얻을 수 있을지를 결정하는 아주 중요한 요소이기에, 오늘 국어 수업은 특히나 중요한 수업이었다.

　먼저 교과서에 수록된 글 「장승」을 읽고, 중심 문장의 개념부터 가르쳤다.
　"중심 문장이란, '문단을 대표하는 문장'이에요."
　문제는 그다음이었다. 이제 중심 문장을 찾는 방법을 알려 주어야 하는데, 어떻게 설명해야 할지 감이 잘 오지 않았다. 〈장승〉을 읽고 난 뒤 중심 문장 찾는 법을 가르치기 위한 교과서와 지도서의 활동 내용은 이러했다.

234 —　눈 떠보니 초등교사

교과서: 각 문단의 내용을 대표하는 문장에 ○표시해 보세요.

지도서 tip: 전체 내용을 가장 잘 나타낸 문장을 찾아보세요.

그런데 교과서에 따르면 중심 문장의 뜻은 '문단을 대표하는 문장'이었다. 그러니까 각 문단의 내용을 대표하는 문장에 ○표시를 하라는 건, 중심 문장에 ○표시를 하라는 것이었다. 중심 문장 찾는 방법을 배우기 위한 활동이 중심 문장을 찾아 ○표시를 하는 것이라니! 같은 진술의 반복이다. 중심 문장을 '어떻게 찾는지'는 알려 주지 않고 그냥 무작정 해 보라는 것과 무엇이 다른가. 그런데도 발표시키면 이제 곧 국어를 잘하는 우리 반 친구들 몇 명이 손을 번쩍 들고 교과서 답안과 정확히 일치하는 중심 문장을 읊을 터였다. 그러면 나는 TV 화면으로 정답을 보여 주고, 중심 문장을 찾지 못한 다른 아이들은 그걸 보고 똑같이 옮겨 적을 것이 뻔히 보이는 수순이었다.

국어 수업할 때 우리는 아이들에게 곧잘 요구한다. 설명문에서 중심 문장을 찾아보라 하고, 감동하였던 장면과 그 이유를 말해 보라 하고, 등장인물이 어떤 감정을 느꼈을지를 짐작해 보고 그 까닭을 말해 보라 한다. 이때 국어 능력이 뛰어난 학생들은 쉽게 교사의 의도를 파악하여 교과서에서 요구하는 모범 답안을 척척 내놓는다. 그러나 나머지는? 전혀 모른다. 어찌해서 글의 주제가 그것이며, 왜 그 문장이 문단의 중심 문장인지, 왜 그 장면이 감동적인 부분인지 작가가 의도한 교훈과 주제를 바로 알지 못하고 그냥 텔레비전으로 보여 주는 모범 답안을 교과서에 옮겨 적으며 '그렇구나.' 깨닫는다.

이상한 건, 모범 답안을 내놓은 아이들에게 "왜 그렇게 생각했니?"라고 물어보면 그 아이들 역시도 대답을 못 한다는 것이다. 그냥 그런 것 같은 느낌이 들어서, 누가 봐도 그게 맞는 답 같아서, 딱 읽어 보니 그렇게 느껴져서…. 교사인 나도 어렸을 적부터 국어를 잘했음에도, 지금까지도 스스로의 질문에 명확한 답을 못한다. 책을 많이 읽다 보면 눈에 보이지 않는가? 글의 주제나, 인물의 감정이나, 글쓴이의 의견이나 중심 문장 찾기가 어렵다고 생각해 본 적이 없다. 어떻게 그런 답이 나왔냐고? 그냥, 정말 그냥이다. 그렇다고 국어를 잘하는 아이들의 사고 과정에 체계가 없느냐 물어보면, 그렇지 않다. 글을 '잘' 읽는 아이들은 전부 비슷한 사고 과정을 거쳐 해답을 도출한다. 그 사고의 메커니즘을 가르쳐야 하는 것이 국어 교육의 핵심이다.

그러나 교과서와 지도서는 간혹 수업 목표를 달성하기 위해 구체적으로 '어떻게' 해야 하는지는 알려 주지 않을 때가 있다. 중심 문장을 찾기 위해 아이들이 어떤 메커니즘으로 사고해야 하는지 그 사고의 흐름을 명확한 순서와 체계를 가진 일련의 단계로 제시할 수 있는가? 난 그 사고 과정을 제시해 주어야 하는 국어 교사임에도, 나 역시도 그 과정을 체계적으로 제시하지 못해 아이들에게 책임을 넘기고 알아서 잘 배우길 바라고 있었던 건 아닐까.

이런저런 생각의 흐름을 끊고 다시 수업으로 돌아와서, 나는 제일 간단명료한 설명 방법으로 '사고 구술'을 선택했다. 교사가 글을 읽고 중심 문장을 찾아내는 생각의 과정을 그대로 입으로 뱉어서 시범을 보이는 것이다.

우선 교과서 글 대신 쉬운 예시가 될 만한 문단 하나를 생각해 내 TV 화면에 타이핑을 해서 보여 주었다.

  1. 나는 여러 가지 과일을 좋아한다.
  2. 복숭아는 달콤하고 말랑말랑해서 좋다.
  3. 귤은 새콤하고 한입에 넣기 편해서 좋다.
  4. 수박은 아삭아삭하고 여름에 먹으면 시원해서 좋다.
  5. 포도는 펄펄 끓여서 잼을 만들어 먹으면 맛있어서 좋다.

바른 문단의 형태는 아니지만 각 문장을 알아보기 쉽게 번호를 매겨 재구성해서 문단을 만들어 보았다. "복숭아, 귤, 수박, 포도는 전부 '과일'이라는 단어로 합칠 수 있어. 그러면 1번 문장이 다른 문장들을 전부 합쳐서 말한 거니까 문단을 대표하는 문장이겠구나."

이렇게 말하니 몇몇 아이들이 고개를 끄덕인다. 내친김에 다른 예시도 보여 준다. 이번엔 교과서 문단을 간단하게 변형해서 보여 주었다.

  1. 장승은 여러 가지 많은 역할을 했다.
  2. 장승은 마을을 지켜주는 수호신 역할을 했다.
  3. 장승은 길을 알려 주는 표지판 역할을 했다.
  4. 장승은 마을과 마을 사이를 나누는 경계선 역할을 했다.

"무엇을 설명하고 있지? '역할'이라는 단어가 계속 반복해서 나오고 있네. 모든 문장이 '장승은 ~한 역할을 했다.'로 비슷하게 끝나고 있어. 장승의 역할에 대해 말하고 있는 거구나. 중심 문장도 장승의 역할과 관련된 문장이겠네? 하지만 중심 문장은 대표니까 여러 문장을 두루두루 다 포함할 수 있어야 한다고 했어. 그러니까 어느 한 가지 역할만 나와 있는 건 중심 문장이 아니겠네. 그러면 1번, '여러 가지 많은 역할'을 했다고 한 문장이 중심 문장이 되겠구나."

이제 아이들이 감을 좀 잡은 듯한 표정이다. 내가 보여 주는 예시가 늘어날수록 아이들이 점점 함께 목소리를 높여 중심 문장을 자신 있게 말한다. "왜 그게 중심 문장이라고 생각해?"라고 다시 한번 물어보니, 이제는 야무지게 대답한다. 아이들이 중심 문장 찾는 법을 아주 몰랐던 것이 아니다. 생각은 열심히 굴러가는데 그 흐름을 깔끔하게 정리를 못 해서 자신의 답에 확신이 없는 것이다. 그러면 그걸 교사가 명확하게 짚어서 정리해 주면 된다. 나는 칠판에 중심 문장을 찾는 방법 3가지를 적었다.

① 다른 문장을 포함할 수 있는 문장 찾기 (덜 자세한 것)
② 글쓴이의 주장이 나타난 문장 찾기 ('~해야 한다', '~하자')
③ 문단의 처음 또는 마지막 문장일 가능성 큼 (항상 그런 것은 아님)

이렇게 적어두고 다시 교과서 활동으로 돌아가 중심 문장을 찾아 ○표시 해 보라고 하니, 이제는 알아서 칠판을 쳐다보며 조건에 맞는 문장을 찾기 시작한다.

중심 문장을 찾는 방법이 명확하게 나오지 않은 이유는 간단하다. 중심 문장을 찾아내는 사고의 메커니즘을 아이들 수준에서 체계적으로 정리해서 제시하기가 어렵기 때문이다. 이렇게 되면 결국 '그냥 해 봐. 하다 보면 감이 올 거야.'식으로 수업이 진행될 수밖에 없다. 문장 간의 중요도를 비교하려면 상의어와 하의어의 개념을 알아야 하고, 글 전체의 흐름을 관통하는 맥락을 파악해야 하며, 사회적 통념에 대한 배경지식도 어느 정도 필요하다. 이렇게 복잡하게 얽힌 메커니즘을 일련의 알기 쉬운 절차로 단계별로 정리해서 전달해야 하는 것이 국어 교과를 가르치는 교사의 역할이다.

가장 쉬운 방법은 사고 구술이다. 명확하게 정리해서 전달하는 것이 어렵다면, 있는 그대로 전달하면 된다. 교사의 시범으로 읽기 과정에서 어떤 사고를 해야 하는지 반복해서 모범을 보이면 비록 그 흐름을 명확히 정리를 못 하더라도 아이들이 간접 경험을 반복적으로 하면서 사고 과정을 체화할 수 있다.

더불어 텍스트를 다양하게 사용하는 것이 도움이 된다. 교과서의 텍스트는 교과서에서 제시하는 방법을 바로바로 적용할 수 있게 맞춰진 맞춤형 텍스트지만, 훗날 아이들이 접하게 될 많은 텍스트는 배운 내용을 그대로 적용하는 것보다 예외, 또는 심화한 사고 능력을 요구하는 것이 많을 것이다. 배움이 삶으로 이어지려면 실제적인 다양한 텍스트를 많이 접해 보는 것이 중요하다. 우리 반은 2단원 '문단의 짜임'을 배운 이후로 일주일에 한 편씩 필사 활동을 시작했다. 우리 일상과 관련된 다양한 글을 읽어보고 중심 문장을 찾아 밑줄 긋고 나서 똑같이 베끼며 문장 구사력을 기르는 연습을 한다.

아이들은 국어 교과는 명확하게 정해진 답이 없는 과목이라는 말을 자주 한다. 그래서 누군가에겐 쉽고, 누군가에겐 어렵다. 초등학교 국어는 기초 학력을 형성하는 아주 중요한 과목인 만큼, 국어라는 과목의 존재 이유와 교육 방법을 국어 교사로서 깊이 있게 고민해 볼 필요가 있겠다.

국어 교과 수업은 이렇게!

국어는 자칫 잘못하면 주입식 수업이 되기 가장 쉬운 교과입니다. 수업 목표를 달성하기 위해 구체적으로 어떤 사고를 해야 하는지 명확히 제시하기도 어렵고, 그 사고 과정을 경험해 보기 위한 활동을 구성하기도 매우 까다롭기 때문이지요. 텍스트를 읽을 때 어떤 사고의 흐름을 거쳐야 하는지 아이들 앞에서 말하며 보여 주세요. 뭐라고 말로 정리하기 어려운 내면의 사고 흐름을 거쳐 답이 도출되었다면, 선생님 스스로 그것을 단계화하고 명확하게 정리할 수 있어야 합니다. 그리고 아이들이 다양한 텍스트를 가지고 그 체계를 경험해 보게 해 주세요. 국어 교과를 가르치는 국어 교사로서의 전문성은 여기에서부터 출발한다고 생각합니다.

3부

내일도 교사로
눈을 뜹니다

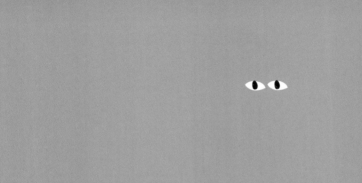

우리 반의 코어(CORE) 근육, 아침 활동

_ 강혜원

"당신이 아이에게 더불어 살 수 있는 지혜를 제대로 가르쳐준다면,
그것은 아이에게 줄 수 있는 최대의 선물이 될 것이다."

- 변재용

"혜원 님, 몸이 왼쪽으로 무너지고 있어요. 균형 잡고 3개만 더!"
"으아악! 선생님, 안 되겠어요. 너무 아파요."
"어디가 제일 아프신가요?"
"발바닥이요."
"코어 근육이 발바닥에도 있어서 통증이 있을 거예요. 균형잡기 동작을
아주 잘하고 있다는 증거예요. 잘하고 있으니까, 3개만 더 해 봐요."

요즘 필라테스 개인 강습을 받고 있다. 허리와 무릎이 아파서 시작했는
데, 덕분에 통증 없는 삶을 살 수 있게 되었다. 평발로 인한 잘못된 걸음걸
이로 통증이 발생한 것이라 주로 발바닥 아치를 살려서 균형을 잡는 운동
을 많이 한다. 운동하다 보면 발바닥이 매우 아프다. 발에는 총 19개의 근
육과 힘줄이 있다고 한다. 그중에서 발 아치와 안정성을 담당하는 내재근
을 풋 코어 근육이라고 부른다. 코어 근육이란 몸을 움직일 때 가장 먼저

수축하는 근육으로, 복부 쪽의 근육과 등 아래쪽의 기립근, 그리고 엉덩이와 허벅지 등의 골반 주변부 근육을 모두 통틀어 일컫는 말이다. 이 코어 근육이 약하면 자세가 휘어지는 것은 물론, 디스크나 관절에도 무리가 와서 몸의 중심이 무너지게 된다. 이 중요한 근육이 발에도 있는 것이다.

그렇다면 우리 반의 코어 근육은 무엇일까? 안정적이고 행복한 학급 운영을 위해 꼭 필요한 활동은 무엇일까? 학교생활을 사람의 몸이라고 하면, 하루의 시작인 아침 활동은 발바닥과 같다. 우리 반의 코어 근육은 바로 이 아침 활동이다. 아이들은 아침에 등교하면 칠판에 적힌 아침 활동 3단계를 진행한다. 첫 단계는 '제출하기'이다. 제일 먼저 우체통 파일을 확인하고, 제출함에 결석신고서, 가정통신문 등을 넣는다. 첫 주 동안 아침에 오면 제일 먼저 우체통 파일을 확인하라고 지도하면, 선생님이 말하지 않아도 90%의 학생들은 스스로 통신문을 제출한다. 제출할 것을 자주 잊는 학생들이 있다면 제출하기 단계 밑에 이름과 제출할 것을 적어놓는다.

2단계는 '정리하기'이다. 학습하기 위해 준비하는 단계이다. 그날 배울 교과의 교과서를 책상 서랍에 가져다 두고, 연필과 지우개가 있는지 확인한다. 학기 초에는 2단계에서 해야 할 것을 선생님이 정해 알려 주었지만, 나중에는 학급 회의에서 아이들이 학습을 준비하기 위해 해야 할 일을 정하였다. 학급 회의 때 수업 중 휴대전화가 울려 집중이 잘 안된다는 의견이 있었다. 아이들은 학교에 오면 휴대전화를 끄기로 정했다. 그래서 2단계 첫 번째 할 일은 휴대전화 전원 끄기가 되었다. 연필과 지우개를 가져오지 못한 학생들이 자꾸 수업 시간 중에 필기도구를 빌려달라고 해서 수업에 집중하는 데 방해된다는 의견이 나오자, 한 학생이 '아침에 오자마자 연필, 지우개 있는지 확인하고, 없으면 미리 빌리자!'라고 해결책을 제시했다. 좋은 해결책이라고 생각하는 학생들이 많아 세 번째 할 일은 연필, 지우개 있는지 확인하기가 되었다. 네 번째 할 일은 무엇일까? 바로 입을 아~ 벌리고 있는 책가방을 닫는 것이다. 책상 간격이 좁은데, 가방걸이에 걸어놓은 가방 문이 열려있어 아이들도, 선생님도 자주 걸려 넘어졌다.

"얘들아, 선생님이 가방에 또 걸려 넘어지셨어. 가방 문 좀 닫아 봐."

"아침에 오자마자 닫으면, 하루 종일 가방에 걸려 넘어질 일이 없잖아."

"오! 선생님, 이거 아침 활동에 추가해요!"

"좋은 생각이네요. 우리 그럼 아침에 오자마자 가방을 닫기로 할까요?"

이렇게 네 번째 할 일도 아이들의 의견을 반영하여 정해졌다. 자신의 의견이 아침 활동으로 정해지니 아이들은 뿌듯해하며 잘 지키려고 노력한다.

아이들과 함께 정한 아침 루틴

3단계는 수업에 몰입하기 위해 준비하는 단계이다. 요가를 통해 마음을 차분히 한다. 작년에 행복 교실 연수[5]에서 정유진 선생님이 알려 주신 간단

5 『학급운영시스템』의 저자 정유진 선생님이 오송에 있는 '사람과 교육 연구소'에서 진행하는 연수입니다. 연

한 요가 동작을 아이들과 함께해 본다. 제일 처음은 산(山) 자세다. 다리를 골반 넓이로 벌리고, 손은 명치에 가지런히 모으고, 눈을 감는다. 천천히 숨을 들이마시고, 내쉬다 보면 어느새 교실이 고요해진다. 아침에 버스를 잡아타느라 조마조마했던 마음, 학교까지 이어진 오르막길을 오르며 가빴던 숨, 더운 날씨에 등교하는 학생들이 교실에서는 시원했으면 하는 바람에 얼른 교실 문을 열고 에어컨을 눌렀던 바쁜 마음이 차분해진다.

"눈을 떠 보세요. 선생님은 이 자세를 하고 나니, 아침에 바빴던 마음이 차분하게 가라앉았어요. 여러분은 어떤가요?"

"선생님, 저는 아침에 뛰어왔는데, 마음이 고요해졌어요."

"반이 조용하니까 좋아요."

"아침에 엄마랑 싸우고 와서 기분이 진짜 안 좋았는데, 좀 괜찮아졌어요."

"저는 숨 쉬니까 좀 졸려요."

"하하, 숨을 깊게 들이쉬고 내쉬면 졸릴 수 있어요. 우리 여진이가 호흡을 아주 잘했구나. 더 졸리기 전에 다음 동작해 볼까요?"

완벽한 동작은 아니지만 몸을 늘리고, 균형을 잡다 보면 아침에 일어나 찌뿌둥했던 몸이 깨어난다. 여섯 동작을 마치고 나면 반은 고요하고, 아이들의 눈은 초롱초롱해진다. 학습하기에 최적의 상태가 되었다. 이 차분함이 배고픔으로 인해 사라지기 전에 얼른 국어 수업이나 수학 수업을 한다.

가끔 아침에 학교행사가 있어 아침 활동하지 못하고 1교시 수업에 들어가는 날이면, 아이들도 나도 마음이 붕 떠서 수업에 집중하기 힘들다. 몇

수 기간은 1년이며, 총 100시간을 진행합니다. 행복한 교실을 만들기 위한 상담 방법, 수업 방법, 학급 운영 방법을 배웁니다.

몇 아이들이 요가 언제 하냐고 묻는다. 그러면 수업을 잠시 중단하고, 아이들과 요가 동작을 몇 가지 한 뒤에 다시 수업을 진행한다. 학생들이 집중할 수 있는 상태를 만드는 아침 활동, 우리 반에 없어서는 안 될 코어(CORE) 근육이다.

아이들과 선생님이 함께 수업을 준비할 수 있는
아침 활동을 해 보세요.

1. 명상

눈을 감고 호흡하기만 해도 마음을 가라앉히고, 집중할 수 있는 상태를 만드는
데 도움이 됩니다.

실내화를 신지 않고 생활하는 교실은 바닥에 앉아 양반다리를 한 상태에서 척추
를 세우고 바른 자세로 앉아 눈을 감게 합니다. 골반의 위치를 알려 주시고, 척추
가 골반 바로 위에 있게 세워 보자고 말씀하시면 아이들이 바른 자세로 앉는 데
도움이 됩니다. 반에서 실내화를 신어야 하는 교실도 의자에 바른 자세로 앉아서
명상하면 됩니다. 유튜브에 '5분 명상'을 검색하시면 명상에 도움이 되는 잔잔한
음악들이 많습니다. 같이 틀어놓고 진행하시면 고요한 명상 시간을 만들 수 있습
니다.

2. 요가

정유진 선생님의 유튜브 채널(지니쌤TV)에는 교실에서 할 수 있는 요가 동작을
소개한 영상이 있습니다. 처음부터 완벽한 동작을 하려고 하기보다는 동작은 좀
엉성하더라도 편안하게 호흡하는 것을 강조하여 진행하시면 아이들도, 선생님도
차분한 마음을 가지는 데 도움이 됩니다. 혹시 요가에서 균형 잡기를 어려워하는
학생들이 있다면 엄지발가락 아래쪽에 힘을 더 주라고 말씀해 주세요. 발바닥에

힘이 있으면 균형 잡기가 훨씬 쉽습니다.

3. 책 읽기

화, 수, 목요일 아침 8시 50분이 되면 다 함께 책을 읽습니다. 다른 활동을 하지 않고 책만 읽을 수 있습니다. 선생님도 함께 책을 읽습니다. 칠판 앞에 의자를 놓고 책을 읽는데, 선생님이 책을 집중하여 읽는 모습을 보면, 아이들도 조용히 책을 읽으려고 노력합니다. 방학이 다가올 때는, 10분 책 읽기도 집중하기 어려워하는 아이들이 많아져서, 선생님이 책을 소리 내어 읽어 주기도 합니다. 국어 교과서에 일부분만 나온 이야기 전체를 읽거나, 저자 이시내의 『초등학생이 좋아하는 동화책 200』에서 소개하는 책을 읽습니다. 아이들이 소리 내어 자신이 좋아하는 책을 친구들에게 읽어 줘도 좋습니다. 친구가 좋아하는 책이라고 하면 아이들도 선생님이 읽어 줄 때보다 흥미를 갖고 듣습니다.

주책이다, 정말

_ 김보현

"사랑을 이야기하면
사랑을 하게 된다."
- W. G. 베넘

"선생님, 저것 좀 보세요!"

"선생님, 민율이가…."

"(울먹이며) 선생님, 민율이가 제 그림 쓰레기통에 버렸어요."

오늘도 조용할 리 없는 오후 수업이었다. 아이들이 완성하여 칠판에 붙여놓은 작품을 우리 반 특수 교육 지원 학생인 민율이가 하나씩 떼서 쓰레기통에 넣고 있었다. 나는 순회 지도하며 "모르겠어요."를 외치는 학생들에게 달려가고 있었고, 민율이는 친구들의 작품을 쓰레기통에 던져 골인하는 놀이 중이었다. 그걸 보는 학생들을 울상을 지으며 나에게 하소연했다. 정말이지 정신이 하나도 없었다.

이러한 일은 종종, 아니 매일 일어난다. 신규가 되어 특수 교육 학생을 맡을 것으로 생각하지 않았기에 나는 특수 학생을 어떻게 지도해야 할지에 대한 준비가 되어 있지 않았다. 그래서일까. 지금의 나는 내가 그려왔던 선생님의 모습과는 다르게 지치고 초라한 모습으로 교실에 서 있는 것 같았다. 그저 하루하루를 버티고 있었다.

교육대학교를 다니면서 내가 그나마 고민해 보았던 것은 '어떻게 하면 특수 교육 학생이 우리 반에 잘 적응할 수 있을까, 아니면 다른 아이들이 특수 교육 학생을 어떤 시선으로 바라보도록 지도할 것인가.' 등의 추상적이고 큰 고민이었다. 그러나 지금 현실적으로 마주하고 있는 것들은 훨씬 사소하고 잔잔하며 성가신 일들이었다. 수업 시간에 교실을 놀이터처럼 뛰어다니다 앞문을 '쾅쾅쾅' 하며 반복적으로 여닫는 일이라든지, 교실 놀이하며 칠판에 적어 둔 모둠별 점수를 갑자기 모두 지워버린다든지 하는 것들이었다. 점심시간에는 밥을 먹는 척 내 눈치를 보다 내가 잠시 한눈팔면 먹던 식판을 내버려두고 홀라당 운동장으로 도망가 버리기 일쑤였다. 앞에 서서 수업하고 있는 나를 갑자기 뒤에서 확 끌어안아 민율이와 함께 엉덩방아를 찧을 뻔했을 때는 정말이지 쌓여있던 스트레스가 터져 버릴 뻔했다.

장난꾸러기 민율이가 매일매일 사소한 장난으로 나와 우리 반 학생들의 관심을 끌 때마다 나는 내 마음속에 조금씩 응어리가 쌓이고 있는 것을 느꼈다. 내가 계획한 수업을 잘 마무리하는 것은 바라지도 않았으며, 그저 그날 하루가 민율이의 큰 장난 없이 무사히 넘어가기만을 바라던 나날이었다.

그렇게 내가 민율이에게 작은 화가 쌓이던 중, 어느 만들기 시간이었다. 양말과 솜, 고무줄만 있으면 쉽게 토끼 인형을 만들 수 있는 재미있는 활동이었다. 평소 같았으면 민율이가 참여하는 것을 크게 기대하지 않았겠지만, 이번만은 달랐다. 집에 갈 때 민율이 손에도 토끼 인형을 꼭 쥐어 주고 싶다는 마음이 들었다. 그러나 역시 예상한 대로 쉬운 일은 아니었다. 다른 친구들이 영상을 보며 차근차근 따라 하는 동안 민율이는 자기만의 작품을 만들었고 점점 토끼의 모습과는 멀어졌다. 내가 뺏어서 다시 이리저리 만들려고 하면 온갖 생떼를 부리며 다시 빼앗아 가 자신만의 예술을 펼쳤다. 몇 번의 실랑이 끝에 결국 내 욕심이었겠거니 하며 내버려두었다. 그리고 활동이 마무리될 때쯤 인형을 모두 제출하도록 했다.

그런데 웬걸, 평범한 토끼 인형들 가운데 독보적인 인형이 하나 있었다. 정확히 무어라 설명은 못 하겠지만 굳이 말하자면 스펀지밥의 뚱이 모양의 인형이었다. 무엇보다 남은 양말 한 짝을 잘라 꽤 창의적으로 인형의 옷을 만들어주었다. 카라가 달린 티셔츠와 목도리를 입은 인형은 나의 상상을 뛰어넘었다. 다시 한번 순간 민율이의 예술적 능력에 감탄했다.

너무 감동적인 나머지 나는 동학년 선생님들에게도 마구마구 자랑하고 다녔다.

"선생님들, 이거 보세요. 토끼 인형 만들기 할 때 민율이가 만든 건데 꽤 괜찮지 않아요? 남은 양말로 옷도 만들어주고 꽤 멋있는 인형이 나왔어요. 진짜 민율이 이런 쪽으로는 재능 있는 것 같아요."

"그래요…. 음, 멋지네요."

"선생님 근데… 주책이다. 정말(웃음)."

"네? 주책이요?"

주책이라….

　삼촌과 있었던 일화가 떠올랐다. 어느 명절날, 삼촌께서 7살짜리 딸이 남들보다 몇 개월 덧셈을 빨리 터득했다며 자랑했다. 아무래도 영재인 것 같다며 수학영재 중학교를 찾아보고 있을 때 속으로 '삼촌 진짜 주책이다.'라고 생각했다. 그런데 내가 주책이라는 말을 듣다니…. 삼촌은 자기 딸을 너무 사랑한 나머지 딸의 작은 한 걸음이 너무나도 큰 감동이었을 것이다. 내게 민율이도 그런 존재였던 것일까.

　매일매일 다른 친구들과 트러블을 만들고 나를 깜짝깜짝 놀라게 하며 내 스트레스 지수를 높이던 민율이를, 사실은 내가 사랑하고 있었던 것일까? 나를 보면 손잡아 달라며 팔을 쭉 내밀고, 어디 멀리 달아나 버려 잡으러 가면 비실비실 웃으며 내 품으로 들어오는 민율이었다. '주책'이라는 한 단어가 내가 민율이를 어떻게 생각하고 있었는지를 깨닫게 해 주었다.

　교실에서 다양한 일을 겪다 보면 순간의 짜증, 화, 스트레스를 느끼는 일이 잦다. 하지만 순간의 짜증과 화를 잠시 걷어내고 나면 내가 이 아이를 얼마나 예뻐하고 사랑하고 있는지를 깨닫게 된다. 이날 이후 내가 아이들을 주책맞을 만큼 사랑하고 있다는 믿음이 생겼고, 나는 조금 더 여유롭게 아이들을 대할 수 있었다.

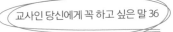

마음속으로 3초 세어보기

학교에서 아이들을 만나다 보면 화가 나는 일들이 참 많지요. 같은 말을 5번 해도 왜 다시 물어보며 내가 하는 말에는 도대체 왜 귀를 기울이지 않는지, 또 자기가 하고 싶은 말은 얼마나 많은지….

좋은 기회로 심리 검사를 해 보았는데 '분노' 영역이 위험군으로 나왔었습니다. 대학교 다닐 때까지만 해도 큰 소리 한번 내본 적 없고, '화'라는 게 뭔지 모르고 살던 제게는 너무나 큰 충격이었죠.

그때 이후로 저는 아이들에게 하고 싶은 말이 있을 때 일단 마음속으로 '3초'를 세어 본답니다.

이전에는 아이들을 보자마자 '지금 뭐 하는 거야? 선생님이 뛰지 말라고 몇 번을 이야기했니?'라고 큰 소리를 자주 내었었습니다. 하지만 3초를 세고 나니 '(하나, 둘, 셋) 얘들아. 선생님이 말했지요?'라며 은은하고 단호하게 변한, 제 모습을 볼 수 있었습니다.

순간의 감정을 참고 이성적이고 단호한 모습을 보이는 게 교사의 전문성 중 하나

가 아닐까 싶습니다. 3초를 기다림으로써 우리는 더 전문적인 교사가 될 수 있을 것입니다.

선생님이 되고 싶어요

_ 김서연

"너는 커서 뭐가 되고 싶니?"

어린아이라면 누구나 듣는 단골 질문이다. 그리고 난 항상 이렇게 대답했다.

"선생님이 되고 싶어요."

12살, 기억에 오래 남게 될 선생님을 만났다. 12살의 나는 새 교실에 앉아 떨리는 마음으로 곧 만나게 될 담임선생님을 기다리고 있었다. 같은 반 친구들은 어떤 선생님이 오실지 궁금한 나머지 교실 뒷문과 창문으로 고개를 내밀고는 목이 빠지게 복도의 끝을 바라보고 있었다. 나도 친구들 틈바구니에 끼어 소심하게 복도를 기웃거렸다. 그때 저 멀리서 4학년 때 영어를 가르쳐 주신 전담 선생님이 걸어오셨다.

"영어 선생님, 이번에 우리 학년 담임선생님 하시나 봐."

"우리 교실로 오셨으면 좋겠다."

모두가 매일 즐거운 수업을 준비해 주시고 우리에게 항상 친절하셨던 선생님이 담임선생님이 되기를 바라고 있었다. 나도 두근거리는 마음을 붙잡고 제발 선생님이 중간에 다른 반으로 들어가지 않으시기를, 우리 반으로 와주시기를 기도했다. 선생님은 가벼우면서도 경쾌한 발걸음으로 복도를 걸어오셨다. 그리고 환한 미소를 지으며 바로 앞 반을 지나쳐 우리 반으로 다가오셨다. 그 순간, 고개를 내밀고 있던 모든 아이가 환호성을 질렀다. 나도 작게 탄성을 지르며 올해 나의 담임선생님을 바라보았다. 선생님은 지금도 잊기 어려울 정도로 행복한 미소를 짓고 계셨다.

당연한 말이지만, 선생님의 얼굴에서 행복하고 설렜던 미소는 금방 걷혔다. 선생님은 교실에서 불같이 화를 내시거나 울기도 하셨다. 저경력 교사에게 한창 예민한 5학년은 지도하기 쉽지 않았을 것이다. 그래도 선생님은 우리에게 늘 정성을 쏟으셨다. 우리는 선생님 덕분에 다른 나라 화폐를 직접 보고 만지며 사회 수업했고, 여왕 피구나 슈퍼맨 피구처럼 온갖 종류의 피구를 다 해 보았다. 장애물 달리기 시합도 했었고 컵라면 파티도 했다. 발표 점수를 쌓아 원하는 자리를 고르는 학급 규칙도 재미있었다. 그중 가장 기억에 남았던 것은 선생님께서 일기에 매일 달아주시는 답글이었다. 일기 검사는 많이 받아 보았지만, 선생님께서 답글을 달아주시는 건 처음이었다. 마치 상상하지도 못하던 선물을 받은 기분이었다. 너무 기쁘고 행복한 마음에 그 답글에 또 답글을 달았다. 그때는 선생님과 단둘이 이야기하는 것 같아 마냥 설렜는데 교사가 된 뒤에야 스무 명이 넘는 아이들 일기장에 몇 번이나 답글을 다셨던 선생님의 노고를 알게 되었더랬다.

각설하자면 난 정말 선생님을 좋아했다. 그리고 우리와 함께하는 선생님도 행복해 보였다. 늘 웃는 선생님을 보면서 나는 교사라는 꿈을 꾸게 되었다. 교사가 되면 우리를 처음 보던 날 선생님이 짓던 설레는 미소를 나도 지을 수 있을 것 같았다. 그리고 우리 선생님이 내게 꿈을 심어 준 것처럼 나도 다른 사람이 꿈을 꾸게 할 수 있을 것 같았다.

선생님을 만난 뒤로 나는 항상 선생님이 되고 싶었고 교사가 되기 위해 정말 열심히 공부했다. 대한민국의 고등학생이라면 누구나 그랬겠지만, 잠을 줄여 가며 공부했고 동아리 활동이며 봉사며 내가 할 수 있는 모든 것을 했다. 절대 다시 돌아가고 싶지 않은 치열하고 성실한 날들을 보냈다. 꿈에 그리던 교대에 합격하던 날은 너무 기뻐서 울었다. 임용을 통과하던 날에도 뿌듯한 성취감이 들었다. 학창 시절에 대한 후회는 조금도 들지 않았다. 소중한 꿈을 위해 최선을 다해 노력하고 마침내 이루어 냈던 경험은 내 인생에서 가장 큰 파동이었다. 나는 마침내 교사가 되었다.

교사가 된 뒤로는 하루하루가 바빴다. 아는 사람 하나 없는 타지에서의 생활이 시작되었다. 발령받고, 집을 구하고 출근하는 날들이 몰아닥쳤다. 나만을 바라보는 스무 쌍도 넘는 눈동자와 매일 준비해야 하는 수업들에 정신이 없었다. 하지만 인간은 적응의 동물이라고 했던가. 긴장되고 분주한 날들은 순식간에 지나갔다. 그리고 나는 예상했지만, 놀라운 사실을 깨달았다. 교사가 된 나는 더 이상 노력할 필요가 없었다.

이렇게만 말하면 전국에 계신 늘 연구하며 노력하시는 선생님들께 실례이기 때문에 급히 설명을 덧붙이겠다. 교사의 주 업무는 생활지도와 수업이라고들 한다. 이 중 생활지도는 반복과 인내이다. 아이들이 바람직한 사회 구성원으로 성장하기 위해 갖추어야 할 덕목을 반복적으로 지도하는 것이다. 따라서 어느 정도 패턴이 정해져 있다. 아이들은 매일 비슷하게 행동한다. 소리 지르기, 뛰어다니기, 가끔은 뛰어내리기. 물론 어렵지만, 마음을 가다듬고 부드럽지만 단호하게 매일 같은 말을 하면 되는 것이다. 또 하나의 업무, 수업은 더욱 패턴이 정해져 있다. 세부 내용과 활동은 매번 바뀌지만, 도입부터 정리에 이르는 큰 흐름은 고정적이다. 위와 같은 이유로 대다수 직장인이 그러하듯 교사 또한 취업 이후에 인생 일대의 도전을 할 일은 많지 않다. 매일 해야 하는 공부도, 내 인생을 결정짓는 중요한 시험도 없는 나날. 이 얼마나 평온한지. 그러나 나는 도전할 것 없는 날들이 조금, 심심했다.

교사가 되기 전 학생일 때는 모든 것이 명확했다. 하고 싶은 일과 해야 하는 일이 정해져 있었고 나는 그저 주어진 일을 성실히 하면 되었다. 교사가 되는 것. 꿈을 이루는 것. 그 뒤의 일은 미처 생각해 보지 못했다. 오르고 싶었던 정상에 정신없이 오르고 나자, 눈앞에 탁 트인 평원이 나타났다. 더 이상 오를 수 있는 곳이 보이지 않았다. 아니, 너무 많았던가? 분명한 건 이제 전처럼 강렬하게 이루고 싶은 목표가 선명하지 않다는 사실이었다. 처음에는 편안했지만 이내 심심해졌다. 이전처럼 치열하게 살고 싶지는 않았지만, 너무 무료한 것도 지루했다. 뭔가 새로운 도전이 필요했다.

물론 12살 때처럼 나를 푹 빠져들게 하는 꿈이 나타나지는 않았다. 그런데도 주위를 주의 깊게 들러보니 그간 보이지 않았던 새로운 일들이 눈에 들어왔다. 아침마다 조깅하고 자전거를 타는 사람들이 보였다. 그래서 처음으로 달리기를 시작해 보았다. 그리고 반년 만에 무릎이 시려 그만두었다. 다음으로는 같은 학년 선생님께서 보드게임 연구회를 한다고 하셨다. 내게도 제안해 주신 덕분에 연구회에도 참가해 보았다. 다행히 아직 즐겁게 배우고 있다. 그다음으로는 친구에게 독서를 추천받았다. 덕분에 몇 달만에 책을 읽었다. 그리고 그 책을 몇 달째 읽고 있다. 또 그다음으로는 선배 교사가 수업에 AI 프로그램을 적용하는 것을 보았다. 마침, 진도가 여유로웠던 터라 잽싸게 따라 해 보았다. 결과는 만족스러워서 내년에도 활용할 계획이다.

내 새로운 도전 중에는 중도에 그만둔 것도, 현재까지 이어지고 있는 것도 있다. 그런데도 그 모든 도전의 공통점을 꼽자면, 나라는 사람을 이해하는 데 도움이 되었다는 것이다. 나는 스스로를 나름 잘 안다고 생각했으나 무언가에 도전하니 처음 보는 내 모습을 발견할 수 있었다. 나는 생각보다 무릎 관절이 약했고 보드게임을 나쁘지 않게 했다. 문학이든 비문학이든 과학과 연관된 책을 가장 좋아했고 걱정했던 것만큼 기계를 못 다루지는 않았다. 그리고 이러한 앎은 한 인간으로서 나를 이해하는 것을 넘어 교사로서 내 미래를 그릴 수 있게 해 주었다. 운동하다가 그만두니, 체육 시간에 아이들보다 내가 더 먼저 지쳤다. 나와 아이들 모두를 위해 운동하는 교사가 되어야겠다고 생각했다. 보드게임 연구회에서는 교과 수업과 연계하기 좋은 게임을 알아냈다. 내년에 꼭 아이들과 함께해 볼 것이다. 과학책을 읽다가 국어 동시 쓰기에서 활용하면 좋을 창의적 글쓰기 방법을 발견했다. 잊어버리지 않게 메모해 두었다. 아이들은 AI 기반 코스웨어를 활용할 때 높은 집중력을 보여 준다. 적절하게 사용한다면 학습 동기를 끌어올리면서도 맞춤형 수업을 구현할 수 있을 것이다.

요즘은 짧게는 한 달에 한 번, 길게는 분기에 한 번 교사로서 내 일상에 변화를 주려 노력하고 있다. 학창 시절처럼 절박한 도전은 아니지만 소소하고 작은 도전을 이어 나가는 것이다. 학생일 때의 도전이 교사인 나를 완성했다면, 교사가 된 후의 도전은 내가 어떤 교사가 될 것인지를 결정하고 있다. 내 작은 도전이 나와 아이들의 교실에 자연스레 흘러들어오는 모습을 보면, 선생님이 된 지금도 더 나은 교사가 되기 위해 노력해야 할 것이 많다는 생각이 든다. 평화롭지만 작은 도전이 함께하는 하루를 보내면 문득 내게 꿈을 안겨주셨던 선생님이 떠오른다. 내 12살이 매일 즐거웠던 것도 그때 담임선생님께서 교실에 새로운 수업과 활동을 자주 불러오셨기 때문이 아닐까. 선생님께서도 매일 새로운 도전을 하고 계셨을 것이다.

교사가 되기 전의 나는 '교사'라는 너무나 정확한 목표가 있어 목표를 이루기 위해 한 발짝씩 나아갔다. 그러나 교사가 된 후의 나는 여기저기 한 발짝씩 내디디며 내가 어떤 교사가 되어야 할지 조금씩 알아가는 중이다. 물론 가끔은 발을 내디딘 곳이 너무나 무른 땅이라 발이 쑥 빠져 진흙투성이가 될 때도 있다. 야심 차게 만든 학급 규칙이 우리 반 아이들에게는 잘 맞지 않거나, 학급 보상을 잘못 정하는 일도 있었다. 하지만 교사라는 직업의 장점 중 하나는 실수를 만회할 기회가 많다는 것이다. 실수가 치명적인 결과를 불러올 수 있는 다른 직업과 달리 교사는 평소 내가 아이들과 쌓은 신뢰에 기대 순간의 잘못을 바로잡을 수 있다. 얼마나 다행인지. 실수가 있더라도 다음 실패를 두려워하지 않고 끊임없이 도전한다면 교사로서 또 다른 목표를 찾을 수 있으리라 믿는다. 뒤돌아보았을 때 좋은 교사, 훌륭한 학급과 전혀 상관없는 곳에 찍힌 발자국도 있겠지만 그곳을 내디뎠기에 방향을 바꿀 수 있었을 것이다. 지난날이 교사가 되기 위해 노력하는 시간이었다면, 요즘의 나는 내가 어떤 선생님이 되어야 할지 고민하고 도전하고 있다. 아직 좋은 교사가 되기 위한 내 도전은 아주 작고 사소한 것이다. 그런데도 '교사'라는 정해진 길만 달렸던 지난 시간과 달리, 어떤 교사가 되고 싶은지 고민하며 내키는 대로 뻗는 이 걸음이 무척이나 재미있다. 나는 아직도 선생님이 되고 싶다. 늘 노력하고 아이들에게 사랑을 주는 선생님이 되고 싶다.

무언가를 도전해 보세요.

흔히 직업으로서 교사의 장점은 안정성이라고들 합니다. 저도 안정성을 참 좋아합니다. 내 삶이 위태롭지 않고 평온하다는 것은 그 자체로 사람에게 여유를 주는 것 같습니다. 그러나 안정적이라는 것은 바꾸어 말하면 변화가 없이 고이게 된다는 것입니다. 굳이 경쟁하지 않아도, 일에 파묻혀 노력하지 않아도 별다른 문제가 생기지 않습니다. 저 역시 처음에는 이 고요가 반가웠지만, 하루하루 시간을 쪼개어 보내며 성취감을 느꼈던 때가 문득문득 떠올랐습니다. 결국 누군가는 스스로 불러온 재앙이라고 할지언정, 교사 생활을 하며 제게 오는 기회들을 되도록 붙잡으려 하고 있습니다.

그 예시로, 이 글을 쓰는 것도 제게는 하나의 도전입니다. 물론 '내가 대체 이걸 왜 시작했지?'라는 마음이 들 때도 있었습니다. 그러나 무엇이든 한 번 시도해 보고 나면 어떠한 형태로든 내 삶에 남게 되었습니다. 나와 맞는 일이든 맞지 않아 중간에 그만둔 일이든 모두 도움이 되었고 제 삶을 풍성하게 해 주었습니다. 이러한 경험을 바탕으로 때로는 귀한 사람을 만나기도 하고, 제 교실을 보다 발전시킬 수도 있었습니다. 매일 같은 수업, 같은 환경에 권태를 느끼신다면 지금까지 해 보지 않았던 새로운 도전을 시도해 보시기를 조심스레 추천해 드립니다. 작게는 늘 한꺼번에 처리하던 공문을 읽어보는 것부터, 크게는 새로운 취미를 가져보는 것까지. 이 글을 읽으시는 분의 삶이 더 행복하고 다채로워지기를 바랍니다.

여백으로 시작해요

"아이들은 3가지를 통해 배운다.
본보기를 통해, 본보기를 통해, 본보기를 통해."
- 슈바이처

2월이 되면 새 학기 준비로 교실은 바빠진다. 학년 발표가 2월 중순에 나니 교과 준비도 어찌 보면 그때부터 시작이다. 미리 준비하고 싶어도 마음만 앞설 뿐 대부분 학년 발표 이후 부랴부랴 준비한다. 방학 기간 새 학년 새 학기 맞이할 준비를 하고 있다는 명목으로 나에게 충분한 시간을 준다는 나름 합리적인 근거를 열심히 찾으면서.

초임 교사 시절에는 뭘 준비해야 할지 모른 채 시간이 흐르기 바빴다. 그저 남들이 좋다고 하는 것을 함께 준비하고, 양식 받아 가며 출력, 오리기, 붙이기, 코팅 등을 하느라 많은 시간을 할애하였고, 학기 초 아이들 맞이할 것, 교과 준비 등 아이들 만날 때까지 분주 또 분주한 하루하루를 보냈던 시절이었다.

경력이 조금씩 쌓이면서 나는 오히려 준비보다는 생각에 많이 빠진다.

'올해 아이들과는 어떤 색깔로 어떤 옷을 입고, 어떤 활동으로 어떤 한 해를 보낼까?'

방향을 잡고 그에 대한 가지치기를 한다. 아날로그 방식을 좋아하는 나에게 4절지 도화지는 매력적인 도구이다. 가운데에 큰 원을 그리고 '밀알반 19기'를 적은 다음 서서히 가지를 뻗쳐간다.

▶ 3월 첫 만남 프로젝트(2주 동안 핵심적인 학급경영 만들기)
 - 1일 차 : 칠판 아침 편지, 선생님 진진가, 한해살이 안내, 질문지를 뭉쳐라, 모닝 페이지 작성 요령, 그림책 『강아지똥』 낭독, 생활지도, 교실 놀이, 개인 사진 촬영
 - 2일 차 : 한 문장 완성, 자리 교체, 타임캡슐, 그림책 『틀려도 괜찮아』 낭독
 - 3일 차 : 교실 속 대원칙, 청소 특공대, 모둠 판 제작, 그림책 『점』 낭독
 - 4일 차 : 문제해결 8단계 지도, 의미 있는 역할 선정, 듣기의 4단계, 나 소개하기, 사물함 디자인, 그림책 『에드와르도 세상에서 가장 못된 아이』 낭독
 - 5일 차 : 모둠 공전 자전, 습관 프로젝트 1단계(알림장 체크) 안내, 학급 울타리(규칙 정하기), 학급 비전 세우기, 콜버그 도덕성 6단계 제시, 좋아해 회의, 그림책 『글쓰기 왕 랄프』 낭독

▶ 아침 루틴
 - 칠판 아침 편지, 아침 10분 독서, 모닝 페이지(아침 글쓰기) 작성, 작은 성공 노트, 5분 청소, 아이비리 6가지, 알림장 체크, 오늘의 사랑이

▶월간 루틴

- 월초 : 자리 변경, 의미 있는 역할 변경, 모둠 판 제작, 월간 목표(원씽)
- 월말 : 모둠 졸업식, 이달의 사랑이/성장이, 명예의 전당, 월간 동시 쓰기, 모둠 신문

▶생활지도

- 놀이 고수 6단계, 문제해결 8단계, 특색 있는 주간학습 안내, 청소 특공대, 좋아해 회의

▶월별 특색 활동 및 색깔 있는 교육활동

- 인생 그래프, 숨은 스승 찾기, 부모님/자기 상장 만들기, 드림보드/비전보드 제작, 어미 닭을 품다, 상상 여행, 선생님 사용 설명서, 숙명의 키워드, 박스 단체 사진 촬영, STC 버튼 만들기, 손바닥 다짐/비전트립/하트, 드림카드 등

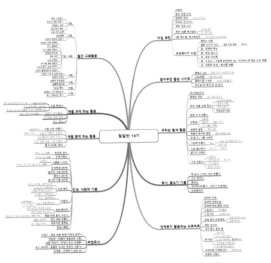
밀알반 19기(2024년 3학년) 학급활동 마인드맵

　막상 가만히 앉아 하나씩 작성해 보니 그동안의 교직의 삶이 뿌듯하기도 하다. 개인 성향상 무언가를 미리 준비하는 것이 부족하다는 것을 인정하고 나만의 색을 찾고자 무진 애썼다. 고수 선생님들의 학급 경영책을 읽고, 또 읽으며 내가 할 수 있는 부분과 없는 부분을 나누고, 연수를 듣고 또 들으며 좀 더 나은 교사가 되고자 이리 뛰고 저리 뛰고 한 20여 년의 삶이었다.

　이제는 누군가를 도울 수 있는 위치까지 되어 학급경영 연수 지원도 해 준다. 이때 처음부터 마지막까지 강조하는 것이 '여백'이다.

　"선생님! 너무 많이 준비하려고 에너지를 쓰지 마세요. 천천히 아이들과 만들어 가면 됩니다. 그러기 위해서는 방향 잡기가 중요하죠. 우리 반이 어떤 반이 되고 싶은지. 선생님께서 먼저 생각해 보시고, 아이들과 하나씩 채워 가면 됩니다. 백지로 시작하는 거예요. 빈 여백을 아이들이 채워주니 함께 성장하는 학급이 될 것입니다."

위에 기술한 다양한 활동은 모두 교사인 내가 엄청나게 사전 준비해서 이뤄지는 것이 아닌 바로 투입할 수 있는 기술이다. 학급경영도, 수업도 수영과 똑같다. 힘을 빼야 오래간다. 오래가야 버틸 수 있고, 내공을 쌓을 수 있다. 내공이 쌓이면 교직 자존감도 높아진다. 자존감이 높아지면 이제 충분히 어느 학년, 어느 학교에 가든 자립할 수 있고, 더불어 누군가를 도울 힘도 생겨 기여도 할 수 있다. 자립과 기여! 내가 주요하게 여기는 키워드는 이 두 가지다. 이 두 가지가 있느냐 없느냐에 따라 앞으로 살아갈 교사의 모습은 판이하다.

그동안 나에게 힘이 되어준 소중한 글귀들이 많다. 그중의 몇 가지를 나누고 싶다.

"교사가 된다는 것의 최고의 매력은 교직이 중요한 일이며
특히 학생에게 변화를 가져온다는 점이다. 교직이 어려운 이유는
단 하루도 빠짐없이 중요하기 때문이다."
-『훌륭한 교사는 무엇이 다른가』 토드 휘태커

여기에 토드 휘태커는 아이들의 마음을 얻고, 그다음에 가르치라고 하며 서투른 교사를 넘어 훌륭한 교사로서 나아가는 가장 핵심적인 문구를 제공한다.

서투른 교사는 교사를 따르지 않는 한두 명의 아이에게 집중하고, 훌륭한 교사는 교사를 따르는 더 많은 아이에게 집중한다는 것이다. 종종 서투른 교사는 교사를 따르지 않는 한두 명의 아이 때문에 모든 아이를 날 선 칼 위에 서 있는 긴장 속에 살아가게 한다고 하니 내 모습을 들킨 것 같은 느낌이 들 때도 있었다.

매년 초가 되면 반드시 읽는 책들이 있는데 그중 하나가 야누슈 코르착의 『야누슈 코르착의 아이들』이다. 매년 읽은 이유는 읽으면 읽을수록 아이들에 대한 그의 통찰력과 이해심 덕분에 고개가 숙어지기 때문이다.

"자기 자신을 찾으려 애쓰고 스스로 길을 찾아가세요. 아이들을 알려고 하기 전에 자기 자신을 알려고 애쓰세요."

아이를 가르치려는 것이 먼저가 아닌 자신을 이해하기 위해 노력하니 조금씩 교육이란 것이 무엇인지를 알게 되고 실천하게 된다.

"녀석을 고쳐 주어야 한다 생각하고 바라볼 땐 녀석의 모든 행동이 오답이었는데 '녀석이 정답이다'라는 눈으로 바라보니 녀석의 모든 행동이 위대하다."

김선미 작가는 『지랄발랄 하은맘의 닥치고 군대 육아』를 통해 이렇게 뼈 때리는 조언으로 내 교육 철학에 살을 덧붙여 줬다.
그 밖의 무수히 많은 책, 사람, 경험으로부터 배운 것이 많았지만 위 야누슈 코르착의 한 문장이 뇌리에 깊이 남았다.

"아이들을 알려고 하기 전에 자기 자신을 알려고 애쓰세요."

나를 알기 위해서는 모든 힘을 빼고 오롯이 '나'에 집중해야 한다. 나의 강점과 약점은 무엇인지를 알고, 내가 좋아하는 것, 의미 있어 하는 것, 관심 있어 하는 것은 어떤 것이 있는지 도화지에 스케치하면서 나만의 윤곽을 만들어 간다. 스케치가 완성되면 조심스럽게 색을 입혀 가며 하나의 작품을 완성하듯 그렇게 나만의 교직 생활을 만들어 가는 것이다.

경력이 쌓여도 매년 새롭고 배워야 할 것이 많다. 새롭게 만나는 아이들, 학부모, 업무, 학년, 그리고 나의 삶! 나를 잃지 않고 교직에서 좋은 에너지를 만들어 가며 그 에너지는 곧 학급 아이들에게 흘러가니 어느 것 하나 버릴 것이 없다. 매 순간 새로운 것들로 채우고 비우기를 반복한다. 비어 있던 여백이 어떤 색으로 채워질지 기대하는 마음으로 오늘도 나아간다.

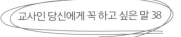

인생 책 3권을 소개합니다.

연수도 좋지만, 책을 통해서도 많은 것을 배우고 익힐 수 있습니다. 32살에 처음으로 독서를 시작해서 지금 독서 나이 14살이 되었습니다. 그 사이 책을 통해 많은 간접경험을 할 수 있었고, 무엇보다 교직에 있어서 많은 변화가 있었습니다. 변화를 이끌어준 책 3권을 소개합니다.

1. 『카네기 인간관계론』 데일 카네기
교사의 삶은 학생, 학부모, 교사 등 인간관계의 모든 것에 연결되어 있습니다. 그러기에 사람의 심리를 파악하는 것이 중요하고, 좋은 관계를 유지하는 기술도 필요하죠. 이 책을 읽고 관계가 회복되고 발전되어 갈 수 있었습니다. 인간관계의 핵심을 꿰뚫는 데일 카네기를 만날 수 있습니다.

2. 『야누슈 코르착의 아이들』 야누슈 코르착
아이들을 이렇게 사랑할 수 있을까요? 좋은 교육자를 넘어 위대한 교육자를 만났습니다. 훌륭한 교사들이 이 책을 많이 강조한 이유를 알았습니다. 이 책 덕분에 아이들 한 명 한 명을 바라볼 수 있었고, 존재의 가치를 발견할 수 있었습니다. 매년 2월이 되면 새로운 아이들을 만나기 전 이 책을 꼭 읽는 이유입니다.

3. 『내 인생 5년 후』 하우석

교육이 아무리 중요해도 교사 자신의 삶이 바로 서지 않으면 쉽지 않은 것이 바로 교직입니다. 이 책을 읽으며 제 삶에 대해 더욱 집중할 수 있었습니다. 미래가 두렵기보다는 기대감이 부풀었고, 제목에 나와 있듯이 이 책을 만난 후 5년이 지난 지금은 점점 성장하는 교사로 나아갈 수 있었습니다.

저경력 교사가 저경력 교사에게

_ 김현정

> "교육은 많은 책을 필요로 하고,
> 지혜는 많은 시간을 필요로 한다."
>
> - 톨스토이

지금 이 책을 읽는 여러분들의 가장 큰 고민은 무엇인가?

나의 가장 큰 고민은 꿈이 없다는 것이다. 초등학교 3학년 때 무작정 가졌던 초등교사 꿈은 나의 13년 동안의 꿈이었다. 임용고시를 통과하고 교사가 된 지금, 나는 나의 인생 꿈을 이룬 대단한 사람이다. 이전에는 꿈을 이루고 나면 모든 게 행복하고 뿌듯한 삶을 살 줄 알았다. 13년 동안 수많은 중간고사와 기말고사, 수행평가와 수능, 임용고시까지 난 교사가 되기 위해 나의 온 인생의 노력을 쏟으며 살았기 때문이다. 그렇지만 지금의 나는 꿈을 이뤄서 행복한 사람보다 빈 공간에 덩그러니 서 있는 사람이 되어 버렸다. 어디로 가야 할지, 무엇을 해야 할지 모르며 그것 또한 아무도 알려 주지 않는 곳에 멈춰 서 있다.

그렇다면 꿈을 가지면 되는 게 아닐까. 신규 교사 시절 나는 공부에 질려 버려서 한동안은 공부가 그냥 너무 하기 싫었다. 그래서 대학원도, 연수도, 그 어떤 공부도 하지 않았다. 그저 친구들과 놀고, 술을 마시며 휴식만 취했다. 대학 시절 수업 활동 구상을 좋아하고, 교구 만들기도 좋아했지만 보상심리만 작용해 인디스쿨에 기생해서 살았다. 그렇게 살아 보니 지금도 여전히 빈 공간에 방향을 잃고 서 있는 중이다. 발전도 없고 퇴보도 없는 제자리걸음 중이다. 레드벨벳 조이가 "꿈이 없는 어른은, 바보 어른이다. 무엇이든 도전해 보고, 하고 싶은 일들을 다 하는 삶을 살아야 한다."라고 말한 영상이 있다. 그렇다. 나는 나의 첫 번째 꿈만 이룬 바보 어른이다. 직업적인 목표만 이뤘지, 또 다른 내 꿈을 찾지 못했다. 이제는 달라져야겠다는 생각이 든다. 특히 하루하루 열심히 사는 우리 동학년 신규 선생님들을 보면서 매번 드는 생각이다. 펑펑 놀기만 했던 나와 달리 우리 신규 선생님들은 함께 연구회를 나가고 운동도 다니면서 운전 연수도 받고 서로의 발전을 위해 함께 의지하고 도와주고 있다.

  내가 다시 신규 교사로 돌아간다면, 3가지 일들은 꼭 하면서 시간을 보내고 싶다. 물론 꿈을 이룬 저경력 교사분들께 당장 공부해라, 쉬지 말고 도전하라고 하고 싶지는 않다. 어디까지나 휴식을 취하고 꿈을 이룬 나에게 충분한 보살핌을 주면서 조금씩 해 보라는 것이다.

  첫째, 업무포털을 매일 확인해라. 그때에는 어느 공문까지 공람해야 하고, 공문은 어떻게 쓰며, 처리하는 방법까지 낯설어서 업무포털을 들어가는 일이 적을 것이다. 나 역시도 공람함을 잘 열어보지 않는 사람이었다. 들어가도 무슨 말인지 모르겠고, 나랑 관련이 안 되어 있는 것 같아 일괄처리만 누르다가 나온다. 하지만, 공람함에는 교사들을 위해 다양한 정보와 재미난 연수 및 지원단에 대한 글이 많이 올라온다. '아무것도 몰라서 아무것도 할 수 없어요.'라고 생각하고 있다면 나처럼 평생 바보 어른으로 자랄 것이다. 아무것도 모르기 때문에 다양한 활동에 참여하며 내가 어떤 교사이고, 어떤 분야에 관심이 있는지 찾아봐야 한다. 공람함에는 그러한 다양한 기회를 주고 있다. 또한 부수입, 해외에서의 직장을 꿈꾸는 교사들도 공람함을 살펴보면 참여할 수 있는 것들이 많이 있다. 들어가서 꼼꼼히 확인하고 날짜만 맞는다면 참여해 보는 것이 좋을 것 같다.

둘째, 다양한 연수를 들어라. 공람함에 들어가는 것과 일맥상통하는 얘기이긴 하지만, 이 역시 다양한 연수로 나의 견문을 넓히라는 취지이다. 선생님이 필요한 정보를 제공해 줬던 학생 때와 달리, 어른이 된 우리는 스스로 정보를 찾고 알아서 기회를 잡아야 한다. 그 정보를 어디서 얻을 수 있나? 바로 다양한 연수이다. 연수라고 해서 꼭 교육에 관련된 연수만 있는 것은 아니다. 내 친구들의 경험에 따르면, 스키 연수가 있어 스키장에서 스키를 타고 같이 간 선생님들과 즐거운 추억을 쌓는 연수도 있고, 현장 체험학습 관련 연수를 듣기도 한다. 함께 서울 경복궁부터 여러 체험학습 장소를 둘러보며 선생님들끼리 활동하고 구경하는 루틴이다. 이 연수를 듣고 나면 주말에 신청한 학생들의 강사로 채용되어 부수입을 얻을 수도 있다고 한다. 또한 실제 수업을 위한 연수들도 많다. 학급에서 에듀테크를 적용한 수업을 하고 싶은 선생님들을 위한 AI, 에듀테크 연수들도 많이 생겨나고 있다. 또한 인디스쿨에서 자료 올려주시는 걸로 유명한 선생님들께서도 꾸준히 연수를 진행하고 계신다. '행복한 김쌤'이라고 고학년 국어, 사회, 도덕으로 유명하신 선생님이 계시는데, 5학년 한국사 수업을 고민하는 선생님들께 수업 방법, 수업 자료에 대한 연수를 진행하신다. 3시간을 들었는데 유익하면서 자료도 얻을 수 있고, 학생들에게 어떤 방법으로 가르쳐야 하는지 나의 방향성도 잡을 수 있었다. 교사의 자기 계발을 위해서 여러 기회가 제공되고 있다. 준비해야 할 것은 나의 의지뿐이다. 하고자 하는 의지만 있다면, 내가 관심 있는 분야를 골라 연수를 들으며 그 분야의 전문가가 되어 보는 건 어떨까.

셋째, 운동해라. 솔직히 퇴근하고 나면 힘들고, 지쳐서 운동보다는 휴식, 카페, 친구들과의 약속이 더 생각날 것이다. 또한 공람함, 연수를 듣기에는 퇴근해서도 학교 생각하는 느낌이 들어 힘들어하는 분들도 있을 것이다. 하지만 장기적으로 보아 운동은 나의 건강에도, 나의 교직 생활에도 도움이 되는 것 같다. 운동에는 다양한 종목이 있다. 헬스, 필라테스, 테니스, 러닝, 사이클 등 조금씩 맛보기 체험하면서 나에게 가장 잘 맞는 운동을 골라야 한다. 운동은 운동하러 가기까지 귀찮고, 막상 하면 너무 힘들어서 싫을 순 있지만 그 순간만큼은 학교 고민을 털어버릴 수 있고 온전히 나에게 집중할 수 있다. 온종일 아이들을 위해 움직이고 고민했던 나에게도 나를 위해 무언가를 해 줄 필요가 있다. 힘든 금쪽이를 생각하면서 테니스공을 치고, 몇 시간 동안 러닝을 하면서 나를 괴롭혔던 민원 전화 내용을 잊을 수 있다. 또한 운동으로 체력이 길러져 학교에서는 아이들과 더 잘 놀아줄 수 있다. 내 교직 인생 중 딱 1년 빼고 운동을 꾸준히 했었는데, 그 1년 동안은 점심 먹고 나면 너무 졸려서 잠 깨기에 바빴다. 마찬가지로 아이들이 하교하면 방전이 되어 입 벌리고 의자에서 기절한 적도 많다. 운동을 시작한 이후로는 고단함을 크게 느끼지 않는다. 그럴 뿐만 아니라 아이들의 위험한 행동을 제지하기에도 도움이 된다. 운동하지 않았다면 아무렇게나 휘두르는 4학년 남학생의 팔과 다리를 제압할 수 있었을까. 아이들과의 팔씨름, 술래잡기와 같이 몸으로 놀아줄 수 있는 체력과 힘이 생기니 아이들, 특히 남학생들과의 신뢰감 형성에도 큰 도움이 되었다.

'탈출은 지능 순'이라는 말이 많이 나오는 요즘, 많은 민원과 금쪽이들로 힘들어하는 선생님들이 많을 것이다. 탈출을 희망하는 분들이라면 자신과 더욱 어울리는 직업군을 발견해 보시고, 교직에 남고자 하는 선생님들이라면 학생들에게만 올인하지 말고 나의 계발을 위해 힘쓰라고 말씀드리고 싶다. 물론 나 역시도 위의 세 가지를 지금부터 아주 천천히 해 나가고 있다. 그래서 이 글을 쓰고 있는 게 맞는지, 내가 누군가에게 도움이 될 만한 사람인지 모르겠지만, 이로써 나는 또 다른 도전을 해 보고 어딘가로 나아가는 어른이 되어가고 있다. 남의 아이를 좋은 길로 이끌어 주는 우리의 삶. 퇴근 이후에는 나를 위해 쓰고 나의 꿈을 좇는 삶을 사셨으면 좋겠다. 지금부터 조금씩 나를 위해 산다면 고경력이 된 나의 모습은 지금과 꽤 많이 달라져 있지 않을까?

신규 교사를 위한 조금의 팁

1. 모르는 것이 있다면 꼭 옆 반에 물어보자

모르는 사람들끼리 머리를 맞대서 고민해 본들 정답인지 모른다. 옆 반 선생님들도 일하시느라 바쁘긴 하지만 그 누구보다 알려 주고 도와주는 걸 좋아하시는 분들이다. 모를 때에는 주저하지 말고 여쭤보고 해결해라. 업무는 업무부장님께, 학교생활 전반은 옆 반 선생님께, 교육과정, 수업 등 관련은 학년 부장님과 동학년 선생님께 가면 해답을 얻을 수 있다.

2. 학급문고는 도서관에서

학급 물품도 준비된 게 없고, 학급을 꾸미는 데에도 부족한 학급운영비. 다른 반들에는 학급문고가 가득한데 책을 살 여유도, 어떤 책을 사야 할지도 모르겠다면 도서관으로 가자. 사서 선생님께 말씀드리고 약 20-30권 정도의 책을 한 달가량 빌려 학급문고로 사용한다. 도서관에는 학년별 권장 도서도 많고, 교과서와 연계된 도서도 많다. 그뿐만 아니라, 중, 고학년에서는 1인 1역으로 학급문고 관리와 도서 변경 역할을 부여하면 아이들이 더 신나게 고르고 읽을 흥미를 가진다.

3. 교사들의 사무용품은 교무실, 행정실로

관리자들을 만나러 갈 때 필요한 결재 파일, 분필, 보드마카, 각종 포스트잇과 볼

펜 등 학교생활을 하는 데에 사무용품이 매우 필요하다. 하지만 이러한 사무용품을 사기 전에 미리 교무실이나 행정실에 가서 여분이 있는지 확인하는 게 좋다. 모르고 다 사 버렸는데, 알고 보니 교무실에 다 준비가 되어 있었던 나의 옛날이야기.... 그래도 학교마다 다르니, 꼭 확인해 보고 받을 수 있는 사무용품은 야무지게 챙겨서 사용하기!

4. 마이크 사용하기

'설마 내가 목이 아프겠어?', '성대결절 온 선생님들은 얼마나 열심히 하셨으면 그럴까.'라고 생각했던 내가 3년 차부터 목소리가 달라지더니 나의 예전 목소리로 지금까지 돌아오지 않고 있다. 그리고 성대결절이 찾아왔고 목이 제일 약해져서 조금만 무리해도 목이 쉬고 갈라진다. 평생 목을 사용해야 하는 이 직업에는 마이크를 꼭 사용하는 것을 굉장히 추천한다. 마이커프로의 마이크를 추천한다. 가격대가 있지만 고장도 잘 나지 않고 음질도 좋으며 평생 사용할 거 좋은 것을 구매하는 게 좋을 것 같다. 그리고 따뜻한 물을 자주 마시고 최대한 말을 줄이고, 소리 지르지 않도록 조심하자.

무럭무럭 자라는 어린이

"어린이가 충고에는 귀를 막을 수 있지만
본보기에는 눈을 감지 못한다."

- 유대인 격언

올해 맡은 반에는 선생님 껌딱지가 살고 있다. 이 껌딱지는 낯선 환경을 매우 무서워해서 교사의 손을 잡고 진정하는 학생이다. 그동안 경험해 보지 않은 학생이기에 항상 손을 잡고 돌아다니는 것이 낯설지만, 아이가 너무 무서워하니 함께 가 주었다. 이 껌딱지는 '물고기'를 아주 좋아한다. 급식에 모두가 좋아하는 제육볶음이 나와도, 닭다리가 나와도 받지도 않는다. 그저 내가 다 먹기까지 자리에 앉아 자기만의 속도에 맞게 공상을 즐길 뿐이다. 하지만 급식에 가자미구이나 고등어구이가 나오는 순간, 그 순간 껌딱지는 나에게 물어본다.

"선생님, 이거 물고기야?"

"응. 고등어구이네."

"나 이거 2개 줘. 많이 줘."

그러면 나는 조리 실무사님께 한 번 더 부탁한다.

"혹시 이거 2개 주실 수 있나요? 이 아이가 물고기만 먹어서요."

그러면 고등어 2개에 이 아이는 세상을 다 가진 듯이 웃는다. 자리도 언제나 내 바로 옆이다. 옆에 앉아서 게 눈 감추듯 밥과 함께 고등어를 꿀떡꿀떡 삼키고는, 그 통통하고 따뜻한 손으로 내 옷깃을 잡으며 이야기한다.

"선생님, 나 더 먹을래. 같이 가."

매번 밥을 멀뚱멀뚱 바라보고 있는 껌딱지가 저렇게 열심히 밥을 먹는 게 신기했던 나는 웃으며 함께 가 주었다.

그렇게 물고기가 어쩌다 한 번씩 나왔던 3월을 지나, 4월이 되었다. 그날은 껌딱지가 유독 좋아하던 데리야끼 삼치 조림이 나온 날이었다. 여느 때처럼 처음부터 2조각을 받아서 먹고, 더 먹고 싶었던 껌딱지는 나에게 또 이야기했다.

"선생님, 나 더 먹을래. 같이 가."

갑자기 '어쩌면 이 껌딱지가 혼자서도 갈 수 있지 않을까?'라는 생각이 들어 이야기했다.

"네가 저기 의자 6개까지만 갔다 오면, 선생님이 같이 가 줄게."

우리 껌딱지는 겁먹은 얼굴로 "무서워. 같이 가. 같이 가."라고 말했다.

"선생님은 여기서 지켜보고 있을게. 너는 할 수 있어. 무서운 거 없어."

그러자 큰마음을 먹고 껌딱지가 의자 3개 있는 곳까지 갔다 왔다. 한 번만 더 하면 정말로 6개까지 갈 수 있을 것 같았다.

"껌딱지야, 진짜 잘했어! 한 번만 더 도전해 보자. 할 수 있을 것 같아!"

그랬더니, 정말로 성공해 버렸다. 무려 의자 6개를 넘어 배식대까지 가 버린 것이다. 깜짝 놀란 나와, 앞에서 껌딱지를 종종 지켜봐 주시던 옆 반 선생님까지 물개가 된 것처럼 입을 동그랗게 벌리고 손뼉을 쳤다. 물론 껌딱지는 박수치는 나와 옆 반 선생님은 보지도 않고 자기가 좋아하는 데리야끼 삼치 조림에 몰입했지만 말이다.

　그 뒤로 우리 껌딱지는 자기가 먹고 싶은 반찬이 있으면 나에게 "선생님 나 더 먹어. 갔다 올게."하고 용감하게 갔다 온다. 2번이고, 3번이고 자기가 좋아하는 물고기가 나온 날에는 무서워하지 않고 더 받으러 갔다 온다. 작년 선생님을 만나 이 이야길 전했더니, 매우 놀라시며 이야기하셨다.
　"세상에, 혼자 갔다 왔다고요? 껌딱지가 많이 컸네요!"

　또 한 명의 어린이는 '색칠이'이다. 색칠이는 위로 4명의 언니 오빠가 있는 막내다. 색칠이는 언제나 색칠을 마구잡이로, 한 색깔로 경계를 무시하고 칠해버리고는 했다. 단호하게 혼내기도 하고, 종이를 다시 줘보기도 했지만 소용이 없었다. 나는 색칠이에게 뿌리 깊게 박혀 있는 생각을 들을 수 있었다.
　"귀찮아요. 어차피 해 봤자 엄마가 보지도 않고 버린단 말이에요."
　아, 학부모님은 얼마나 많은 미술 작품을 집에서 보셨을까. 한 아이당 일주일에 하나씩만 작품을 가지고 와도 한 달이면 20개가 집에 쌓여버린다. 어쩐지 학부모님의 마음이 이해되는 순간이었다. 그래도, 그럼에도 불구하고 이런 마음으로 대충대충 넘어가는 것은 색칠이를 위해서도, 작품을 전시해야 하는 나를 위해서도 절대 포기할 수 없는 부분이었다.

　우선 색칠이를 공략하기 시작했다. 친구 사랑 주간에 어느 때나 인기 있는 그림책인 『친구의 전설』을 읽어 주었다. 그러고는 주인공인 꼬리 꽃과 호랑이를 색종이로 접게 하였다. 친구의 전설의 배경이 되는 도안을 뽑아 주고 이야기하였다.

"우리 멋지게 색칠하고 교실에 전시하자."

또다시 한 색으로 칠하려는 색칠이에게 황급히 다가갔다.

"색칠아, 선생님이 멋지게 색칠하는 방법을 알려 줄게. 우선 테두리를 따라 두꺼운 색연필로 그리는 거야. 그다음은 안쪽을 겹치지 않게 살살 채워 줘. 이렇게 하면 꼼꼼하고 멋지게 색칠할 수 있어."

반신반의하던 색칠이는 자기가 좋아하는 색으로 나뭇잎을 멋지게 채우고 꽤 마음에 들었는지 멋쩍게 웃었다. 내가 금방 떠나 버리면 다시 원래 상태로 돌아올까 봐 색칠이의 옆에 머무르며 색칠을 도와주었다.

"우와 너 이렇게 색칠을 예쁘게 할 줄 알았어? 너무 멋진 호랑이인데?"

교사의 칭찬 한마디에 우리 반 아이들도 너도나도 가리지 않고 색칠이의 자리에 모이기 시작했다.

"우와 색칠이 진짜 꼼꼼하게 잘 칠한다."

"진짜 멋지다."

"우리 반 그림 왕보다 더 잘하는 것 같은데?"

평소 칭찬받던 그림 왕보다 더 잘한다는 소리에 우리 반 색칠이는 또 한 번 멋쩍게 웃으며 화답한다.

"에이, 그건 아니지."

이제 됐다. 떠나도 열심히 멋진 그림을 완성할 수 있겠다.

그림왕보다 더 멋진 색칠이 작품

다음은 학부모님을 공략할 차례였다. 마침 상담주간이었다. 나는 색칠이가 친구의 전설을 그리기 전 미술 활동지와 친구의 전설 활동지를 동시에 놓고 떨리는 마음으로 학교에 오실 색칠이의 부모님을 기다렸다. 어머님이 오시고 같은 날 다른 완성도의 활동지를 보여드렸다.

"어머님 이 두 활동지가 같은 날 한 거라면 믿으시겠어요? 이건 색칠이가 색칠하는 방법도 모르고, 친구들의 인정도 받지 못했을 때 활동지고요, 이건 색칠하는 방법을 자세히 알고 친구들이 중간중간 크게 칭찬해 주었을 때 활동지예요."

안 그래도 아이가 대강 활동하는 것을 걱정거리로 가져오신 어머님은 매우 놀라셨다. 그래서 마저 이야기했다.

"사실 아이들은 작품을 만들 때, 자기의 만족감도 있지만 친구들과 선생님의 칭찬에 동기 부여가 되며 열정으로 만들게 됩니다. 그것보다도 더 큰 동기는 바로 부모님의 칭찬입니다. 물론 아이가 가져오는 모든 작품을 모아놓기는 현실적으로 어렵지만, 그래도 일주일만이라도 벽이나 탁자 위에 전시해 주셨으면 합니다."

한 시간여의 상담이 마무리된 다음 날. 어머니가 친구의 전설 활동지를 찍어간 바로 그다음 날. 색칠이의 글똥누기에는 오랜만에 엄마 아빠에게 칭찬받았다는 글이 적혀 있었고, 색칠이는 다음 활동에 멋진 사슴벌레를, 그다음 활동에는 화려한 바다 모빌을 만들었다.

어린이들은 자기만의 벽을 최선을 다해 허물며 무럭무럭 성장하고 있다. 때로는 너무 느려서 보이지 않더라도 어느 순간 보면 훌쩍 자라있다. 처음 교사가 되었을 때 그 사실을 알지 못하고 느리게 성장하는 아이를 다그치며 아이도 학부모님도 나도 지쳐가던 때가 있었다. 상황을 해결할 방법을 찾기 어려웠던 나는 너무 막막해서 아이의 작년 담임선생님을 찾아갔다.

"선생님, 초등학교 시절 친구들을 떠올려 보세요. 그 친구 중에 덧셈, 뺄셈이 안 되는 친구, 글씨를 못 쓰는 친구들이 지금은 무엇을 하고 지내던가요?"
"회사에 다니고 네일아트 선생님도 되었고요, 요리사도 있어요."
"그것 보세요. 나중에 시간이 지나고 보면 훌쩍 커 있어요. 지금 너무 커다랗게 보이는 문제도 시간이 지나고 보면 저절로 해결될 문제에요. 선생님이 지금, 꼭, 당장 해결해야 한다고 생각하지 마세요."
이 대화를 통해 깨달음을 얻은 나는 자신의 속도에 맞추어 무럭무럭 자라는 아이들을 천천히 지켜봐 주는 교사가 되도록 노력하기로 했다.

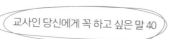

인스타그램 교육 5종 세트를 소개합니다.

저는 한가한 시간에 인스타그램을 구경하는 데 시간을 쓰곤 합니다. 인스타그램의 알고리즘은 때론 무섭도록 나를 잘 알고 있어 흥미로운 이야기를 보여 주며 시간을 낭비하게 합니다. 하지만, 그 알고리즘을 잘 활용하면 생각도 못 한 수업 아이디어나 상담 아이디어를 얻을 수 있는 좋은 곳간이 되기도 합니다. 저의 인스타 저장 목록을 살펴보며, 제가 도움을 받는 몇몇 계정들을 함께 나누고자 합니다.

1. 도담도담(@dodam_school)
수업 아이디어부터 아이들 생활지도, 계기 교육에 전보 관련 정보까지! 이 계정 하나만 팔로우 해두어도 다양한 분야에서 도움을 얻을 수 있습니다.

2. 현지나라 현지선생님(@hjnara_)
언제나 톡톡 튀는 아이디어를 공유해 주시는 선생님입니다. 2학년을 가르칠 때 동학년이라 즐겁고 참신한 수업을 했던 기억이 남아 있습니다.

3. jina쌤(@dancedancejina)
도안 없이도 이렇게 즐거운 미술 수업이라니! 언제나 미술이 고민이었던 저에게 새로운 세상을 보여 주신 선생님입니다. 아이들이 좋아할 만한 수업과 선생님께서 좋아하실 만한 예쁜 클립아트를 공유해 주십니다.

4. 해내다교실 해내다쌤(@hnd_class)
차마 엄두도 안 나는 멋진 프로젝트 수업을 척척 해내시는 선생님입니다. 그대로 따라 하기엔 벅찰지도 모르지만, 선생님께서 나누어 주신 아이디어와 자료를 바탕으로 차근차근 따라 해 보면 엄청난 반응이 따라옵니다.

5. 이종대왕(@king.leejong)
초등학교 교사라면 모두가 알고 있는 이종대왕 선생님이십니다. 수업에 활용할 수 있는 수업 놀이부터 교실 놀이 학기 말 활동까지 빠른 소식을 얻을 수 있어 도움을 많이 받고 있습니다.

계란으로 열심히 바위 치기

_ 문정원

"내일 우리 아이들의 성품은
오늘 무엇을 배우느냐에 달려 있다."

- 랄프 왈도 에머슨

　임용시험의 2차 평가에는 '수업 실연'이라는 과목이 있다. 내 앞에 학생들이 실제로 앉아 있다고 생각하고 10분 남짓 가상의 수업을 해야 하는 과목이다. 물론 실제로 내 앞에는 나이가 지긋하신 면접관님 세 분만이 앉아 계시지만 말이다. 그리고 이 수업 실연에서는 항상 '조건 아동'이 등장한다. 조건 아동이란 수험생의 개별 맞춤형 지도 능력을 평가하기 위해서 설정하는 특별한 학생들이다. 가령 다문화 가정 학생, 학습 부진 학생, 소극적인 학생 등이 조건 아동으로 등장하곤 한다.

　그중에서 시험에 자주 등장하는 단골 조건 아동은 바로 ADHD[6] 학생이다. 그렇기에 전국의 수많은 수험생은 시험 문제에 '학급에 ADHD 학생이 1명 있다고 가정하고 이 학생을 지도하십시오.'와 같은 조건이 나올 것을 대비하여 가상의 ADHD 학생을 지도하기 위한 대사를 통으로 외워 버리곤

6　주의력결핍 과다행동장애(Attention Deficit Hyperactivity Disorder)

한다. 나 역시 예외는 아니었다. 내 가상의 학급 속 가상의 ADHD 학생은 "철수야, 잠시 자리에 앉아서 호흡을 가다듬어 볼까요? 마음이 진정되었나요? 그렇다면 이제 집중해서 과제를 수행해 봅시다. 선생님은 우리 철수를 믿어요."라는 나의 한마디 대사에 곧장 문제 행동을 멈추고 과제에 집중한다는 설정이었다. 실제로 내가 보았던 임용시험의 문제에서도 예상대로 ADHD 학생 1명이 조건 아동으로 등장했고, 나는 외웠던 대사를 줄줄 읊었다. 그렇게 나는 순조롭게 임용시험에 합격하였다.

당연하게도 현실은 그렇게 순조롭지도, 아름답지도 않았다. 첫 발령을 받고 내가 맡은 학급에는 ADHD 학생 1명이 있었다. 가상의 조건 아동이 아닌, '진짜' ADHD. 이 학생은 수업 시간에 늘 멍한 표정을 짓고 있었으며, 내가 학생 옆에 딱 붙어서 '15쪽 2번 질문에 답을 써라.'와 같은 말을 해 주지 않으면 교과서는 항상 텅텅 비어 있었다. 10초 전에 알려 준 내용을 또 질문하고, 항상 책상 위에 올려져 있는 가위와 풀을 만지작거리는 것이 일상이었다.

어르고 달래보기도 했고, 따끔하게 혼을 내보기도 했다. 학교 끝나고 아이를 붙잡고 진지하게 대화를 나눠보기도 했고, 어머님과 긴 통화도 해 보았다. 물론 그 어느 것도 아이의 행동을 바꾸진 못했다. 분명 전날에 가위를 꺼내지 않기로 새끼손가락까지 걸고 갔는데 다음날에 아이는 또 가위를 만지작거렸고, 혼을 내도 잠시 시무룩해질 뿐 돌아서면 행동은 다시 그대로였다. 아이와 나 사이를 큰 벽이 가로막고 있는 것 같았고, 내가 하는 모든 말들은 그 벽을 맞고 튕겨 나오는 기분이었다. ADHD 증상은 아이의 의

지와 상관없으며, 아이에게 악의가 있어서 문제 행동을 하는 것도 아니라는 것을 이해하기까지는 꽤 오랜 시간이 걸렸다. 나는 점차 ADHD 학생의 행동은 약물의 도움을 통해 바꾸는 것이지, 내 생활지도의 영역을 벗어났음을 받아들이게 되었다. 그렇게 나는 점점 한 아이를 포기하고 있었다.

그날도 여느 날처럼 아이와 나 사이의 큰 벽을 느끼고 있었던 날이었다. 청소 시간에 다른 아이들은 빨리 하교하기 위해서 일사불란하게 움직이고 있는데, 유독, 이 아이만 색종이를 만지작거리고 있었다. 모두가 청소를 끝마쳐야 집에 갈 거니까 얼른 자리를 정리하라고 끊임없이 아이에게 말했지만, 나의 말은 또 우리 사이를 가로막고 있는 벽을 맞고 튕겨 나왔다. 인내심의 한계에 다다랐고, 화가 난다기보다는 오히려 초연해지는 기분을 느꼈다. 나는 다른 아이들을 보내고, 아이를 잠시 교실에 남겼다. 이 아이에게 큰소리를 치거나 다그치는 것은 전혀 효과가 없다는 것을 나는 아주 잘 알고 있었다. 그래서 그저 내가 진심으로 아이에게 해 주고 싶은 말을 전해 주었다.

"선생님이 어떤 다큐멘터리에서 봤는데 너희 같은 어린이들의 머리와 마음은 말랑말랑한 클레이 같은 상태래. 조금만 힘을 줘도 모양이 자유자재로 변하는 클레이. 그런데 점점 자라나면서 이 클레이는 딱딱하게 굳게 된대. 굳은 클레이는 아무리 힘을 줘도 모양이 잘 안 변하지? 어릴 때 했던 수많은 경험과 성장들이 '나'라는 사람을 만들게 되는 거고, 어른이 되어서 이걸 바꾸려면 큰 힘이 필요하대. 그래서 지금 시기는 '나'를 바꿀 수 있는 아주 중요한 시기고, 다시는 돌아오지 않는 시기야. 선생님은 네가 일부러 그런 행동을 하는 게 아니라는 걸 잘 알아. 그렇지만 지금의 말랑말랑한 클레이 같은 시기에 내 작은 행동이 쌓이고, 또 쌓여서 어쩌면 기적처럼 너를 완전히 바꿔놓을 수도 있어. 우선 주어진 일에 딱 1분만 집중하는 연습을 해 보자. 그게 청소가 될 수도 있고, 공부가 될 수도 있지만 일단 선생님이 뭘 하라고 하는지 귀 기울여서 들어보고 그걸 1분만 집중해서 해 보자."

아이는 말없이 고개를 끄덕거리고 집에 갔다. 당연히 큰 기대는 하지 않았다. 내가 아무리 마음을 담아서 얘기해도 내 말은 또 아이와 나 사이를 가로막고 있는 벽에 튕겨 나올 것이 분명했다. 그런데 다음 날 아주 작은 기적이 일어났다. 나는 아이의 어머니에게 한 통의 메시지를 받았다.

'오늘 아침에 아이가 저에게 갑자기 선생님 얼굴을 아냐고 물어봤어요. 안다고 했더니 그림으로 그려달라고 하더라고요. 평소에도 아이에게 그림을 자주 그려주긴 하지만 갑자기 왜 그러냐고 물어봤더니, 어제 선생님께서 해 주신 말씀이 마음에 남아서 선생님 얼굴을 그려서 갖고 싶다고 하네요. 평소에 누구 말을 잘 새겨듣는 것조차 어려웠던 아이였는데, 선생님의 그 말씀은 마음에 와닿았다고 합니다. 좋은 말씀으로 아이에게 깊은 생각을 할 수 있게 해 주셔서 감사합니다. 선생님.'

태어나서 처음 느껴보는 묘한 감정이 들었다. 이번에도 어김없이 튕겨 나올 줄 알았던 내 말이, 절대 뚫리지 않을 것 같던 그 벽을 뚫고 아이의 마음에 처음으로 다다랐다. 나도 이 아이에게 영향력을 미칠 수 있는 사람이었구나. 너무 쉽게 한 명의 아이를 포기해 버렸던 나 스스로가 부끄럽기도 하고, 또 내 말을 애써 귀담아들어 준 아이에게 고마운 마음도 들었다. 물론 그 이후로 아이의 행동이 180도 변했다든가, 갑자기 집중력이 좋아졌다든가 하는 극적이고도 비현실적인 일은 일어나지 않았다. 그렇지만 나는 지금도 계란으로 열심히 바위를 치고 있다. 아무 의미 없는 헛수고일 수도 있지만, 그래도 아주 작은 희망을 또 한 번 보기 위해서 나는 기꺼이 계란으로 바위를 치고 있다. 아주 열심히.

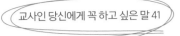

'지금, 이 순간은 다시 돌아오지 않아!'

우리 반 아이들에게 굉장히 자주 이야기하는 만능 대사입니다. 아이들은 아직 어리기 때문에 조금은 안일하고도 태평한 태도를 보이는 경우가 많습니다. '나는 아직 초등학교 4학년이니까, 좀 놀아도 돼.', '어른이 되면 열심히 살 거야.'와 같은 태도입니다. 물론 이것도 틀린 말은 아니지만, 저는 우리 반 아이들에게 항상 이렇게 잔소리하곤 합니다.

"지금 너희는 '나는 아직 어리니까.', '나는 아직 초등학생이니까.' 같은 생각으로 하루하루를 그냥 흘려보내고 있지만, 지금 초등학교 4학년 시기는 절대 다시 돌아오지 않아. 나중에 어른이 되어서 억만금을 줘도 4학년으로 돌아갈 수는 없어. 그런데 너희는 아직 어려서 머리도, 마음도 말랑말랑한 클레이 같은 상태이기 때문에, 지금 너희가 경험하는 것들이 너희의 인격에 아주 큰 영향을 미치기도 해. 그리고 지금 만들어진 인격은 어른이 되어서 바꾸려면 큰 노력이 필요해. 이미 클레이가 다 굳어져 버린 나중에는 늦어. 그러니까 지금, 이 순간에 나 자신을 아주 멋진 클레이 작품을 만드는 것처럼 잘 다듬어줘야 해."

이 이야기는 제가 아이들에게 하고 싶은 어떤 말과도 일맥상통합니다. '그래서 지금 내게 주어진 공부를 성실하게 해야 한다.', '그래서 다른 친구의 한 번뿐인 초등학교 생활에 상처를 주지 않게 배려하면서 지내야 한다.' 등등과 함께 무궁무진하게 활용할 수 있는(?) 잔소리인 것 같습니다. 저는 아이들이 너무나도 중요한 시기인 지금, 이 순간을 그저 흘려보내지 않고 최선을 다해서 자기 자신을 갈고 닦기를 바랍니다. 아이들에게 항상 이런 이야기를 해 주다 보니 아이들도 현재를 살아가는 데 이전보다는 조금 책임감을 느끼는 것 같습니다. 사실 아이들에게 해 주는 이야기지만, 신규 교사로서 '교사인 나'를 새롭게 만들어 가고 있는 저 자신에게 가장 해 주고 싶은 이야기이기도 합니다.

아이들이란

"아이는 어른에게 세 가지를 가르칠 수 있다. 이유 없이 행복해지는 것,
항상 호기심을 갖는 것, 그리고 무엇인가를 위해 지치지 않고 싸우는 것."

- 파울로 코엘료

    날씨가 좋은 날이면 아이들과 밖으로 나가 수업하는 것을 좋아한다. 봄
에는 봄꽃을 보러 나가고, 가을에는 붉게 물든 단풍을 보러 나간다. 같은
수업이지만 아이들은 교실 밖으로 나가는 것만으로 엄청 즐거워한다. 하지
만 어디로 튈지 모르는 아이들을 데리고 밖으로 나가 수업한다는 것은 교
사의 입장에서 꽤 부담스러운 일이기 때문에, 밖으로 나갈 땐 매번 긴장되
곤 한다.

    그날도 그랬다. 학교 앞 공원에서 아이들과 봄꽃을 탐험했고 아이들은
평소보다 상기된 모습이었다. 혹시라도 다치거나 싸우지 않을까 신경이 곤
두서 있었으나, 다행히 수업은 무사히 끝났고 이제 막 학교로 돌아가는 길
이었다. 교문에 들어서고, 아이들이 모두 잘 들어온 것을 확인하여 안심하
는 마음이 든 찰나에 날카로운 목소리가 들렸다.

298 — 눈 떠보니 초등교사

"그만하라고!"

퍽 하는 소리가 들리더니 이내 아이들 몇몇이 달려와 급한 목소리로 말했다.

"선생님, 윤건이가 욕했어요."

"선생님, 윤건이가 태민이 뒤통수를 쳤어요."

무사히 수업을 끝냈다고 생각한 건 내 오산이었다. 다시 또 사건이 터진 것이다. 급하게 싸움이 붙은 아이들을 분리하고 일단 교실로 얼른 들어갔다. 마음이 심란해졌다.

아이들을 불러 사건의 전말을 알아보니 이러했다. 아이들은 공원에서 송충이를 발견했고, 태민이는 송충이를 살짝 건드렸다. 윤건이가 그런 태민이를 보고 왜 송충이를 만지냐며 따졌고, 태민이는 그런 적 없다며 소리 지르다 갈등이 시작된 것이었다. 정말 아이들다운 싸움 이유였다. 교사의 처지에서는 웃음이 피식 나왔지만, 아이들의 표정은 심각했다. 그냥 넘어갈 일은 아니었다. 나도 심각한 표정을 짓고 아이들을 불러 말했다.

"얘들아, 우리 점심 먹고 난 뒤에 이 문제를 해결할 거야."

"네⋯."

"둘은 점심시간까지 잠깐 떨어져 있자. 그리고 점심 먹고 대화 시간에 서로에게 무슨 말을 할지 생각해 보는 거야."

점심시간은 갈등 해결에 있어 마법 같은 시간이다. 특히 남자아이들에게 있어서는 더욱 그렇다. 기분이 안 좋았던 아이들도 점심을 맛있게 먹으면 어느 순간 기분이 살짝 풀어져 있다. 그래서 나는 웬만한 문제는 점심을 먹고 감정이 부드러워진 다음에 해결하려고 한다. 아니나 다를까, 점심을 먹고 난 뒤 아이들을 부르니 표정이 훨씬 부드러워 보인다.

"자, 가자! 오늘은 선생님하고 즐거운 대화 시간을 가져보자."
나는 윤건이와 태민이를 양옆에 두고 어깨동무했다. 그렇게 세 명이 어정쩡하게 어깨동무한 채로 1층에 내려가 화단을 한 바퀴 돌았다. 혼날 거라고만 생각했는데 선생님이 어깨동무해서 재밌었는지, 아이들의 얼굴은 싱글벙글했다. 상황을 가볍게 만들려고 했던 내 작전이 통한 것이다. 기분이 한층 나아진 아이들을 운동장 벤치에 앉히고 대화를 시작했다.
"자, 우리 지금부터는 시원하게 대화하고 해결할 거야. 둘 다 각자에게 하고 싶은 말은 생각해 왔지?"
"네."
"그래, 누가 먼저 용기 있게 말해 볼래?"
"저요!"
태민이가 쏜살같이 손을 든다.

"그래 윤건이에게 하고 싶은 말을 해 보렴."
"윤건아, 내가 아까 너에게 소리 지르고 학교로 돌아오는 길에 거짓말쟁이라고 놀려서 미안했어."
"괜찮아, 나도 너에게 욕하고 머리를 때려서 정말 미안했어. 앞으로는 안 그럴게."

"나도 괜찮아."

둘은 시원한 표정으로 악수하며 대화를 마쳤다. 이후에 나는 윤건이에게 폭력은 절대 용납될 수 없다는 것을 몇 번이고 강조해서 지도한 뒤, 교실로 돌려보냈다. 문제가 잘 해결되어 다행이라는 생각과 함께 천천히 교실로 돌아가니 윤건이와 태민이가 함께 블록 놀이하며 신나게 놀고 있다. 그 모습이 어이가 없기도, 웃기기도 하다.

"아이들이란!"

아이들은 어른들이 짐작도 못 할 사소한 이유로 싸우곤 한다. 말하다 침이 튀어서, 엉덩이라는 단어를 큰 목소리로 말해서, 만두라고 불러서 등…. 그렇게 시작된 싸움은 하루에도 수시로 반복된다. 하지만 그런 아이들은 "미안해."란 한 마디에 마음이 풀려 금방 화해하기도 한다. 가끔은 교사가 당황스러울 정도로 빠르게.

처음에는 싸움의 시작도 쉽고 싸움의 마무리도 쉬운 아이들을 이해하는 것이 어려웠다. 그래서 신규 교사였던 시절에는 아이들의 잘잘못을 따지며 한 시간 넘게 상담하다가 진이 다 빠진 적도 있다. 하지만 이제는 아이들이 싸워서 오면, 잘잘못을 따지기보단 '어떻게 해결할 것인지'에 더 초점을 두고 아이들과 대화한다. 그러면 신기하게도 생각보다 금방 해결된다.

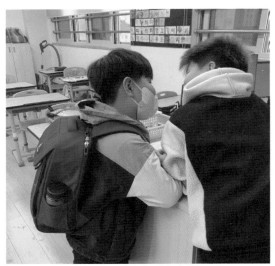
서로 바라보기만 해도 좋은 아이들

아이들이란 참으로 신기한 존재이다. 어른과는 정말 다르다. 그래서 이 다름을 이해하고 배워 가는 시간이 교사에겐 꼭 필요하다. 그래서 교직은 참 어렵다. 하지만 점점 시간이 지나며 그 속에서 아이들과 함께하는 재미를 알아가기도 한다. 처음 교직을 시작할 때는 교사로서의 내 미래가 불투명하게 느껴졌다. 하지만, 아이들과 함께하는 방법을 조금씩 터득하다 보니 교사로서의 내 미래가 점차 선명해지는 것을 느낀다. 이제는 5년 뒤, 10년 뒤의 교사인 내 모습이 기대된다. 그때는 지금보다 훨씬 더 능숙하고 멋진 모습이지 않을까?

아는 것이 나의 힘!
관심 있는 연수를 많이 들어보세요.

저경력 교사는 고경력 교사와 비교하면 경험과 노하우가 상대적으로 부족할 수밖에 없습니다. 하지만 저경력 교사에게도 부족한 경험과 노하우를 쉽게 배울 수 곳이 있습니다. 바로 연수입니다!

저는 신규 교사였던 시절, 생활지도에 어려움이 많아 관련 연수를 이것저것 많이 찾아 들었습니다. 그리고 그때 배운 여러 놀이는 아직도 잘 활용 중이고, 온라인 연수를 통해 배운 갈등 해결 방법은 매일같이 사용하고 있습니다.

아이들 지도에 어려움이 있을수록, 학급경영에 고민이 생길수록 많은 연수를 수강해 보는 것을 추천해 드리고 싶습니다. 꼭 대면 연수가 아니어도 좋습니다. 그리고 연수에서 들은 것을 하나라도 교실에 직접 적용해 보라고 말씀드리고 싶습니다. 그러면 어느 순간, 선생님의 교실에 의미 있는 변화가 하나둘씩 생길 것입니다.

건물 사이에 피어난 장미처럼

_ 신성욱

"내일에 아무런 도움이 되지 않는다면
당신의 과거는 쫓아 버려라."

- 윌리엄 오슬러

〈건물 사이에 피어난 장미〉는 H1-KEY라는 여자 아이돌 그룹이 2023년 발매한 노래다. 차갑고 어렵게만 느껴지는 세상 속에서 품고 있는 희망과 꿈을 장미에 비유한 이 노래는, 처음 1월에 발매했을 땐 큰 반향을 얻지 못했지만, 점차 많은 이의 입소문을 타며 3월 이후엔 주요 음악 사이트 차트에서 실시간 1위를 하기도 하는 등 소위 말하는 역주행을 이뤄냈다.

전담 교사. 전담 교사란 말이 어떤 이들에겐 낯설게 들릴 수도 있겠다. 모든 과목을 한 반의 담임교사가 전부 가르치던 과거의 초등학교와는 다르게 이제 한 학년에서 2~3개 정도의 특정 교과목을 정해 그 과목만 가르치는 교사를 전담 교사라고 한다. 담임교사와 가장 구별되는 특징은 본인의 정해진 학급 없이 많은 반을 가르친다는 것이다. 학교 사정에 따라 다르겠지만 전담 교사를 하면 1년에 수백 명 이상의 학생을 만나는 것도 흔한 일이다.

어쨌든 나는 2024년 영어 전담 교사로서 많은 학생을 가르치고 있다. 영어를 가르치다 보면 어려움에 부딪힐 때가 많다. 가장 근본적인 문제는 학생들 간의 영어 수준 차이가 너무 많이 난다는 것이다. 어떤 학생들은 어릴 때부터 영어 유치원에 다녔거나 외국에서 유학한 경험이 있어서 교사인 나보다도 더 유창하게 영어를 구사하는 반면, 어떤 학생들은 5~6학년이 됐는데도 여전히 알파벳을 쓰지 못하는 때도 있다. 여러 수준의 학생들이 한 학급에 섞여 있는 상황에서 모두를 만족시키려고 수업을 구상했으나 그 어느 쪽도 만족시키지 못하는 경우도 종종 있었다.

이날도 5시간의 수업을 마치고 퇴근 후 인터넷 교사 커뮤니티에 들어가 본다. 근래에 들어서 커뮤니티엔 교사가 된 것을 후회하는 글들이 자주 보인다. 왜 아니겠는가? 치솟는 물가를 따라잡지 못한 급여. 학생과 학부모의 폭행 및 폭언. 예전엔 교사들이 뇌물도 받고 학생들을 때리기도 했으니 교사들의 자업자득이라는 비아냥. 이런 이유로 인해 교사가 되기로 했던 자신의 선택을 후회한다는 글을 읽다 보니 나 자신에게도 비슷한 질문이 머릿속에 떠오를 수밖에 없었다. 초등교사를 직업으로 선택한 걸 후회하나?

"선생님은 어차피 우리 엄마가 내는 세금으로 월급 받잖아요? 그럼 우리가 원하는 대로 해 줘요."
"아, 신성욱 개XX. X나 짜증 나게 하네."
"선생님, 저희 애가 다른 친구를 때리긴 했지만, 저희 아이에게도 이유가 있었을 겁니다. 저희 아이 마음은 헤아려주셨나요?"

지금까지 수없이 들었고 앞으로도 끊임없이 들을 내 마음을 찢어놓았던 말들이 머릿속을 지나간다. 처음엔 너무나 큰 상처를 받았지만 이젠 익숙해진 말. 하지만 익숙해졌다는 것이 하나도 아프지 않다는 건 아니다. 처음만큼은 아니지만, 여전히 저런 비슷한 식의 말들은 내게 상처를 준다. 아, 이런 상처를 앞으로 수십 년을 교사로 더 일하며 수천, 수만 번을 들을 거로 생각하니 슬펐다. 너무 슬퍼서 마음이 꺾일 것만 같다. 그렇게 교사가 되지 않는 게 좋았다고 한탄을 하려고 할 때 문득 생각나는 구절이 있었다.

"내가 원해서 여기서 나왔냐고 원망해 봐도 안 달라져 하나도"

H1-KEY의 노래 〈건물 사이에 피어난 장미〉의 가사 중 한 소절이다. 내가 자주 들어서였을까? 후회의 늪에 빠지기 직전 떠오른 이 구절이 심금을 울렸다. 이 노래 속 장미는 편안한 꽃밭이 아닌 하필 건물 사이의 그늘에 씨가 내려앉아 뿌리를 내렸다. 건물 사이는 언뜻 생각해도 꽃에게 편안한 환경은 아닐 것이다. 건물들이 태양 빛을 가리고 있으니까. 참으로 답답한 상황임에도 꽃은 노래한다. 여기서 나온 게 자신의 의지가 아니라고 원망해도 달라지는 건 하나도 없다고.

꽃은 계속해서 노래한다. 자신의 살을 베는 듯한 거센 바람이 불어도 벌레들이 본인에게 달려들어 파고든다 해도 어렵게 나온 이상 굴하지도 쓰러지지도 않고 악착같이 살겠다고.

어쩌면 이게 내가 가져야 할 마음가짐일지도 모르겠다. (동의하지 않는 사람도 있겠지만) 교사 생활하며 수많은 아픔이 있었다. 그리고 앞으로도 행복할 일보다 힘든 일이 많을 거 같다. 그렇지만 교사를 선택했기에 만났던 인연들이 있었고, 교사를 선택했기에 할 수 있던 경험들이 있었다. 그 인연과 경험들이 섞여 만들어진 게 지금의 나다. 그러니 그걸 부정하는 건 지금의 나 자신을 부정하는 거나 다름없을 거다. 그러므로 단언할 수 있다. 나는 교사가 된 걸 후회하지 않는다.

한편 노래 〈건물 사이에 피어난 장미〉는 삭막한 도시에서 모두가 자신의 향기에 취해 웃을 때까지 고개를 들고 버티겠노라는 다짐으로 끝이 난다. 나 역시 계속 버티다 보면 언젠간 모두가 나로 인해 웃게 될 수 있을까? 가능하면 그리되길 나는 소망한다.

영어 수업 도입/정리 시 할 수 있는 활동

1. 행맨(hangman)

단어의 글자 수만큼 밑줄을 그려 놓고 어떤 알파벳이 들어가는지 예상해서 대답하고, 해당 단어 안에 그 알파벳이 있다면 그 빈칸에 적어놓고, 없다면 라이프가 하나 깎이는 게임입니다. 이전에 배웠던 영어 단어나 주변에 있는 단어 등 활용할 수 있는 단어들이 무궁무진해서 학생들의 참여도가 높습니다. 교사가 단어들을 제시해도 되고, 학생들이 익숙해지면 학생들이 나와서 퀴즈를 내도 됩니다.

2. 시몬 세즈(Simon says)

우리나라의 '가라사대 게임'과 똑같은 게임입니다. 앞에 "Simon says"가 붙은 행동만 해야 하는 거지요. 예를 들어 "Simon says stand up."이라고 말하면 일어나야 하지만 그냥 "Sit down."이라고 말하면 앉으면 안 되는 거지요. 게임을 시작할 때 "Simon says game start!"라고 말한 후, 그냥 "Game over"라고 게임 종료를 선언하고 한 번도 안 틀린 사람들은 손을 들어보라고 한 후, "'Simon says'가 안 붙었기 때문에 게임이 끝나지 않았으므로 지금 손을 든 사람들은 함정에 걸렸구나."라고 하면 굉장히 아쉬워하는 학생들의 표정을 볼 수 있습니다.

저는 나쁜 친구잖아요

_ 신수민

"공감은 우리가 서로를 이해하고, 지지하며,
함께 성장할 수 있도록 돕는다."

- 안젤라 데이비스

"아, 내 거라고!"

평화로웠던 만들기 시간, 잔잔한 음악 사이로 현호의 다급한 외침이 들렸다. 교실에 있던 아이들이 모두 현호를 쳐다봤다. 현호의 손에는 민준이의 사인펜이 들려 있었다.

"그게 왜 네 거야? 민준이 사인펜이잖아!"

정의감에 불타는 아이들은 펜을 돌려주라고 현호를 재촉했다.

"아! 어쩌라고! 비켜!"

현호는 소리를 지르고, 주변의 아이들을 밀치기 시작했다.

간신히 아이들을 진정시킨 후, 현호를 교실 밖으로 데리고 나왔다.

"현호, 무슨 일이야?"

"민준이한테 사인펜 빌려 달라고 했는데 민준이가 안 빌려줬어요. 그래서 민준이 사인펜 뺏었어요. 이제 제 거예요."

"사인펜을 못 빌려서 속상했구나. 근데 그렇다고 소리 지르고 사인펜을

뺏으면, 민준이 기분은 어떨 것 같아?"

"화나요."

그렇게 한참을 이야기하고 나서 다시 평화로워진 교실. 하지만 그 평화는 오래가지 못했다.

"선생님! 현호가 제 풀 가져갔어요!"

"어쩌라고!"

말릴 새도 없이, 현호는 문을 박차고 복도로 달려 나갔다. 현호가 복도 창밖으로 풀을 던지기 직전, 간신히 현호를 따라잡을 수 있었다.

"현호야, 선생님 봐요."

차분한 목소리로 현호를 불렀다. 현호는 눈도 제대로 마주치지 못했다.

"이 풀 누구 거야?"

"예빈이요."

"예빈이한테 풀 빌려달라고 했어?"

"아니요."

"왜 풀을 마음대로 가져가서 던지려고 한 거야?"

"그냥 기분 나빠서요."

할 말이 없었다. 교실을 뛰쳐나가질 않나, 애먼 친구에게 화풀이하질 않나. 아이에게 스스로 마음을 가라앉히게 하고, 이런 상황에서는 어떻게 행동해야 하는지 이야기하고 나니 어느덧 하교할 시간이 되었다.

다른 아이들은 모두 가방을 챙겨 교실을 떠났는데도, 현호는 갈 생각이 없어 보였다. 가만히 남아 있던 현호가 갑자기 말을 걸었다.

"선생님, 아까 선생님이랑 예빈이가 우리 학교 친구들 다 착하다고 했잖아요."

"응, 그랬지."

"근데 이 반에 나쁜 친구 한 명 있어요."

처음엔 '2반'이라고 말한 줄 알고, 다른 반 친구와 다퉜나 신경이 쓰여 물어봤다.

"그래? 누군데?"

"저요. 저는 나쁜 친구잖아요."

"엥? 왜 현호가 나쁘다고 생각해?"

"소리 지르니까요."

"그럼 소리 안 지르면 되지. 현호는 나쁜 친구 아니야."

아무렇지 않게 넘겼지만, 현호와 나눴던 말이 머릿속을 맴돌았다. 내심 아이도 그렇게 행동한 것이 마음에 걸렸나 보다.

그 후로도 현호는 40분 동안 교실에 남아 있었다. 남으라고 한 적도 없는데. 그동안 그림을 그리느라, 자리를 정리하느라 늦게 가는 날이 많았지만, 이렇게 오래 남아 있었던 적은 처음이었다. 집에 가야 한다고 말해도 대답만 하고 일어날 생각을 하지 않고 앉아 있었다. 그렇게 교실에 남아있던 현호는 마침내 교실을 나가면서 나에게 선물이라며 종이를 슬쩍 건넸다.

"선생님, 선물이에요."

"뭐야?"

"이거 선생님 그렸어요. 아까 화내서 미안해서요."

"그랬구나. 현호가 죄송하다고 이야기도 하고 선생님도 그려 줘서 고마워. 그런데 다음에는 다른 종이에 그려서 주면 더 좋겠다. 이건 현호 만들기 활동지잖아."

"아, 그러네? 다음에는 다른 데 그릴게요. 그럼 전 이만 가 볼게요. 사랑합니다."

"그래, 사랑합니다."

현호의 뒷모습을 보며 씁쓸함을 느꼈다. 불과 한 시간 전에는 교실을 뛰쳐나가는 현호의 뒷모습을 보면서 화가 치솟았는데, 이제는 안쓰러움이 느껴졌다. 저 아이도 분명 자신의 잘못된 행동을 알고 있는데 순간의 감정을 다스리지 못해 충동적으로 행동하는구나. 그리고 그걸 자신에 대한 평가로 연결하는구나. 소리 지르는 자신은 나쁜 친구라고 말하는 현호에게 그저 아니라고, 소리 안 지르면 되는 거라고 말했지만 그게 어디 쉽겠나. 아이와 함께 노력해야겠다고 다짐하게 되는 순간이었다.

다음 날에도 현호는 소리를 질렀다. 여전히 비슷한 상황의 반복이었지만, '지나고 나면 분명히 후회하겠지.'라고 생각하며 아이의 마음을 조금이라도 더 알아주려고 노력하게 되었다. 그러자 내 마음의 답답함도 조금이나마 사라졌다.

나에게는 현호와 함께해 나갈 두 가지 숙제가 있다. 자신의 감정을 바르게 표현하는 것, 그리고 자신을 소중한 존재라고 생각하는 것. 요즘 현호와 나는 방과 후 시간을 내어 함께 심호흡해 보고, 마음속 이야기를 나누기도 하고, 그림도 그려 보고 있다. 어쩌면 숙제의 마침표는 없을지도 모르지만 노력한다면 보이지 않는 곳에서 조금씩이라도 변화가 일어나지 않을까.

폭풍이 지나간 후 전해진 아이의 마음

아이의 마음에 귀 기울여 보세요.

선생님으로서 항상 노력해야 하는 부분이지만, 교실에서 여러 아이를 만나다 보면 놓치기 쉬운 부분이기도 합니다. 아이들의 마음은 말과 행동, 어느 것으로라도 표출됩니다. 아이들의 마음을 들여다보기 위해 시간을 내어 아이와 이야기를 나눠보아도 좋고, 행동을 유심히 관찰해 보는 것도 좋습니다. 저는 하루에 한두 명 정도의 아이들을 정해 아이들의 일과를 함께 따라가 보기도 하는데, 이 방법도 여러모로 도움이 되었습니다.

아이의 마음에 귀를 기울이는 것은 아이뿐만 아니라 선생님을 위한 일이기도 합니다. 아이의 마음을 알게 된다면, 선생님의 마음도 지킬 수 있을 거예요. 저도 우연한 기회에 아이의 마음을 들여다볼 수 있었는데 이것이 아주 큰 힘이 되었답니다.

처음 겪어본 실패

_ 오다빈

"가장 강한 나무는
가장 유연한 나무이다."
- 노자

    아이들과 정신없이 3월 한 달을 보내고 난 후, 4월부터는 받아쓰기 시험을 계획하였다. 2학년 아이들은 아주 짧은 문장 10개를 시험 본다. 전날 수업을 계획할 때 '짧은 문장 10개? 10분이면 충분하고도 남지.'라고 생각했다. 받아쓰기 시험을 보는 당일 아침부터 아이들이 각자 본인들이 얼마나 받아쓰기 시험에 진심인지에 관해서 이야기하기 시작했다.

    "저 일주일 동안 매일매일 1급 세 번씩 연습했어요."
    "선생님 아침 활동 안 하고 받아쓰기 연습해도 돼요?"
    "선생님 너무 떨려요. 그냥 1교시에 시험을 보면 안 될까요?"

    아이들이 자그마한 받아쓰기 시험에 진심인 듯한 모습이 웃기고 귀엽고 부러웠다. '받아쓰기 시험 하나에 떨릴 수 있는 순수함이라니! 나도 저런 시절이 있었을 텐데.'라는 생각이 들었다. 드디어 2교시 시험 시간이 다가왔다.

"지금부터 받아쓰기 시험 시작할게요. 공책 펴세요. 1번 부를게요. 신발을 좋아합니다."

"선생님, 저 못 들었어요."

"선생님, 문장부호 써야 해요?"

"선생님, 모르겠어요."

내가 한 문장을 불렀을 뿐인데 곳곳에서 지방방송이 쏟아져 나왔다. 나에게는 기억도 안 날 정도로 먼 옛날에 본 받아쓰기 시험이고, 살면서 훨씬 더 큰 시험이 많았기에 받아쓰기 시험이 가져올 파급력에 대해서는 생각하지 못했다. 시험을 겨우 마치고 채점을 한 후에 아이들이 알림장을 쓸 때 받아쓰기 공책을 나누어 주었다. 절반쯤 나누어 주었을 때 알림장을 쓰던 아이들의 시선이 한곳으로 모이기 시작했다. 그 시선을 따라가자 안 그래도 알림장을 늦게 쓰는 아이가 받아쓰기 공책을 받더니 눈물을 뚝뚝 흘리고 있었다. 그러더니 연필로 책상을 막 문지르고 급기야 알림장을 벅벅 찢기 시작했다. 예상하지 못했던 반응과 행동에 나는 무척이나 당황했고, 이런 행동이 반복되지 않게 지도해야겠다는 생각뿐이었다.

"너 지금 이게 무슨 행동이야? 기분 나쁘다고 공책을 찢어버리는 건 도대체 어디서 배운 버릇이야? 이건 굉장히 예의 없고 안 좋은 행동이에요. 휘성이는 남아서 선생님이랑 이야기하고 가세요."

아이는 선생님이랑 남아서 이야기하기 싫다고 말하면서 눈물을 흘리며 알림장을 그 작은 손으로 찢기 시작했다. 마음이 참 갑갑했다.

다음 주 다시 받아쓰기 시간이 돌아왔다. 나는 마음속으로 외쳤다. '제발 연습 많이 해 와서 알림장 찢는 행동 같은 건 없길.' 받아쓰기 시험 시간에 일부러 그 아이 옆에 계속 서 있었다. 3번까지는 굉장히 잘 쓰길래 정말 다행이라고 생각했다. 하지만 다른 아이들 쪽으로 발걸음을 옮기려고 하는 중 문제가 발생했다. 그 아이가 4번 문제를 너무나 어려워하는 것이다. 입으로 짜증을 참는 소리를 크게 내기 시작했다. 나는 말했다.

"지금 소리를 내면 다른 친구들 시험 보는 데 방해될 수 있어요. 틀려도 괜찮아요. 이건 배우려고 하는 거예요."

아이는 아랑곳하지 않고 급기야 본인의 뺨을 때리기 시작했다. 정말 아찔했다. 얼른 아이 옆으로 가서 아이의 손을 꼭 잡았다. 본인을 괴롭히면서, 아프게 하면서까지 시험을 볼 필요가 없다고 너는 시험 그만 보라고 이야기했다. 아이는 들은 체도 하지 않았다. 나는 다른 아이들도 시험을 보는 중이니 어쩔 수 없이 다음 문장을 불렀다. 아이가 진정하길 바라는 마음에 가장 쉬운 문장으로 골랐다. 이미 시험 흐름이 꼬인 아이는 그다음 쉬운 문장도 쉽게 쓰지 못했다. 오히려 다시 잔뜩 흥분해서 본인의 머리카락을 잡고 뜯기 시작했다. 얼른 가서 아이의 몸을 꼭 붙잡았다. 그렇지만 그 순간에도 아이가 어떻게 하면 쉽게 진정할 수 있는지 몰라 큰 목소리를 냈다.

"그런 행동 하지 말랬지. 받아쓰기 시험을 본인 때리고 아프게 하려고 보는 거야? 당장 멈추지 못해? 너는 앞으로 받아쓰기 시험 금지할까?"

이렇게 화를 내도 멈추지 않으니 또 가서 다독였다가 화를 냈다가를 반복하며 아이를 겨우 진정시켰다. 받아쓰기 시험을 이렇게 힘들게 보니, 앞으로 10회나 더 남은 받아쓰기 시험이 걱정되면서 온몸에 힘이 쑥 빠졌다. 아이가 본인 얼굴을 얼마나 세게 때렸는지 볼은 빨갛게 되었고 나머지 친구들도 안 좋은 상황을 다 보았기 때문에 그 뒷일이 더 걱정되었다.

아이와 하교 후 이 일을 학부모님께 연락드렸고 나는 진이 다 빠진 채로 연구실에 갔다. 연구실에 가니 옆 반 선생님이 계셨다. 선생님과 눈이 마주치지 말자 하소연하듯 오늘 겪은 일을 털어놓았다. 이 아이가 나를 너무 힘들게 한다는 투정 섞인 말들도 들어 있었다. 선생님은 한참 듣고 이렇게 말씀해 주셨다.

"선생님 많이 힘드셨을 것 같아요. 그런데 2학년 아이들이 실패를 처음 겪어보아서 그래요. 작년에도 그런 아이들 몇 명 있더라고요. 여태까지 원하는 대로 이루기만 하다가 처음 받아보는 결과에 많이 놀랐을 거예요."

이 말을 듣고 머리를 한 대 맞은 것 같았다. 이 아이들은 인생을 10년도 채 살지 않은 9살이기에 충분히 처음 겪는 실패에 의연하게 대처하는 방법을 모를 수 있는 건데 내가 너무 꾸짖기만 한 듯했다. 어쩌면 내가 받아쓰기 시험을 통해 아이들에게 가르쳐야 하는 건 정확한 맞춤법보다 더 중요한 것일 수도 있다. 그것은 넘어지고 상처받으면서 다시 일어서는 방법을 아이들에게 가르쳐 주는 것이다. 다음번에 또 이러한 일이 생긴다면 그때는 조금 더 아이의 시선에서 바라보고 따스하게 다시 일어나는 방법을 가르쳐 주는 교사가 되고 싶다.

저학년 첫 시험 보기 전에 같이 읽고 활동하면 좋은 그림책

1.『틀려도 괜찮아』마키타 신지

학기 초에 아이들의 자신감 향상을 위해서 같이 읽으면 좋은 책입니다. 시험에서 뿐만 아니라 교실 속 발표 상황에서 등 우리는 언제나 틀릴 수 있고 틀리는 것은 당연한 일이라고 이야기해 주는 책입니다. 이 책을 읽고 한 학기를 시작한다면 아이들이 실패에 조금 더 의연히 대처할 수 있다고 생각합니다.

2.『절대로 실수하지 않는 아이』마크 펫 게리 루빈스타인

실수하지 않으려 아등바등 노력하는 주인공을 보며 실수해도 괜찮다고, 즐기면 서 하는 것이 중요하다는 것을 아이들이 느낄 수 있도록 하는 그림책입니다.

3.『틀리면 어떡해?』김영진

아이들이 첫 시험을 볼 때 긴장되고 떨리는 경험을 떠올리며 자연스럽게 몰입할 수 있는 그림책입니다. 이 그림책을 통해 우리는 실수를 통해서 성장해 나간다는 것을 아이들이 배울 수 있을 것입니다.

우리는 완벽해질 수 없다

_오수진

"버려야 할 것이 무엇인지 아는 순간부터
나무는 가장 아름답게 불탄다."

- 「단풍 드는 날」, 도종환

최근 영어 수행평가의 문제 하나를 잘못 만들었다. 문제에 대한 답이 보기 안에 없었다. 시험 치다가 발견한 터라 당황스러웠다. 아이들에게는 답을 알려 주고, 이 문제는 모두가 맞는 것으로 채점한다고 말했다. 그리고 보기의 다른 단어에 철자가 틀렸다. 오류가 두 개라는 사실에 교실은 순간 술렁거렸다. 그때 이렇게 말했다.

"선생님도 실수할 수 있지. 선생님은 완벽한 사람이 아니잖아."

그러자 몇 아이가 도와준다.

"맞아, 우리 선생님이 로봇도 아닌데 어떻게 실수를 안 해."

학기 초의 '완벽한 선생님' 수업의 효과였다.

『6학년 담임 해도 괜찮아!』에서 서준호 선생님은 새 학기 첫날 "완벽한 선생님" 활동하기를 추천한다. 첫날, 아이들은 새로운 선생님에 대한 기대로 가득하다. 착했으면 좋겠고, 친절했으면 좋겠고, 체육을 많이 했으면 좋겠고, 수업을 재미있게 해 주셨으면 좋겠다는 둥 자신만의 기대치를 가지고 선생님을 바라본다. 선생님은 그런 학생들에게 포스트잇 두 장을 나눠준다. 한 장에는 학생들이 기대하는 선생님의 모습, 다른 한 장에는 선생님이 기대할 것 같은 학생들의 모습을 적는다. 학생, 선생님 칸으로 나누어 분류하여 붙인 후 하나하나 읽는다. 발표 잘하는 학생, 수업 시간에 집중 잘하는 학생, 과제를 열심히 해내는 학생, 공부 잘하는 학생, 친구들과 잘 노는 학생 등 다양한 내용이 나온다. 학생 중에서 "이 모든 걸 완벽하게 해내는 학생이 있는지" 묻는다. 당연히 없다. 다음은 선생님 칸의 내용을 읽는다. 학생들의 다양한 기대치가 드러난다. 그리고 선언한다. "선생님도 완벽하지 않아. 그래서 이 모든 걸 잘할 수 없어." 다만 선생님이 잘하는 것을 알려 주고, 선생님이 완벽하진 않지만 좋은 선생님이라고 말한다.[7]

이 수업은 그렇게 1년 동안 나를 도와주었다. 나의 실수에 대해 죄책감이 올라올 때 "그럴 수 있지."라며 교사인 나를 다독여 주었다. 아이들은 특히나 선생님에 대한 선망이 있다. 우리 선생님은 모든 것을 잘하는 완벽한 선생님일 거라는 사실. 선생님을 존경하고 선생님을 좋아하기 때문에 가지는 선망이다. 그 기대치가 오히려 선생님이 실수했을 때 더 큰 반응으로 나타난다. "멋지기만 한 우리 선생님이? 대단한 우리 선생님이?" 아이들은 당황스러워하기도 하고, 그 틈을 타 선생님의 실수를 부각해 선생님의 흠을 만들어 보려고 시도하기도 한다. 그때 "선생님도 실수할 수 있어, 선생님은 완벽하지 않아."라는 말로 아이들의 혼란을 잠재운다.

7   『6학년 담임 해도 괜찮아』, 서준호 참고

세상에는 완벽에 대한 기준이 없다. 사람 관계, 직장 일, 엄마 역할, 교사 역할, 학생 역할 그 어느 것도 완벽에 대한 기준이 없고, 그 때문에 완벽한 사람도 없다. 완벽한 직장인, 완벽한 엄마, 완벽한 친구가 세상에는 존재할 수도 없고, 존재하지도 않는다. 그러나 우리는 때때로 '완벽한 ○○이 있다'고 믿기도 한다. 완벽한 엄마가 되기 위해 노력하고, 완벽한 학생이 되도록 채찍질한다. 세상에 완벽한 기준이 없는데 어떻게 완벽한 ○○이 될 수 있을까? 대답은 바로 타인과의 비교이다. 잘 해내고 있는 타인을 찾아 그를 완벽한 ○○이라고 설정한다. 이런 방식은 정해진 기준이 없고 사람에 따라 변한다. 그렇기에 불명확하고, 절대 이루어질 수 없다.

그럼에도 나쁜 완벽주의는 완벽을 추구한다. 선생님 역할을 예로 들어보면 이렇다. 완벽주의 선생님은 주변에 혹은 자신이 아는 한에서 잘 해내는 선생님을 찾아 그 선생님을 기준으로 잡는다. 줄을 잘 세우는 선생님을 보면 본인도 그 기준에 미쳐야 하고, 쉬는 시간에 조용히 반을 운영하는 선생님을 보면 본인도 그렇게 해야 하며, 수업을 재미있게 하는 선생님이 있으면 본인도 그 정도로 수업해야 한다. 부러움과는 다른 측면이다. 부러움은 "타인에 대한 인정"이지 내가 꼭 그 모습을 따라야 할 이유는 없다. "대단하다." 그 한마디면 족하다. 이후 부러움을 털고 내가 하는 일에 다시 집중할 수 있다. 그러나 나쁜 완벽주의는 자신이 그 수준에 도달할 수 있어야 한다. 더 잘하기 위한 연구를 할 수도 있고, 그 안에서 좋은 방법들을 발견할 수도 있다. 그러나 그것도 성에 차지 않는다. 그 어느 정도도 완벽하진 않기 때문이다. 결국엔 답답한 마음에 잔소리하고 채근하게 된다. 잔소리와 채근만으로 잘 먹힐 리 없다.

'이것 하나도 제대로 못 하는 능력 없는 교사였어.'

결국 남는 건 교사 스스로에 대한 책망이다.

    나쁜 완벽주의가 다른 데에도 좋지 않은 영향을 끼쳤지만, 갈등 해결에도 지장을 주었다. 갈등 해결에는 아이들 간의 문제해결에 집중해야 하는데 여러 마음이 같이 들어왔다. 다른 반보다 갈등이 많을까 신경 쓰고, 피해자의 마음에 신경 쓰며, 그리고 심지어 가해자의 마음마저 신경 썼다. 여러 심리학책에서 나쁜 아이는 다 부모에게서 좋지 않은 양육을 받았기 때문이라는 내용을 여러 번 접한 뒤였다. 갈등에서 주로 가해자가 되는 아이는 그 아이의 가정 등의 상황 때문이라 생각하고 그 아이의 마음을 신경 썼다. 그러다 보니 훈육이 제대로 되지 않았다. 그런데도 그 아이가 변화되지 않는 모습을 보면 스트레스를 받았다.

    완벽주의로 힘겨웠던 나에게 맞았던 방식은 평화 대화였다. 첫 주에 평화 대화를 알려 주었더니 5학년인 우리 반에도 열광적인 반응이 나타났다. 수업 후 내 자리 뒤에 평화 대화판을 놔두고 갈등이 있을 때마다 평화 대화를 진행했다. 함께 상황에 대한 점검 과정을 잠깐 가진 후 평화 대화를 스스로 진행하게끔 한다. 더 이상 교사의 관여는 없다. 교사가 추가로 잔소리하지도 않는다. 평화대화는 완벽주의인 교사에게 감정을 빼게 하고, 절차에만 집중하게 했다.

    몇 해 전 우리 반에는 ○○이가 있었다. 그 친구는 장난도 잘 치고, 감정이 올라오면 욕을 하기도 하며, 친구에게 실수도 잦았다. 그 아이는 많을 땐 하루에 5번 이상씩 평화 대화하러 나오기도 했다. 그럴 땐 약간 답답하기도 했다. 변화가 없는 것 같아 혼내야 하나 다른 방법을 써야 하나 고민하기도 했다. 그러나 평화 대화하러 나오는 아이의 얼굴을 보았다. 아이의 표정은 평온해 보였다. 친구가 자신을 일렀다는 반발감이나, 교사에게 불려 나온다는 불편함이 없었다. 아이는 내가 어떻게 해결할지 알고 있었고, 그 방식을 믿고 있었다. 교사와 아이 간에 관계를 해치지 않는 점 그것만으로도 평화 대화는 효과가 컸다. 아이는 지속적인 평화 대화를 통해 자신이 실수한 것에 대해 깨닫게 되었고 조심하려고 노력하였으며, 실수했을 때 불편한 감정 없이 친구들과 원만하게 대화하는 법을 배웠다. 시간이 지난 후 아이는 서서히 변화하였으며, 친구들 사이에서도 점점 더 긍정적인 모습으로 인정받았다.

완벽한 사람이 어디 있겠는가. 대단하다 싶은 사람도 다른 사람보다 좀 더 나을 뿐 완벽하진 않다. 완벽을 추구하는 것보다 더 중요한 건 지금 자신이 해내고 있는 일들을 긍정적인 시각으로 바라보는 것이다. 이미 잘 해내고 있다고, 이 정도면 충분하다고 자신을 다독이는 게 더 중요하다. 아이들도 완벽할 수 없다. 마음대로 잘 안되는 것뿐이다. 수업 시간에 집중도 잘하고 싶고, 발표도 잘하고 싶으며, 과제도 멋지게 수행해 내고 싶다. 친구들 사이에서도 잘 지내고 싶다. 잘 안되는 것뿐이다. 그 사실을 받아들이면 기다리게 된다. 평화 대화, 눈치 톡톡, 123 매직 등 평화롭고 효과적인 방법의 도움을 받으며 말이다.

지적을 감정 섞이지 않게 할 수 있는 효과적인 방법

아이들에게 지적하다 보면 교사의 말에 감정이 섞이기도 하고, 아이들이 감정적으로 반응하기도 한다. '멍멍샘의 교실[8]'이 알려 주신 눈치톡톡은 지적을 감정 섞이지 않게 할 수 있는 효과적인 방법이다.

수업 시간에 집중하지 않을 때, 줄을 잘 서지 않을 때, 친구의 발표를 보지 않을 때 등 소소하게 지적하고 싶을 때, "○○이 눈치톡톡 좀 해 주거라." 말한다. 그럼 주변의 친구들이 ○○이의 어깨를 검지로 톡톡 친다. 이 과정에서 선생님은 감정이 올라올 일이 없다. 눈치 톡톡을 받는 친구도 선생님의 지적을 받는 게 아니라, 친구들이 톡톡하며 작은 신호를 주기에 긍정적으로 받아들인다. "○○이 눈치 톡톡 좀 해 주거라." 했을 때 스스로 자신을 톡톡 하는 아이들도 있다.

본인은 123 매직을 하기 전 눈치 톡톡의 단계를 거치기도 한다. 그럼 아이들이 교사의 말을 긍정적이면서도 더 빨리 눈치챌 수 있으며, 다음 단계로 진행되는 걸 막기도 한다.

---

8   유튜브 '멍멍샘의 교실' : https://www.youtube.com/@mongmongssam

책 읽는 교사와 읽지 않는 아이

_유지우

"내가 바뀌지 않고
남을 바꿀 수는 없다."
- 토머스 아담스

    교사들은 책을 많이 읽으라 한다. 교사뿐만 아니라 모든 어른이 하는 말이긴 하다. 그러나 아이들과 가장 오랜 시간 같이 있는 어른이라 그런지 교사가 유독 많이 말하는 것 같다. 교사가 아이들에게 책을 읽으라고 하는 이유는 다양하다. 책에 담긴 지식이 유용하거나, 책이 재미있어서. 아니면 아이들이 집중력을 기를 수 있기 때문이다. 혹은 그 시간만은 조용해져서이기도 하다. 이 모든 이유로 나는 어떻게든 아이들에게 책을 많이 읽히려 했다. 그래도 아이들은 읽지 않았다. 이유를 들어보면 제법 다양한 이유가 있다.

"선생님 저는 책이 없어요."
"저는 이 책 다 읽었어요."
"이 책은 재미가 없어요. 다른 거 읽어야 해요."
"책은 재미가 별로 없어서 읽기 싫은데…."
"저 이것만 하고요."

326 — 눈 떠보니 초등교사

처음에는 아이들의 반응이 답답하기만 했다. 재미없는 책도 아니고 재미있는 책을 읽으라는데 대체 왜 읽지 않는 것인지 고민했다. 그러니 자신이 하기 싫은 활동을 아침마다 하라고 하는 것이 아이들은 짜증 나고 싫기도 했을 것이다. 그나마 책상에 책은 올려둔 아이들을 보고서는 나름대로 노력했다고 생각했다. 이렇게 그저 말로 책을 읽으라고 지시하거나 꼬드기는 것은 한계가 있었다.

내가 책을 읽히기 위해 시도한 방법에는 여러 가지가 있다. 먼저 학급문고를 배치하였다. 내가 고른 책들을 두기도 하였고, 아이들이 도서관에서 직접 골라 꽂아 두게끔 한 적도 있다. 이 학급문고는 몇몇 아이들에게 재미있는 책을 쉽게 고르게 하였다. 그리고 읽을 책이 없어서 책을 읽을 수 없다는 말을 사전에 막을 수 있었다. 그러나 학급문고는 1분마다 고른 책이 재미가 없다며 일어서서는 책을 바꾸며 조잘대는 아이들을 막을 수는 없었다.

다음으로는 배경 음악을 틀었다. 떠들기 힘들도록 차분한 음악을 틀어둔다면 조용한 분위기 속에서 집중할 수 있으리라 생각했기 때문이다. 하지만 오히려 노래를 주제로 이야기하는 아이들이 늘어났다.

두 번째 방법까지 실패하자 나는 속에서 화가 찰랑거리며 차오르는 것을 느꼈다. 그리고 가장 강한 조치를 취했다. 독서 말고 다른 활동은 금지하는 방법이었다. 대화 금지, 종이접기나 그림 그리기도 금지, 일어서는 것은 책을 가지러 갈 때만. 지금까지의 방법 중에는 가장 효과가 좋은 방법이었다. 아이들은 나름 조용히 눈치를 보며 책을 읽었다. 그러나 미어캣처럼 두리번거리며 아이들이 책을 읽는지 감시하고, 규칙을 어긴 아이들에게 주의를 주면서 회의감이 들었다. 나는 이런 식으로 아이들이 책을 읽기를 원했나? 아이들은 지금 읽는 이 책들이 재미있다고 여길까? 아이들의 표정은 아니라고 답하고 있었다.

　나는 아이들이 재미있게 책을 읽기 원했다. 내가 책 읽는 것을 좋아하고, 재미있게 생각했기 때문에 아이들도 독서를 통해 재미를 느꼈으면 했다. 그러나 억지로 읽는 책이 재미있을 리가 없다. 강제로 행해진 행위에 즐거움을 느끼는 사람이 대체 어디 있겠는가. 그래서 나는 방법을 바꾸기로 하였다. 사람은 자기가 자발적으로 하고 있다고 생각해야만 재미를 느낀다. 나는 아이들을 슬며시 꼬드기기로 했다.

　첫 번째 방법은 내가 모범을 보이는 것이었다. 아침마다 하던 업무는 미뤄두고 책을 읽기 시작했다. 읽는 책은 학급경영에 관한 책이기도 했고, 에세이나 소설이기도 했다. 부러 아이들에게 잘 보이도록 교탁 옆 책상에 앉아 책을 읽었다. 아이들은 처음에는 신기해서 기웃거리고 무슨 책을 읽는지 물어보았다. 나를 구경하기도 하였다. 그리고는 조금 머뭇거리다가 슬그머니 책상에 앉았다. 배경 음악을 트는 것보다 훨씬 효과적이었다. 두 번째 방법은 책을 만드는 것이었다. 문고에 있는 책을 소개하는 활동지를 만들고 이를 한 곳에 엮었다. 교과서에 수록된 글의 뒷이야기를 모아 만들기도 했다. 그리고는 학급문고에 꽂아 넣었다. 기존의 책들을 읽고 싶지 않아했던 아이들도 친구들이 만든 책 목록에는 관심을 가지고 읽어 주었다.

　물론 읽지 않는 아이들은 여전히 있다. 조금 많이 있다. 꾸준히 친구들과 이야기하는 아이도 있고, 가위질로 조물조물하며 무언가를 만드는 아이들도 항상 보인다. 그래도 지금은 모든 아이가 책을 통해 재미를 느끼기를 바라지 않는다. 내가 책 읽기를 좋아하는 것처럼 다른 사람은 다른 것을 좋아한다. 그러나 좋아하는 것까지는 아니어도 가끔은 들여다볼 수 있다면 그걸로 충분하다. 나의 역할은 이야기에 대한 장벽을 낮춰주는 것이다. 아이들은 아무 생각 없이 집어 든 동화책을 읽고는 너무 쉽다고, 혹은 재미있다고 말한다. 그렇게 쉽게 이야기를 집어들 수 있다면 나는 만족한다. 아이들의 인생 어딘가 자그맣게 영향을 미치는 것이 초등교사가 할 수 있는 최선이기 때문이다.

그래도 종종 나는 새로이 책을 읽는 아이들을 발견할 수 있다.

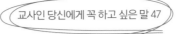

책을 읽히기 위한 간접적인 방법

아이들이 책을 읽을 수 있게 만드는 직접적인 방법은 이미 많은 분이 공유하였고 알려져 있으므로 저는 제가 시도해 보고 위에서 간략하게 이야기한 간접적인 방법을 소개해 보고자 합니다.

1. 배경 음악

배경 음악은 분위기 형성에 도움을 줍니다. 반복해서 배경 음악을 틀 경우, 배경 음악이 들리면 독서해야 한다는 인식이 생길 수 있습니다. 단, 아이들이 아는 가요, 동요나 OST는 노래에 집중하느라 독서에 집중할 수 있는 분위기를 형성할 수 없었습니다. 따라서 가사가 없거나 외국어로 된 잔잔한 노래를 추천합니다.

2. 교사가 책 읽기

특히나 바쁜 아침 시간에 업무나 수업 준비 대신 책을 읽는 것은 너무 힘든 일입니다. 그래도 책에 대한 흥미를 높이고, 책 읽는 분위기도 만들 수 있는 가장 효과적인 방법입니다.

교사가 읽는 책에 따라서도 효과가 다릅니다. 제법 두꺼운 책은 책 읽기에 관한 관심을 높이고 조용한 분위기를 만듭니다. 아이들이 읽을 만한 책은 교사가 읽은 후 학급문고에 비치해 두면 아이들 사이에서 인기를 끕니다.

보고 싶은 나의 제자들

_ 이경민

"젊은이에게 올바른 습관을 심어 주고 마음을 단련시키는 일보다
더 귀한 일이 어디 있겠는가."

- 크리소스톰

몇 년이 지나도 나를 찾아오는 소중한 제자들이 있다. 그러면, 나를 찾아오지 않는 제자들은 소중하지 않은가? 천혀. 당연히 모든 제자가 소중하다. 그리고 나는 그 친구들이 얼마나 열심히, 즐겁게, 행복하게 살고 있는지 잘 안다. 지금 살아가고 있는 현재가 아주 즐겁고 행복해서, 공부하느라 바빠서, 나를 잊어도 괜찮다. 사실 선생님은 과거에 머물러 있는 존재이기에. 나의 제자들이 초등학교 시절을 돌이켜 보았을 때 많이 배웠고, 성장했고, 행복했다면 선생님은 그걸로 충분하다.

아이들과 함께하는 학교생활이 참 즐거웠다. 참 고되고, 힘들고, 속상한 일도 아주 아주 많지만…. 그럼에도 불구하고 (여태까지는) 즐거운 일이 더 많았고 문득 떠올려보면 행복한 날들이 더 많았다. 나는 교사가 적성에 잘 맞는 사람이라고 생각한다. 내가 이렇게 생각할 수 있는 이유는, 참 예쁜 학생들을 많이 만났기 때문이 아닐까.

운이 좋았나 보다.

"선생님! 혹시 이경민 선생님 어디에 계신 줄 아세요?"

"학교를 다 찾아봤는데 안 계신 것 같아요."

"우리 선생님 다른 학교 갔어요?"

너무 미안한 일이 있었다. 나는 올해 근무지를 옮겼는데, 나의 제자들이 내가 이전에 근무하던 학교에 가서 나를 열심히 찾은 것이다. 함께 근무하던 동료 선생님께서 이 소식을 전해 주셨다. (요즘에는 핸드폰 번호를 공개하지 않고 학교 앱으로 소통을 하기 때문에 따로 번호를 공개한 적이 없었다.)

교복을 입고 얼마나 설레는 마음으로 초등학교 담임선생님을 보러 왔을까. 나도 그 마음을 너무 잘 안다. 사실 제자들이 선생님을 보러 와서 대단한 일을 하진 않는다. 뭘 하나면…. 시시콜콜한 학교생활 이야기, 이번 시험 망했다는 이야기, 같은 반이었던 친구가 학생부 선생님께 혼났다는 이야기, 누구랑 누구 연애한다는 이야기, 사회 선생님 무섭다는 이야기, 숙제 많고 수행평가 힘들다는 이야기, 초딩 때가 좋았다며 칠판에 '후배들아, 선생님 말씀 잘 들어라.' 쓰기 등…. 그리고 열심히 푸념한 끝에는 깔깔 웃으며 마라탕 이야기를 한다. 다시 돌이켜보니 내 제자들은 중고등학생이 아니고 여전히 초등학생 같다.

컴퓨터에 있는 폴더와 계정을 정리하다가, 몇 년 전에 아이들이랑 함께 수업했던 자료들이 나왔다. 잊고 있었던 기억들이 한가득 떠올랐다. 참 재미 있는 수업을 많이 했더라. 아니, 재미없어 보이는 내용에도 아이들이 정말 즐겁게, 열심히 참여했다. 패들렛에 남아 있는 그때 당시 학생들의 과제물들이 너무 기특해서 한참 다시 봤다. 그때는 그냥 한번 쓰고 지나가는 그런 용도였는데, 다시 보니 그때의 학생들과 함께 지냈던 기억들이 떠올랐다.

어느새 드라이브에 있는 사진들을 보고 있었다. 사진을 참 많이 찍어놓았다. 학생들 사진뿐만 아니라 바느질 과제물 한 것, 과학의 날 과일 실험 활동, 정말 멋진 주제 글쓰기 결과물, 시험지 뒤에 그린 선생님 모습(웃긴 것도 많다), 국어 수행평가 안내, 태양 고도 측정기 만들고 밖에서 고도 재는 모습, 교실 놀이하며 즐거워하는 아이들, 크리스마스 파티한 것, 감동적인 스승의 날 편지들. 별걸 다 찍어놓았다. 속절없이 지나가는 시간이 아쉬워서였을까? 꾸준하게 기록을 남긴다는 것은 애정과 열정이 많이 있어야 가능한 일인데, 내가 참 아꼈던 학생들이었나 보다.

당연히 선생님 속 썩이고, 말 안 듣고, 무례한 학생들도 있었다. 일반적인 상식으로 도저히 이해할 수 없는 경우와 화가 머리끝까지 나는 순간들도 많았다. 그런데도 좋은 기억으로 남았다는 것은 ─ 나의 뇌가 정신건강을 위해 스스로 자정작용을 한 것이거나, 함께 보낸 시간 중 행복한 기억으로 남은 것이 더 많아서일 텐데. 나는 후자라고 생각한다.

(아무래도 나는 긍정왕인가? 하하. 꼭 그렇지도 않다.)

살다 보면 잘 맞는 사람도 있고, 잘 맞지 않아도 잘 지내야 하는 사람도 있고, 잘 지내기에는 너무 힘든 사람도 있다. 이러한 인간관계의 특성을 생각해 보면 교사라는 직업이 매우 어렵게 느껴지기도 한다. 매년 새로운 학생, 학부모, 동료를 만나기에 운이 작용하는 요소가 많지만, 나와 잘 맞는 학생들과 함께했던 기억은 교직 생활에서 큰 원동력이 되어 주곤 한다. 그리고 앞으로도 그때처럼 행복한 학급을 만들어 갈 수 있을 것이라는 희망을 주기까지도 한다!

　언젠가 멋진 모습으로 자라난 제자들을 볼 수 있기를 바라며,
　그리고 많은 선생님의 교직 생활에 내가 느꼈던 것처럼 행복한 기억이 가득하기를.

행복했던 한 해를 마무리하며

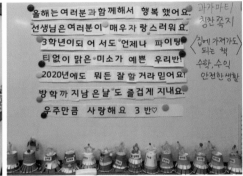
비밀 메시지를 찾아보세요

졸업식 날 아이들이 보내준 편지

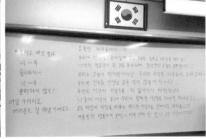
제자들에게 보내는 마지막 인사

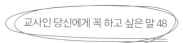
꿀팁을 공유합니다!

1. 자료 관리 꿀팁

교사용 MS 계정을 발급받으신 후, One Drive를 사용해 보세요. 그리고 One Drive 와 윈도우를 동기화시키면 윈도우의 폴더와 One Drive가 연결됩니다. 이 방법을 이용하면 외장하드나 USB를 이용하지 않아도 쉽게 자료를 관리할 수 있어 편리합니다. 저는 매년 공통으로 사용하는 자료 폴더(새 학기, 창의적 체험활동, 방학, 개학 등)와 학년별 교과 자료, 업무 자료, 기타 폴더 등으로 구성하여 자료를 관리하고 있습니다.

2. 학생들과의 온라인 소통 방법 꿀팁

'카카오톡 오픈채팅 – my – 오픈 프로필'을 활용하면 학생들과 편리한 소통이 가능합니다. 선생님이 원하시는 방향으로 프로필과 채팅방을 설정하실 수 있습니다. 그리고 핸드폰 번호 공개하지 않고도 오픈 프로필 링크 공유를 통해 학생들과 쉽게 소통할 수 있습니다.

견뎌, 버텨, 이겨 내

_ 이세화

"어리석은 자는 멀리서 행복을 찾고,
현명한 자는 자신의 발치에서 행복을 키워간다."
- 제임스 오펜하임

　발령받고 4년, 나는 언제나 동학년의 막내였다. 넘치는 인복 덕에 언제나 좋은 부장님, 좋은 선배 선생님들을 만나 "부장님!" 한 마디면 나에게 닥친 모든 역경이 해결되는 마법 같은 삶을 살았다. 'K-장녀'인 나에게 막내의 삶은 즐겁고 달콤했다. 야속하게도 시간은 흘러 발령학교를 떠날 때가 되었고, 우스갯소리로 발령 동기들끼리 '여기 떠나면 우리 중 한 명은 부장교사가 될 수도 있다.'라며 서로를 놀리는 것으로 헤어짐의 아쉬움을 감추어보기도 했다. 누가 알았겠는가, 이 우스갯소리가 현실이 될 줄.

　새로운 학교가 발표되고, 떨리는 마음으로 새 학교 교무실에 들어서자 내 앞에 놓인 업무는 '안전인성생활부장'이었다. 청천벽력 같은 일이었다. 언제 어디서든 내 눈앞에 닥친 역경을 해결해 주는 부장님이 없다니. 그리고 심지어 내가 그 '부장'이라니. 현실이 아니길 바랐지만, 어느새 새 학교에서 만난 선생님들은 모두 나를 부장님으로 부르고 있었고, 나도 그 호칭에 적응하고 있었다. 호칭은 귀에 익었지만, 문제는 업무였다. 내 업무도, 안전인성생활부에 속한 선생님들의 업무도 잘 알고 있는 것이 없었다. 지난 학교에서의 내가 그랬듯이 이 학교에서 만난 선생님들도 나에게 업무나 생활지도에 관한 것들을 물어보고는 하셨다.

"우리 반 A와 B가 다투었는데 문제가 해결되지 않아요. 어떻게 지도하면 좋을까요?"
"학생들 사이에 갈등이 있는데 부장님이 와서 한번 봐주실 수 있나요?"
"제 업무를 이런 방향으로 처리해도 될까요?"

등등…. 답이 명확하지 않거나 심지어 답을 모르는 문제들이 내 앞에 쌓여갔다. 그들에게 어떻게든 답을 줘야 했고 나는 내 경험부터 어깨너머로 본 다른 선생님들의 업무, 그리고 얼핏 들어본 누군가의 경험까지 긁어모아 애써 대답 비슷한 것을 해 드리고는 했다. 하지만 이것이 완전한 정답이 아니라는 것은 누구보다 내가 제일 잘 알고 있었다.

좋은 부장님들을 많이 만나면서 나름대로 머릿속에 그려오던 '좋은 부장'의 이미지가 있었다. 당장은 아니겠지만, 언젠가 때가 되면 그런 사람이 되고 싶다고 생각했다. 본인의 업무 수행에 빈틈이 없고, 후배 교사들의 마음을 돌볼 줄 알며, 필요하다면 망설임 없이 동료 교사의 업무를 돕고자 하는 사람 말이다. 안타깝게도 내가 가진 이상과 나는 매우 다른 사람이었다. 원체 무엇이든 배우는 속도가 느린 사람인 나는 내 업무조차 숙지하지 못해 실수하기 일쑤였고, 다른 사람의 마음은커녕 내 힘듦 하나 돌보지 못했으며 동료 교사의 어려움을 알면서도, 당장 닥친 내 눈앞의 일을 처리하느라 도와주겠다는 말을 꼭꼭 씹어 모른 척 삼키고는 했다. 나는 내가 원하는 사람이 될 수 없었다. 노력한다고 내 이상에 닿을 수 없다는 사실이 꽤 무겁게 느껴지기도 했다.

그렇지만 이상에 닿을 수 없다고 해서 다 그만둘 수는 없는 노릇이다. 안타깝게도 현실은 게임과 달라서 뜻대로 되지 않는다고 종료 버튼을 눌렀다가 다시 새것처럼 시작할 수도 없다. 나는 조금 마음을 비우기로 했다. 내가 만났던 부장님들과 나의 경력 차이를 생각하며 그들처럼 될 수 없음을 인정해야 했다. 그러면서 할 수 있는 것에 집중하는 것이 나의 최선이었다. 이런 마음으로 한 걸음 뒤에서 나를 바라보니 내가 불가능한 것을 바라고 있었다는 것을 깨달았다. 이제 겨우 5년 차, 처음 맡는 업무를 어떻게 척척 해낼 수 있겠는가.

나는 '되는대로' 지내보기로 했다. 언제나처럼 도통 눈에 들어오지 않는 업무 지침서를 읽고, 내 앞에 놓인 일을 처리하고, 여전히 정답은 잘 모르지만 아는 범위 내에서 나에게 들어온 질문을 해결해 나갔다. 수업 준비하다가 업무가 밀리기도 하고 반대로 업무를 하다가 수업 준비가 밀려 허덕이기도 했다. 훌륭한 한 해라고 할 수는 없지만, 적당히 버텨 낸 한 해가 지나갔다.

한 해가 지나고 돌아보았을 때, 나는 마치 지난 학교에서의 나와 지금의 내가 완전히 다른 사람인 것처럼 느껴졌다. 누군가를 도와주는 것도, 어떠한 업무에서 책임을 지는 사람이 되는 것도 상상하지 못했던 내가 이제 조금은 그것들이 나의 일이라고 받아들이게 된 것이다. 그저 순간을 살며 견디는 줄만 알았는데 이 정도면 아주 조금은 성장했다고 봐도 괜찮지 않을까.

"무슨 일 생기면 내 이름 대면서 부장님이 하라고 했다고 해."

신규 시절 선배 선생님들의 이런 말을 들을 때 '저런 말을 어떻게 할 수 있을까? 진짜 그래도 괜찮으신가…?'라고 생각한 적이 있다. 그리고 지금이 되어 간혹 내 입에서 저런 말들을 내뱉고 있을 때가 있다. 이제는 안다. 나의 해결사이던 멋진 부장님들도 사실 조금은 두렵고 어려웠을 것이라는 걸. 그들도 그들의 앞에 놓인 일을 하나하나 해결하며 책임을 다하기 위해 노력했다는 것을 말이다.

안전인성생활부장으로서의 한 해가 지나고 다음 해에 나는 학년 부장이 되었다. 나는 여전히 학년 부장이라는 사실이 청천벽력 같았고, 매 순간 나의 부족함을 탓했으며, 앞이 캄캄할 때마다 학년말에 동학년 선생님들 앞에서 부족해서 미안하다며 사과하는 상상도 조금 해 보았다. 하지만 이제는 이 순간이 지나면 분명히 성장할 것임을 안다. 한 해의 어려움을 견디고, 힘듦을 버티고 나면 반드시 성장으로 이겨 내는 순간이 온다.

앞서 나는 무엇이든 배우는 것이 느리다고 한 바 있다. 역시나 나는 성장 또한 느린 사람인지라 앞으로 얼마만큼의 순간을 더 견디고, 버텨야 할지 까마득하다. 모든 선생님이 각자의 위치에서 각자의 힘듦을 가지고 있을 것이다. 당장 우리 학교의 신규 선생님들만 하더라도 나보다 더 큰 고민을 안고 하루하루를 보낼 것이다. 하지만 분명한 것은 모든 순간에는 끝이 있고, 그것을 잘 견디고 나면 꽤 멋진 성장이 찾아온다는 것이다.

막막한 교직 생활,
"견뎌, 버텨, 이겨 내"는 방법 몇 가지를 소개합니다.

1. 마음이 가벼워지는 주문 '이것도 다 끝난다.'

교사의 큰 장점 중 하나는 일 년마다 새로운 학생들을 만나고 새 업무를 받는다는 것입니다. 나와 맞지 않는 학생이나 어려운 학부모님, 어려운 업무 모두 끝이 있는 셈이지요. 저는 다 그만두고 싶다는 마음이 들 때, 주문처럼 '올해만 버티면 돼, 올해면 끝나.'를 마음속으로 되뇌고는 합니다. 그저 혼잣말일 뿐이지만 이 말이 본인 생각 속에 단단히 자리 잡게 되면 적당한 일들은 '시간이 지나면 끝나겠지.' 하며 흘려보낼 수 있게 됩니다.

2. 내 마음을 가장 잘 이해할 사람, 동학년 선생님

학교생활에 치여서 힘들 때, 선생님들을 다시 잡아줄 수 있는 것은 동학년 선생님들입니다. 우리 학년의 사정을 알고 있고 나의 힘듦을 가장 가까이에서 지켜보는 동학년 선생님만큼 나를 잘 이해해 줄 수 있는 사람이 있을까요? 미주알고주알 힘든 일을 털어놓다 보면 생각지도 못한 해결책을 찾게 되기도 합니다. 함께 이야기하면서 '나만 이런 어려움을 겪는 것이 아니구나.'라는 것을 깨닫고 마음이 한결 가벼워지기도 하고요. 교실 문을 두드리기 어려울 수도 있지만 동학년 선생님들은 언제나 선생님을 기다리고 있답니다.

3. 힘든 날들을 버틸 힘 '나만의 이벤트'

학교에서 행복을 찾기 어렵다면, 학교 밖에서 내가 즐거울 수 있는 것을 찾아보세요. 주기적으로 나를 위한 작은 이벤트를 만들어 이것을 기다리는 힘으로 하루하루를 지내보는 것은 어떨까요? 공연, 전시회, 가까운 곳으로의 여행처럼 잠깐이나마 현실에서 벗어날 수 있는 일들을 계획하고 기다리다 보면 생각보다 시간이 꽤 빨리 가기도 합니다.

4. 그래도 힘이 든다면

하지만, 그럼에도 세상의 모든 일이 견디고, 버텨지고 이겨 내게 되지는 않습니다. 선생님이 더는 버티기 힘들다고 느껴진다면 언제든 주변에 힘듦을 털어놓고 전문가의 도움을 받는 것을 추천해 드립니다. 교육의 질은 절대 교사의 질을 뛰어넘을 수 없고, 교사가 행복해야 양질의 교육이 가능하며 학생들 또한 행복할 수 있습니다.

어쩌다 보니 해피엔딩

_ 이승현

"교육의 목적은 기계를 만드는 것이 아니라,
인간을 만드는 데 있다."
- 루소

우리 반은 공부를 잘하는 편이다. 공부에 흥미가 있는 학생도 꽤 많고 대체로 학업 성취도도 우수하다. 이 때문에 학습 부진 학생 1명이 유달리 눈에 띄었다. 편의상 이 학생을 여름(가명)이라고 칭하도록 하겠다.

여름이의 심각성을 알게 된 것은 4월쯤이었다. 우리 반 금쪽이들과 매일 전쟁을 벌이며 정신없는 3월을 보내고 어느 정도 안정이 되기 시작한 어느 날, 학생들에게 문제 풀이 시간을 주고 순회 지도하고 있었다. 학생들이 잘 풀고 있는지, 어려운 것은 없는지 돌아보던 중 여름이만 아무것도 쓰지 않고 가만히 앉아 있는 것을 보게 된 것이다.

혹시나 하는 마음에 앞부분을 들춰보았지만 제대로 된 필기가 하나도 없었다. 여름이에게 조용히 물었다.

"여름아, 왜 아무것도 안 하고 있어?"

"……"

"1번부터 차근차근히 해 보자. 선생님이 도와줄게."

함께 문제를 풀다 보니 여름이의 문제를 알게 되었다. 생각하는 속도가 느린 것이 가장 큰 문제였다. 생각이 느리니 수업시간 내에 개념을 익히는 게 어려웠고, 개념을 익히지 못하니 이전 교육과정을 제대로 소화하지 못한 채 학년이 바뀌어 버린 것이다. 그나마 다행인 것은 아직 3학년이고, 3학년 교육과정은 새로운 개념들을 배우는 단계이므로 지금부터라도 놓치지 않고 따라간다면 배운 개념을 응용해야 하는 고학년에 비해 빠르게 학업 성취도를 높일 수 있다는 점이다.

그 뒤로 수업 시간마다 여름이가 집중하고 있는지, 필기를 잘하고 있는지 세심하게 체크했고 다행히 여름이도 내 말에 잘 따라 주며 열심히 하고자 하는 의지가 있었다. 학교 수업에서 가장 곤란한 과목이 수학이다. 학생 간 성취도 차이가 크고 문제 풀이 속도도 매우 다르므로, 누구는 한참을 기다리고 누구는 다 풀지 못한 채 채점 시간을 맞게 된다. 여름이도 수학 시간이 가장 문제였다. 그래서 나는 우리 반 1인 1역할 제도[9]를 적극적으로 활용하기로 하였다.

우리 반 1인 1역할 중에 '학습 도우미'가 2명 있는데, 친구들이 어려운 것

9 학생들의 공동체 의식과 책임감을 길러주기 위해 실시하는 것으로, 모든 학생들이 각자 역할을 한 가지씩 맡아 교실 운영에 이바지하는 제도

이 있을 때 도와주는 꼬마 선생님 같은 역할을 한다. 교사는 한 명인데 학생은 20명이 훌쩍 넘기에 모든 학생을 도와주는 데는 한계가 있다. 이 한계를 극복해 주는 것이 '학습 도우미'인 것이다. 4월의 학습 도우미(1인 1역할은 매달 첫째 주에 바꾼다)인 학생들이 굉장히 적극적이고 학업 성취도가 높은 친구들이라 역할을 잘 해내 주고 있었다. 덕분에 나는 전반적인 학습 진행 상황을 두루 살피고 여름이를 조금 더 집중하여 지도할 수 있었다.

물론 학습 도우미 2명이 모든 학생을 도와주고 나는 여름이만 봐줄 수는 없으니 다른 아이들을 봐주느라 여름이를 놓칠 때도 있었다. 그런데 처음에도 언급했다시피 우리 반 학생들은 대체로 학업 성취도가 높다. 그래서 여름이 주변에 앉은 아이들도 학업 성취도가 높은 아이들이었다. 정말 기특하게도 그 아이들이 내가 다른 아이들을 봐주고 있을 때면 자기 풀이를 마치고 한마음 한뜻으로 여름이를 도와주고 있었다. 덕분에 나는 마음 놓고 다른 아이들도 두루 봐줄 수 있었다.

그렇게 한 달쯤 지났을까, 점차 나도 아이들도 서로 도와가며 공부하는 것에 익숙해질 즈음이었다.

"선생님, 여름이가 수학 익힘 혼자 다 풀었는데 다 맞았어요!"

여름이를 도와주던 세 아이 중 가장 열심히 도와주었던 한 아이가 마치 자기 일인 양 기뻐하며 외쳤다. 그 순간 너무 놀랍고 감격스러웠지만 한 편으로는 수많은 생각이 스쳐 지나갔다.

'여름이는 자기가 공부 못 하는 걸 부끄러워하는 것 같았는데, 이렇게 공개적으로 말해도 될까? 지금 부끄러운 건 아닐까? 그래도 칭찬받을 만한 일인데 차라리 크게 칭찬해 주는 게 맞지 않을까?'

고민하며 여름이의 얼굴을 보니 뿌듯하면서도 민망해하는 것 같았다. 여름이가 느끼고 있는 민망함은 부끄러움보다는 자신에게 이목이 쏠린 데 대한 멋쩍음으로 보였기에 나는 크게 칭찬하는 것을 선택했다.

"애들아, 우리 박수쳐 주자. 여름이 정말 대단하지 않니?"
"와, 잘했어! 대단해!"
"그리고 항상 열심히 여름이를 도와준 친구들에게도 박수쳐 주자."
"와, 멋지다!"
"선생님은 열심히 해 준 여름이도 대단하지만, 친구의 성공을 진심으로 기뻐해 준 너희들도 정말 대견해. 최고다, 우리 반!"

나는 이 일을 통해 학생들이 노력의 중요성과 친구의 성공에 손뼉 쳐줄 수 있는 따뜻함을 배우기를 바랐다. 내 바람이 통했는지 이날 이후로 우리 반은 서로 도움을 주고받는 게 당연해졌으며, 내가 먼저 말하지 않아도 친구의 성공에 박수쳐 주는 아이들이 되었다. 그리고 여름이는 누구보다 눈을 반짝이며 수업을 듣는 학생이 되었다.

어영부영 굴러갔지만 성공적으로 마친 신규 교사의 1학기는 우리 반 학생들이 순하고 착한 성향 덕분이라고 생각한다. 나는 그저 타이밍이 찾아

왔을 때 놓치지 않고 학생들이 배웠으면 하는 가치를 일깨워 준 것뿐이다. 그리고 아이들이 찰떡같이 알아들어 주어 정말 다행일 따름이다. 아마도 나는 평생 이날을 잊지 못할 것이다.

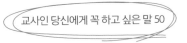

서로 도우며 함께 성장하는 학급을 만들기 위한 규칙

1. 답을 알려 주지 말고 푸는 법을 알려 줄 것을 강조하라

초등학생은 아직 어리기 때문에 단순히 "친구를 도와줘라."라고만 한다면 답을 알려 줄 것입니다. 따라서 답을 알려주는 건 도와주는 게 아니라 생각할 기회를 빼앗는 것이며, 답을 구하는 방법을 알려 주는 것이 중요하다는 것을 반복해서 알려 주세요. 덕분에 여름이도 스스로 풀 수 있게 되었다고 생각합니다.

2. 자랑 금지! 겸손해라!

초등학생은 특히나 뽐내고 자랑하기를 좋아합니다. 물론 잘하는 것을 인정해 주고 칭찬하는 것은 중요하지만, 자랑의 방식과 종류를 제한할 필요는 있다고 생각합니다. "아, 다했다!", "에이, 쉽네."와 같이 다른 학생을 위축시킬 수 있는 언행을 할 때면 항상 "자랑 금지! 겸손해라!"라고 외쳤습니다. 덕분에 나중에는 학생들끼리 서로 이러한 언행을 자제시키게 되었고 이는 학생들이 모르는 것을 질문하는 데에 거리낌 없는 학급 분위기를 형성하는 데 도움이 되었습니다. 자랑하고자 하는 욕구는 발표와 같이 공식적으로(?) 자랑할 수 있는 기회를 주는 것으로 충분히 해소됩니다.

3. 모르는 것은 친구에게 먼저 물어보기

교사라면 모두 방금 했던 얘기를 질문하는 학생을 본 경험이 있으실 겁니다. 저는 특히나 방금 설명한 내용을 또 질문할 때, 수업 시간에 선생님 말씀에 집중하지 않았다는 의미로 느껴져 힘이 빠지고 화가 많이 났습니다. 그래서 학기 초부터 항상 "짝꿍이나 주변 친구들한테 물어보세요."라거나 "모둠원들한테 물어보세요."라고 답했습니다. 적어도 모둠에 한두 명씩은 제대로 듣고 이해하는 학생들이 항상 있으므로 대부분은 다시 물어보러 오지 않습니다. 이것이 습관이 되니 학생들이 서로 묻고 답하며 도움을 주고받는 게 자연스러워져 학습 도우미 역할이 자리 잡는 데에도 큰 도움이 되었습니다.

작은 열정을 만들어 보아요

_조현빈

"화려한 일을 추구하지 말라. 중요한 것은 스스로의 재능이며,
자신의 행동에 쏟아붓는 사랑의 정도이다."
- 마더 테레사

　신규 교사일 때는 주변의 모든 선생님이 엄청난 능력자이자 슈퍼맨으로
보인다. 학급 운영도, 생활지도도 선생님들마다 자신만의 시스템을 갖추어
체계적으로 잘하시는 것 같고, 교실 환경도 아기자기하고 효율적으로 잘
꾸며두신 선생님들이 많아 지나갈 때마다 곁눈질로 보며 감탄하곤 했다.
업무도, 수업도 모든 것이 서툰 내게 경력직 선생님들의 아우라는 특히 남
다르게 느껴졌다.

　교사가 되어 바라본 학교에는 돈이나 보상과 상관없이 교육에 열정을 가
지고 열심히 살아가는 사람들이 참 많았다. 이것저것 다양한 시도를 하며
시행착오와 성공을 겪어나가는 선생님도 있었고, 아이들이 재미있다고 할
만한 수업을 하기 위해 퇴근 후에도 계속 자료를 준비하는 발령 동기도 있
었다. 탄탄한 학급 경영을 위해 돈 주고 책을 사서 보거나 유료 연수를 듣
는 선생님, 직접 미술 도안이나 게임 자료를 만들어서 커뮤니티에 공유하

는 선생님, 방학 때 한 학기 분량의 지도서를 쭉 펼쳐놓고 교육과정을 재구성해서 프로젝트 수업을 계획하는 선생님 등…. 그런 선생님들이 대단하다고 느끼는 한편, 나의 모습이 너무 안일한 복지부동의 자세는 아닐까 자신에게 조금 부끄러운 감정이 들었다. 일과 삶의 균형, 그리고 퇴근 후 자유시간을 많이 가질 수 있다는 교직의 장점을 누리는 것이 잘못된 것이 아님에도, 정해진 시간과 돈만큼의 해당하는 일만 하며 사는 것이 썩 좋은 교사의 표본은 아니라고 느껴졌다. 기본에 충실한 학급 운영보다 특별한 나만의 무언가가 있어야 할 것 같고, 없는 시간을 쪼개서라도 교재 연구와 수업연구로 나날이 발전한 모습을 보여야만 할 것 같았다. 그래서 학기 초에는 7시, 8시까지 교실에 남아 수업 준비를 더 하기도 했다. 그러나 나는 곧 그것이 열정이 아니라 열등감이었음을 깨닫게 되었다.

아들러 심리학에 따르면 열등감은 그 자체로 부정적인 것이 아니다. 많은 사람이 열등감과 열등 콤플렉스를 구분하지 못해 열등감이 부정적인 감정이라고 여기지만, 열등감은 누군가와 비교하여 상대적으로 열등한 자기 모습을 있는 그대로 인지한 상태일 뿐이다. 건강한 열등감을 느끼는 것은 자신에 대한 불만족 상태로, 스스로를 좀 더 발전시키려는 노력의 원동력이 된다. 그러나 이 열등감이 자신에 대한 과한 불안감으로 이어지면 위험하다. 열등감이 과해지면 자기방어 기제가 작동하면서 그 열등감을 변명 삼아 현실에 안주하려는 심리가 생길 수 있기 때문이다. '나는 신규 교사니까 어설픈 게 당연해. 다른 선생님들보다 좀 부족할 수도 있지 뭐.' 이런 생각이 잘못되었다는 것은 아니다. 신규 교사는 당연히 경험도 부족하고 이것저것 서툰 것이 당연하다. 그것을 변명 거리 삼아 현실에 안주하려는 스스로의 열등 콤플렉스를 발견하는 순간, 나는 남과의 비교를 의식적으로 그만두었다. 대신 내가 실천할 수 있는 나만의 작은 열정 요소를 만들어 보기로 했다. '열정'이라는 단어에 큰 부담을 느끼는 선생님들, 현실에 안주하고픈 마음과 한 발 앞으로 내딛고 싶은 마음 사이에서 고민하는 선생님들께 열정은 큰 것이 아니라는 것. 내가 마음의 여유를 가지고 부담 없이 할 수 있는 적은 노력에서부터 출발한다는 말씀을 드리며, 열정적인 교사가 되기 위해 내가 실천하는 아주 쉬운 방법들을 나누어 보려고 한다.

첫째, 자신의 강점 인식하기

사람마다 저마다 다른 장점이 있다는 것은 누구나 잘 알고 있을 것이다. 그것이 교육과 관련 없어 보일지라도, 일단 내가 무엇을 잘하는지를 인식하는 것은 매우 중요하다. 교실에서는 장점이 아니라고 생각했던 것도 장점이 될 수 있다. 내 성격이 소극적이라면, 내성적이고 소극적인 아이들의 마음을 더 잘 이해할 수 있을 것이고, 능청스럽고 장난기가 많은 성격이라면 아이들과 친밀감을 형성하기 좋을 것이다. 자신이 가진 많은 특성을 교실에 반영해서 장점으로 활용하면, 자연스럽게 누구와 비교하지 않아도 자신만의 특색이 녹아난 훌륭한 교실이 될 것이다.

둘째, 작은 목표 설정하기

큰 변화나 혁신을 시도하는 것이 부담스럽다면, 작은 목표부터 시작해 보는 것도 좋다. 예를 들어, 출판사 온라인 자료만 활용하지 않고 하루 10

분을 투자해 블로그나 유튜브 등 커뮤니티에서 새로운 학습 자료를 구해서 사용해 본다거나, 수업 일부분에서 학생들과 더 많은 소통을 시도하는 것도 좋은 시작이 될 수 있다. 여기저기서 많이 사용하는 수업 방식을 시도해 보는 것도 좋다. 남의 것을 시도해 보며 나에게 맞는 것들을 찾아가기 시작하면서 스스로 수업 방법을 구축해 나가는 것이다. 두더지 발표나 글똥누기, 배움 공책 등등…. '일단 저질러. 그러면 뒷감당은 미래의 내가 하겠지.'라는 패기로 작은 도전을 하다 보면 변화가 쌓여 큰 성과를 만들어 낼 수 있을 것이다.

셋째, 자기 관리와 휴식의 중요성 인식하기

교사로서 해야 할 역할은 고된 일이다. 그래서 평소에 자기 신체와 마음을 돌보는 것도 매우 중요하다. 항상 열정적일 필요는 없다. 충분한 휴식과 자기 관리를 통해 새로운 에너지를 얻고, 더 나은 시도를 할 수 있는 마음의 여유를 쌓는 것이 중요하다. 교사로서 열정은 자아실현의 욕구이다. 자아실현의 욕구는 상위 욕구이기 때문에 그 아래의 하위 욕구가 충분히 충족되어야 열정을 다하고자 하는 욕구도 생긴다.

넷째, 자신의 교육 철학 되새기기

교육 철학은 어려운 것이 아니다. '내가 아이들을 어떤 사람으로 자라게 하고 싶은가.'를 생각해 보는 것이다. 내가 교사로서 어떤 가치를 중요하게 여기는지를 돌아보고, 아이들에게 일관되게 강조하면 그것이 교사의 교육 철학이 된다. 교사의 역할은 학생들에게 지식을 전달하는 것뿐만 아니라, 인격적인 성장을 돕는 것이므로 양육관과 마찬가지로 교사로서의 교육관을 갖는 것이 매우 중요하다.

교사로서 해야 할 역할은 다양하다. 아이들은 다양한 특성의 선생님들로부터 저마다 다른 배움을 얻어 간다. 그러니 자신의 열정과 가치를 의심하지 말고, 만들 수 있는 작은 불꽃부터 조금씩 피어나 가길 바란다. 불꽃이 바람에 날려 꺼질 때도 있을 수 있고, 물벼락을 맞아 다시 처음부터 시작해야 할 수도 있을 것이다. 그래도 불꽃은 점점 자라 작은 물줄기에 꺼지지 않는 단단한 빛이 되어 있을 테니, 그 과정에서 자신의 자그마한 불꽃을 대단하게 여기며 아주 소중히 했으면 좋겠다. 그 작은 빛과 따뜻함이 절대 모자라지 않으며, 어떤 아이에게는 삶의 새로운 방향을 찾아 심지에 불을 붙여줄 불씨가 될지 모른다.

교직에 대한 열정을 갖기 전에 삶에 대한 열정을 먼저 가지세요.

'매너리즘'이라는 말을 들어보셨나요? 익숙하고 편안한 삶이 주는 안락함에 취해 불편함을 극복하면서 얻는 즐거움을 멀리하게 되지는 않았는지, 나태함과 도파민에 절인 삶에 무기력함을 느끼고 있지 않은지 되돌아보세요.

흘러가는 대로 살지 말고, 나는 어떤 인생을 살고 싶은지 능동적으로 생각하고 새로운 환경에 자신을 던져 보세요. 운동을 새로 시작하거나, 여행을 떠나보거나, 취미를 찾아 만들어 보거나, 일기를 써 보는 것도 좋습니다. 열심히 살아야 한다는 강박을 가질 필요는 없지만, 인생을 살아가며 다양한 환경과 과제를 접해 보며 새로운 활력을 얻는 과정에서 자신에 대한 믿음과 자존감이 생기기 마련입니다. 한 번뿐인 나의 인생을 먼저 열정적으로 사랑해 보세요.

쓰는 사람, 읽는 사람
모두에게 특별한 의미가 생기다

이 책을 주관하시고 이끄신 분은 김진수 선생님이시다. 워낙 많은 책을 이미 출간하셨으며, 주변 분들도 글을 쓰고 책을 출판할 수 있도록 이끄시며 실제로 많은 분이 김진수 선생님의 지도에 따라 책을 출판하셨다.

올해 초 김진수 선생님은 선생님들께 책 출판하자고 제안하셨고, 참여할 선생님들을 모으셨다. 선생님들께 훗날 작가가 되시라고, 누구나 글을 쓸 수 있고 누구나 작가가 될 수 있음을 보여 주시기 위함이라 생각했다. 워낙에 글쓰기와 책 출간을 독려하시는 분이라 미래의 작가들(?)에게 예비로 경험하게 해 주시는 의미라 생각했다. 그분과 오랜 관계를 맺으면서 언젠가 나도 책을 내고 싶다고 생각하게 되었기에 그 의도만으로도 충분하다고 여겨졌다. 나도 그렇게 공동 저자 명단에 이름을 올렸다.

우리 학교는 교사의 수만 70명이 넘는 큰 학교이다. 책쓰기란 쉽지 않은 도전이다. 글을 쓰는 일이 얼마나 에너지를 많이 소모하는 일인가. 내 글을 다른 사람 앞에 보인다는 게 얼마나 용기가 필요한 일인가. 그럼에도 열일곱 명이나 공동 저자 명단에 이름을 올렸다. 그리고 일정에 맞게 글을 하나씩 써냈다. 김진수 부장님의 리드에 선생님들은 적극적으로 따라갔다.

무엇이 그렇게 많은 수의 선생님들을 이끌 수 있었는지 잘 이해하지 못했다. 요즘 선생님들의 똑똑함일 수도, MZ 세대들의 적극적 자기 표현일 수도 있겠다 싶었다. 그분들께 부여된 동기가 무엇인지는 모르지만, 출판 과정에서 보여준 에너지가 참 좋았다. 부끄러움 뒤에 숨지 않고 적극적으로 참여하는 모습이 참 좋았다.

그렇게 이 책의 의미를 가볍게 생각했다.

늦었지만 에필로그를 준비하며 선생님들의 글을 읽었다. 글을 하나씩 읽으며 이 책의 의미는 그렇게 단순한 책쓰기 독려, MZ 세대의 용기가 아님을 알게 되었다. 각자의 특별한 이유가 모였다. 각자의 특별한 의미가 모였다. 그 누구에게도 단순한 이유는 없었다. 단순 폄하하려던 내가 부끄러웠다.

공동저서에 참여하신 선생님들의 의미들을 내가 아는 척 헤아리긴 어렵기에 책을 읽으며 나에게 다가온 의미를 나눠 본다.

첫째, 저자 선생님들의 생각을 깊이 있게 이해하게 되었다.

앞서 이야기했지만, 우리 학교는 교사의 수만 70명이 넘는 큰 학교라 선생님들을 개인적으로 만날 기회가 적다. 그래도 엘리베이터나 오다가다 만나면 한 마디라도 걸려고 애를 쓰고, 이런저런 이야기도 나누었다. 소소한 대화 속에 '이런 분이시구나, 저런 분이시구나.' 조금은 짐작해 보기도 했다.

글로 만나는 선생님들은 내가 생각한 것보다 훨씬 대단한 분들이었다. 글이라는 게 참 신기한 힘이 있다. 그 사람을 이야기 한두 마디로 알아보려던 나를 가볍게 짓눌렀다. 그분들의 깊이를 감히 몇 마디의 대화로는 엄두로 낼 수도 없다. 수많은 노력과 사연들을 글로 알 수 있게 된 게 재미있고,

감사하다.

둘째, 선생님들의 고군분투를 알게 되었다.

초등학교는 각 교실에서 주로 생활하기에 공간이 단절되어 있다. 선생님들께서 각자의 자리에서 어떤 힘든 일을 겪으시는지 알지 못하는 경우가 많다. 아이의 오해와 부모님의 오해에서 비롯된 가혹한 민원들, 선생님께 잘못된 말을 퍼붓는 아이들, 그리고 그러한 경험을 끙끙거리며 트라우마로 가지고 사는 선생님. 웃는 얼굴 뒤에 가려진 슬픔을 모르고 지나갈 뻔했다.

앞으로 그냥 지나치지 않으리라. 그분들의 이야기를 더 들어드리고 싶다. 한 마디 더 이야기를 나누고 싶다. 선배로서 힘들었던 일들을 조금이라도 들어드리고, 도울 수 있는 부분을 찾고 싶다. 그리고 잘 이겨 내실 거라고 응원해 드리고 싶다.

셋째, 그럼에도 앞으로 나아가시는, 살아 나가시는 선생님들의 큰 발걸음을 보았다.

아이가 선생님을 못 찾겠다고 하자 아이들에 눈높이를 맞추려는 선생님, 어릴 때의 선생님의 모습을 닮아 가려는 선생님, 아이들과 아침마다 글똥누기로 이야기를 나누는 선생님, 자신의 수업을 기꺼이 공개해 다른 선생님의 조언을 듣는 선생님, ADHD 아이를 포기하지 않고 좋은 말로 이끌어 주시는 선생님 등.

역량이 가득하고 훌륭한 선생님들의 이야기를 나누어 주셔서 감사하다. 함께하는 교육 현장에 그분들이 있어 안심된다. 아이들이 선생님들과 얼마나 많은 경험과 교육을 주고받을 것인가. 학생들에게 "너희들 정말 복 받았다."고 말해주고 싶다.

모두가 의미 있는 삶, 생각과 글이었기에, 이런 글들이 모여 한 권의 책이 되었음에 감사하다. 이 책을 기획하신 김진수 선생님께 감사를 드리고, 힘든 과정이지만 즐겁고 적극적으로 참여하신 선생님들께도 감사를 표하고 싶다.

"여러분, 글 한번 써 보세요. 공동저서 같은 기회가 있다면 참여도 한번 해 보세요. 쓰는 사람, 읽는 사람 모두에게 특별한 의미들이 생길 겁니다."

_ 평택새빛초등학교 교사 **오수진**